MISSION CK339

Frédéric SÉMÉRIA

Mission CK339

Vérone éditions

Envois de manuscrits :
Vérone éditions – 75 boulevard Haussmann – 75008 Paris

Sommaire

1. 14 juillet 2018 Marseille 9
2. Samedi 27 décembre 1738 Au large des côtes américaines 15
3. Mardi 22 avril 2014 New York City 21
4. Mercredi 14 mai 2014 Palais du Pharo, Marseille 31
5. Mercredi 23 avril 1738 Sauternes 39
6. Vendredi 16 mai 2014 Domaine Massandra, Crimée 47
7. La légende du vaisseau fantôme 61
8. Samedi 24 mai 2014 Arche de la Défense 69
9. Vendredi 6 juin 2014 Au large de Block Island 81
10. Mardi 10 juin 2014 Ephrata Cloister, Pennsylvanie 95
11. Le lendemain Paris 16e 101
12. Vendredi 24 novembre 1944 Hospices de Strasbourg 113
13. Samedi 21 juin 2014 St-Etienne-de-Tinée 117
14. Mercredi 25 juin 2014 Centre de recherche et d'expérimentation du Rosé à Vidauban 127
15. Fin juin À bord du *Seabed* 133
16. Dimanche 29 juin 2014 Cassis, le Terrain 137
17. Au même moment au large de Block Island 145
18. 14h45 à Paris 8h45 sur le *SeaBed* 153
19. Au tribunal, 2 juillet 2014 157
20. Samedi 4 juillet 2014, Bistrot de la Bonne-Mère 165
21. De l'autre côté de l'atlantique 171
22. Au petit matin du 6 juillet 2014, à bord 177
23. Le soir même sur le pont 185

24. 9 juillet, enfin ça sourit ! ... 191
25. Derniers jours en mer ... 199
26. Nuit noire en mer ... 207
27. Dix jours plus tard sous le soleil des calanques ... 211
28. Trois ans plus tard, à la fin de l'automne ... 215
29. Aachen, Rhénanie-du-Nord-Westphalie, dimanche 1er avril 2018 ... 221
30. 19 heures plus tard, lundi 2 avril 2018 ... 227
31. Mardi 3 avril 2018, BundesPolizei de Cologne ... 231
32. Salle des Étoiles Monaco, une semaine avant le grand prix de Formule 1 ... 237
33. De retour au Terrain, en famille ... 245
Tous mes remerciements à ... 251

1
14 juillet 2018
Marseille

Gérart ajusta son nœud papillon sur sa chemise à col cassé. Il peinait toujours à bien le nouer. Ses traits, encore marqués, trahissaient les douleurs physiques et morales qu'il venait de traverser et dont il se remettait à peine. Ce n'était définitivement pas sa tenue de prédilection ! Pour son style, il était plutôt marqué par sa mère, au look toujours décontracté. Elle abhorrait les robes longues et les talons hauts, surtout pour les soirées de gala et toute obligation vestimentaire ou contrainte de mode, était un supplice à ses yeux. Il enfila sa veste de smoking blanc à col châle. Se regarda une dernière fois dans le miroir de sa chambre et rejoignit, ses fidèles amis Clint, Adrien et Miguel sur le pont du Kokomo. Il traversa le salon généreux au parquet en wenge et teck, et aux canapés en cuir crème, donnant une atmosphère chaleureuse. De larges baies vitrées laissaient la lumière de fin de journée, inonder la pièce.

Tout sur ce yacht évoquait un luxe discret et une élégance intemporelle. Le sloop ultra moderne, trônait de toute sa splendeur devant les îles de la baie de Marseille, imposant avec son mat de 75 m de haut. Sa coque bleu nuit, immobile, se reflétait dans l'onde marine. Quelques pointus et petits bateaux s'approchaient pour admirer ce monstre de technologie à l'allure unique. Les curieux tournoyaient autour de ces 58 m de long, immortalisant sur leur smartphone le voilier dessiné par l'iconique architecte naval Dubois pour le chantier Alloy Yachts en Nouvelle-Zélande.

Il apparut sur le pont, ses trois compères patientaient dans les fauteuils sur la terrasse en teck, contemplant le Frioul, le château d'If et surplombant le vieux port, la vénérable Bonne-Mère, basilique Notre-Dame de la Garde à la vierge dorée à l'enfant Jésus, protectrice de la cité et de tous les marins.

— Tu es magnifique Gérart ! lança Adrien. Tu n'as même pas l'air d'un pingouin, à la limite on te confondra avec un serveur… le taquina-t-il. Ils se connaissaient depuis les bancs de la maternelle, à la Membrolle-sur-Choisille, près de Tours. En privé, ils se charriaient en permanence, comme deux gamins. Leur petit jeu enfantin n'avait jamais cessé. Ils prenaient un malin plaisir à le perpétuer.

— Merci de tes compliments, tu arrives à respirer avec ton costume trois pièces ? C'est le tien d'ailleurs ou c'est Miguel qui te l'a prêté ? rétorqua-t-il dans un grand éclat de rire.

— Bon allons-y, nous sommes attendus ! Miguel sonna la fin de la récréation entre les deux amis.

— C'est bon Miguel, tu veux que l'on parle de ton look, tu es jaloux ?

Il lui envoya un rictus réprobateur comme seule réponse. Clint les observait avec affection. Il chaperonnait ces trois quadras depuis une bonne vingtaine d'années.

Ils montèrent à bord de l'annexe du Kokomo, un semi-rigide de 6 m, propulsé par un moteur à jet. Le skipper écarta l'embarcation du sloop lentement et mit le cap sur le petit port de l'anse de la réserve. Après quelques minutes de navigation à faible allure et avoir croisé une yole à quatre avec barreur du Rowing Club, ils pénétrèrent dans le port de plaisance. Ils accostèrent sous la terrasse de la Casa Delauze. Cette construction sur pilotis, ressemblant à s'y méprendre à des hangars à bateaux, cachait une maison atypique dans un endroit exceptionnel, cachée entre le fort Ganteaume et le Sofitel. Conçue et construite par Henri-Germain Delauze, fondateur de la COMEX, elle abritait quantité de souvenirs de voyages, coraux, amphores, tableaux, le canon d'un galion néerlandais et de matériels de plongées, scaphandres, cloche de plongée… un véritable musée océanographique.

Ils accostèrent au ponton. Mathilde, sa collaboratrice, ainsi que Christine et Fran les attendaient sur la terrasse.

— Bienvenue « Boss », lança Mathilde, vous allez adorer! Christine et Fran, les saluèrent chaleureusement.

— À la description de Fran, je pense que nous allons passer une excellente soirée, à la hauteur de la célébration de la réussite de notre expédition. Je n'en doute pas. Tous nos invités sont arrivés ? s'enquit-il.

— Nous attendons encore quelques personnes qui ne sauraient tarder, répondit Christine. Vous nous suivez pour la visite ?

Les quatre hommes lui emboîtèrent le pas, suivis par Fran et Mathilde.

— Nous entrons par le salon et le coin cheminée, dominant le petit port de plaisance et le rowing club de Marseille. Sur la droite côté Sofitel, les appartements de feu M. Delauze. À notre gauche, le bar, la cuisine et s'ouvrant sur la terrasse en iroko et les jardins, la vaste salle à manger.

— Cet endroit est fabuleux, commenta Gérart, alors qu'ils atteignaient la terrasse. Elle n'est plus habitée ?

— Plus depuis le décès de M. Delauze, mais sa petite-fille Alexandra Oppenheim Delauze, a décidé d'ouvrir cette maison magique, après quelques travaux d'aménagement pour en faire un lieu de réception accessible à tous. Vous êtes d'ailleurs la première manifestation à se dérouler ici. Sa commercialisation était prévue à partir de début septembre, mais grâce au fils de Fran, qui connaît bien Alexandra, vous avez eu ce privilège !

— Quelle chance inouïe, il faudra que je le remercie particulièrement pour ça. Ne sommes-nous point le 14 juillet aujourd'hui ? Il doit bien y avoir un feu d'artifice à Marseille ? interrogea-t-il.

— Vous ne croyez pas si bien dire, précisa Fran. Nous serons même aux premières loges car il est tiré depuis le Pharo et le fort Ganteaume ! Un peu comme s'il n'était que pour nous.

La terrasse exhibait en son centre un bassin, anciennement une piscine, de vingt mètres de long, avec au milieu un petit bathyscaphe rappelant la tourelle d'un sous-marin qui serait enfoui sous le bassin. Les tables étaient dressées tout autour de l'ancienne piscine. Le jardin de 4 000 m^2 prolongeait la demeure et participait au dépaysement. Étions-nous bien à Marseille dans ce havre de tranquillité ? C'est ce que chaque visiteur se poserait comme question en découvrant ce petit coin de paradis.

Le soleil déclinait progressivement derrière la côte bleue à l'horizon, entre les mâts des voiliers amarrés dans l'anse de la réserve. Gérart Arbessault passait de l'un à l'autre, échangeant quelques mots avec tous ses invités. Il regarda sa montre et s'approcha progressivement de la scène, afin de prononcer un petit discours écrit dans sa suite sur le Kokomo, entre Monaco où ils avaient embarqué avec ses trois amis et la baie de Marseille. Il appréciait particulièrement cet exercice public durant lequel il pouvait montrer sa vraie personnalité, assez extraverti, en opposition avec ses fonctions. Sur le chemin du pupitre et du micro proche, il s'arrêta à une table et souleva le menu de la soirée qu'il parcourut des yeux.

Il s'arrêta sur le dessert et l'intitulé choisi pour les vins et en apprécia la dénomination.

Revisite de la Tarte au citron de Menton meringuée,
Croustillant de noisettes torréfiées
par Dimitri Droisneau,
Sauternes, Château Ryque-Roaillan, « Naufragés »
1733, 1734, 1735, 1736

***

Il se délectait déjà de ce dîner mémorable, en rejoignant la mini-scène où jouait un quartet de jazz. La musique cessa et tous les invités se rapprochèrent. Il tapota le micro pour vérifier que celui-ci était bien en fonction. Il embrassa l'assemblée de son regard vert perçant. Un large sourire se lisait sur tous les muscles de son visage.

— Chers amis, c'est avec une très grande fierté que je vous accueille ce soir à Marseille et je vous remercie du fond du cœur de m'honorer de votre présence dans ce lieu unique et tellement symbolique. En effet, dans la dernière partie de sa vie, Henri-Germain Delauze a lui aussi cherché des trésors. Nous allons donc profiter de notre fête nationale, pour quatre ans après, et je dirais enfin, pouvoir célébrer comme il se doit notre campagne de l'été 2014. J'aperçois, Phil Neuville, Commandant du *Seabed*, son directeur des opérations Joshua et son équipe, nos amis plongeurs Téo, Enzo et Jack, Axelle Cinanovic notre avocate new-yorkaise, Elisabeth qui va bientôt proposer un ouvrage récapitulatif, mes fidèles collaborateurs Adrien, Miguel, Mathilde et Clint, Fran et sa famille, figure de la gastronomie marseillaise et architecte de cette soirée en compagnie de Christine, mais aussi vous tous mes amis, excusez-moi de ne vous citer.

Sa voix résonnait sur les murs du fort Ganteaume et ses yeux pétillaient d'excitation dans le soleil couchant. Passés les remerciements appuyés, les plaisanteries et un rappel de cette mission pleine de péripéties dans les eaux américaines, il appela à ses côtés les membres de cette chasse au trésor réussie.

— Chers amis faîtes un triomphe à ses femmes et hommes, grâce à qui nous sommes réunis.

Un tonnerre d'applaudissements et de cris monta dans le ciel phocéen.

— Et maintenant, je vous souhaite à tous une excellente soirée. Que la fête soit belle !

####

Clou de la soirée, le service du dessert et de ses 4 Sauternes « Naufragés » débuta. Le bal des assiettes et des bouteilles s'actionna, parfaitement réglé par l'équipe de Fran.

Chacun des millésimes, servi à 9 °C, emplit l'un des quatre verres en cristal spécialement conçu et gravé des 2 R se faisant face et du millésime idoine. Souvenirs, que chacun des participants pourrait conserver de ces repas et campagne de recherches sous-marines.

Pour la deuxième fois, Fran dégustait les précieux nectars engloutis plusieurs siècles, témoignages des premières cuvées de Château Ryque-Roaillan Elle se délecta de chacune des gouttes des liquoreux. Tous les convives furent éblouis par ce moment de grâce souligné par un silence général de quelques secondes qui semblèrent suspendues pour l'éternité !

2
Samedi 27 décembre 1738
Au large des côtes américaines

Les nuages sombres venus du nord-nord-ouest s'accumulaient dangereusement sur la côte de la Nouvelle-Angleterre. En cette fin d'année, le sort semblait s'acharner sur le *Princess Augusta*, navire maudit, depuis son départ à la fin de l'automne de Rotterdam, avec à son bord 340 palatins. Les semaines perdues à Mannhein et Cowes n'avaient pas mis le fier trois mâts dans les meilleures conditions pour cette traversée risquée en cette saison.

Après deux mois de voyage et une épidémie de fièvre, provoquée par l'eau polluée d'un tonneau, plus de la moitié de l'équipage dont le capitaine Sumner, ont péri, ainsi qu'un peu plus de la moitié des passagers. Le jeune second, Andrew Brook, marin inexpérimenté semble-t-il, à qui échut la lourde tâche de mener à bon port à Philadelphie les rescapés, scrutait le ciel et la côte en vue, entre les îles de Rhode Island, Block Island et Long Island.

— Capitaine, apostropha le Comte Georges-Louis de Veldenz, le tonnerre gronde, la tempête approche, comptez-vous nous mettre à l'abri sur la côte proche ?

Le jeune capitaine ne répondit pas au Comte, il cria quelques ordres et les pauvres hères encore valides s'ébranlèrent dans le vent glacial. Le regard sur la proue du navire et les îles au loin au-delà des vagues inhospitalières, Andrew Brook resta accroché à la roue de barre.

Il observa son équipage affairé dans les hunes des bas-mâts, à cheval sur les vergues pour libérer les toiles brunes. Ses mâchoires serrées et ses yeux fixes trahissaient l'urgence de l'instant. Il ne paraissait plus vingt ans malgré son visage encore imberbe, mais plutôt la quarantaine. On devinait sous son front buriné, marqué d'une profonde cicatrice, souvenir d'une fin de soirée éméchée dans une taverne, les tensions et questions présentes.

Le Comte s'approcha de nouveau du capitaine :

— Monsieur le Comte, dit ce dernier, se tournant vigoureusement vers lui, sur un ton tranchant, retournez au premier pont vous mettre au sec, votre manteau dégouline et vous risquez dans cette forte houle de finir par-dessus bord !

Le Comte tourna les talons, vexé de ce revers et disparut sur le pont dans la tempête de neige s'intensifiant.

Andrew Brook luttait avec la barre pour se faufiler entre les îles et les hauts fonds, des paquets de mer recouvrant à chaque déferlante le pont. Le moment était grave, le *Princess Augusta* crissait de tous ses mats, sous les assauts des bourrasques. La visibilité baissait à mesure que les flocons grossissaient. Il mit le cap sur la pointe nord de Block Island, pour tenter de se mettre à l'abri avant la tombée de la nuit. La mer, soulevée jusque dans ses abîmes, frappait la coque soudain si frêle d'une violence inouïe. Le piège allait bientôt se refermer.

Au pont inférieur du brick, les survivants de cette épique traversée se blottissaient les uns contre les autres. D'un côté les suisses anabaptistes et les familles originaires du Ban de la Roche, de l'autre une colonie germanophobe, disciples d'Alexander Mack, les German Baptist Brethen. Tous priaient, grelottant, épuisés par les semaines de traversée, la raréfaction des provisions, le manque d'eau et le racket de l'équipage suite au décès du capitaine Sumner. À proximité du gaillard d'avant, le Comte de Veldenz s'entretenait gravement avec Durs Thommen. Son regard sombre, sous des sourcils noirs broussailleux, trahissait sa peur.

— Ce jeune impétrant nous conduit droit à la catastrophe, il ne maîtrise point son navire. Nous devons prendre des décisions pour le bien de notre communauté.

— Cher ami, le *Princess Augusta* est un bateau agile et fiable, qui nous mènera à bon port vers notre idéal. Ayons confiance en les capacités de l'équipage et invoquons la protection divine. Le seigneur tout-puissant nous éprouve mais nous guide. Son discours rassurant sonnait faux tant sa voix dévoilait une angoisse croissante.

Durs Thommen, originaire du canton de Bâle, qui, deux ans plus tôt avait déjà vécu une première traversée sur le *Princess Augusta* qui faillit s'achever tragiquement après avoir heurté un rocher en vue de Philadelphie, crut vivre de nouveau le même cauchemar. Ce catholique anabaptiste, avait organisé le voyage pour la plupart des bandelorochois et leurs cousins suisses présents sur le brick. Il tenta de rassurer le Comte, invoquant la protection divine, qui ne pouvait les abandonner si proche du but. Mais dans sa voix transpirait la hantise d'un naufrage.

Le Comte de Veldenz s'éloigna et accéda au faux pont inférieur où les cargaisons étaient entreposées. Soudain un grand choc stoppa net le *Princess Augusta*. Le Comte fut projeté contre un coffre et perdit connaissance, le visage en sang. Des cris montèrent du pont passager. Sur le pont principal, le capitaine Andrew Brook hurlait ses ordres pour tenter de se faire entendre dans ce chaos. Le mât de misaine se brisa en deux et s'effondra sur la poupe du brick à quelques encablures du capitaine, la brigantine, voile arrière, se déchira entraînant dans les flots deux valeureux matelots juchés sur les vergues. Un jeune mousse apostropha le capitaine :

— Voie d'eau sur neuf pieds à bâbord arrière sous la ligne de flottaison capitaine, nous prenons l'eau à gros bouillons !

Le jeune capitaine tenta une manœuvre désespérée en tournant la barre à fond à tribord. Les voiles se gonflèrent une dernière fois, le brick vira brusquement de bord dans la tempête s'arrachant du récif et emportant la planche brisée ainsi que le gouvernail. La côte semblait toute proche et si loin à la fois alors que l'eau s'engouffrait dans les cales du *Princess Augusta* devenu incontrôlable. Le capitaine Brook exhorta les passagers à se rassembler sur le pont principal. Le brick, ballotté par les vagues violentes ne résisterait plus très longtemps avant de couler. Le capitaine, aidé de Durs Thommen, recensa les passagers survivants et l'équipage. 153 passagers, hommes, femmes et enfants se pressaient sur le pont ainsi que 19 marins.

— Le Comte Veldenz n'est pas là, alerta Durs.

— Nous n'avons plus le temps de le chercher, nous devons abandonner le navire au plus vite. Il aura disparu sous peu dans les flots ! rétorqua le jeune capitaine. Il va falloir nager jusqu'à la côte, n'emportez aucun bagage vous risqueriez de couler.

Tous se regardèrent, hésitant à se jeter dans cette mer déchaînée et glaciale. Combien en réchapperaient ? Les marins, au mépris des usages furent les premiers à sauter. Puis, quelques-uns les suivirent, des hommes seuls. Enfin, bien que tétanisés des familles se glissèrent dans l'eau avec des morceaux de planches arrachées sur le pont pour servir de radeau de fortune. Au bout de près d'une demi-heure, il ne restait plus à bord que le capitaine, deux maîtres de quart, un prêtre et une femme. Durs Thommen apparut sur le pont traînant le malheureux Comte Veldenz à moitié inconscient.

— Il faut évacuer sur-le-champ, le *Princess Augusta* ne résistera plus longtemps. Les cales sont inondées sur 12 pieds de haut.

Ils enjambèrent le bastingage et se mirent à l'eau. Alors qu'ils s'éloignaient du brick, ils croisèrent des corps dérivant dans la houle. Andrew Brook se retournait de temps en temps pour observer la fin du *Princess Augusta*. Les vagues sombres lui frappaient le visage. Il nageait dans cet enfer liquide, lançant des regards hagards au *Princess Augusta* à intervalles réguliers. Comment tout cela était arrivé ? Pour son premier commandement, même impromptu, il devrait vivre désormais avec des dizaines de morts, un naufrage et la colère des Dieux ! Aurait-il l'envie de remonter sur un navire un jour, lui qui était promis à une si belle carrière ? Atteindrait-il seulement le rivage et survivrait-il ? Alors que son instinct de survie lui susurrait de ne pas s'abandonner aux flots, il distingua à la proue dressée vers les cieux, la femme rousse qui était à leurs côtés avant d'abandonner le navire. Elle se tenait aux haubans sur le bout dehors, dans son manteau blanc virginal, hurlant dans la nuit. Il était trop tard désormais, plus rien ni personne ne pourrait lui porter secours. Le brick fut projeté sur les récifs par une énorme déferlante. Il se brisa dans un fracas étourdissant, le grand mât basculant dans les flots. Après quelques instants, le *Princess Augusta* disparut dans les eaux tumultueuses, engouffrant dans son naufrage la pauvre femme et sa précieuse cargaison. Une lueur vive sembla jaillir des flots.

Au-delà des montagnes d'eau, des feux illuminaient la côte, tels des phares salutaires. Les survivants nageaient jusqu'à l'épuisement pour tenter d'atteindre la plage endormie sous un manteau neigeux.

3
Mardi 22 avril 2014
New York City

Le jour se lève doucement sur Manhattan, le soleil levant scintille sur les tours de verre encore endormies. Clint, toujours très matinal, pousse la porte du Plaza. Une fraîche brume matinale et cotonnale recouvre par endroit Central Park. Il traverse l'avenue, pénètre le poumon vert de New York, tourne à gauche et démarre son footing en longeant le Pond. L'air frais emplit ses poumons, sa foulée légère s'allonge progressivement. La nature se réveille, les magnolias en fleurs peignent des tableaux éphémères aux couleurs pastel. Sa respiration se rythme, son cœur s'accélère. Dans quelques minutes il dépassera Stawberry Fields, le mémorial dédié à la mémoire de John Lennon, puis poussera jusqu'au Reservoir, le paradis des joggers anonymes ou célèbres. Sa foulée ample et aérienne avale le bitume du parc, ses muscles se bandent à chaque impulsion le propulsant dans le petit matin. Il embrasse la Sky Line de son regard bleu électrique, ses boucles blondes rebondissent sur ses épaules et commencent à évacuer la sueur sous son bonnet des Knicks.

Il pense à Soledad, son épouse et à ses deux fils Luis et Elton. Luis, son fils aîné, un grand gaillard de 14 ans, au tempérament volcanique et au physique andalou, comme sa mère. Toujours prêt à régler ses différends par la force de ses poings ! Mais aussi un grand cœur, fidèle en amitié, et défenseur des plus faibles. Et Elton, de 4 ans son cadet, un joyeux luron, anglo-saxon jusqu'au bout des cheveux, blonds vénitiens, au visage encore poupin constellé de taches de rousseur et à l'humour naissant très Monthy Pithonnien. Il avait rencontré Soledad à la fin des années 90, à Séville lors des corridas pascales, pendant un voyage d'affaires de son patron. Le coup de foudre avait été immédiat entre la belle Esmeralda et le distingué pilote. Il ne pensait plus, à bientôt quarante ans fonder une famille. Mais l'évidence était là et fut réciproque dès les premiers instants, entre le regard de jais de la belle et le sien bleu acier. Ces quelques jours dans le sud de l'Andalousie avaient bouleversé leurs vies. Ils s'étaient abandonnés à la passion sous le chaud soleil du sud de l'Espagne dans une ivresse de sexe et de Fino, ce Jerez vif et sec à la robe citronnée et aux arômes d'amande. Six mois plus tard, ils se marièrent à Ronda, dans l'hacienda de la famille de Soledad, au son d'airs tziganes.

Trois semaines qu'il ne les avait vus, à sillonner l'Europe et l'Atlantique pour les rendez-vous de son richissime et estimé patron. Dans 4 jours, il sera de retour à Cannes auprès d'eux, dans leur villa surplombant la baie et les îles de Lérins. Cette perspective lui dessina un léger sourire de contentement sur le visage. Il avalait le bitume. Il croisa un groupe de joggers, les salua puis reprit ses pensées. Après ce séjour à New York, il ramènerait son patron Gérard Arbessault, à Paris. Puis, il décollerait du Bourget pour rejoindre sa famille et profiter d'une semaine de vacances bien méritée auprès des siens.

Dans ses moments d'attente, il leur avait mitonné un programme familial aux petits oignons : promenade en voilier dans la baie de Cannes, plage privée au Cap d'Antibes, dîner à l'Eden Roc, Canyoning dans l'arrière-pays, baptême de chute libre à Tallard dans l'Ubaye, et de nombreuses autres activités… Il avait hâte de rentrer chez lui auprès des siens, rattraper ses absences et retrouver la douceur latine de son épouse. Ses semaines d'éloignement lui pesaient désormais après 25 ans de bons et loyaux services auprès de la famille Arbessault. D'abord le père, Gilbert, et, depuis la mort de celui-ci dans un accident aérien en 2003, la seule fois où il ne le pilotait pas, Gérart son fils, unique héritier et PDG du groupe international GENES S.A. une des cinq premières fortunes françaises et européennes.

En rentrant au Plaza, après une douche et un petit-déjeuner, il irait se promener sur Broadway, jusqu'au Strandbook Store à l'angle de la 12e rue. Il aimait flâner dans cette boutique vieille de presque 90 ans à chacun de ses passages dans la ville qui ne dort jamais. Le Strandbook Store recèle des trésors, plus de 25 millions d'ouvrages neufs, rares, anciens, sur plusieurs kilométriques de rayonnages. Il s'y sentait comme dans un musée.

Il contourna Reservoir et entama le retour vers l'hôtel. Son jogging matinal était immuable, où qu'il soit et quel que fut le temps, il s'adonnait à ce rituel physique essentiel à son équilibre. Sur le parvis du Plaza, il salua Gordon, le concierge de service et lui commanda un taxi pour 9h45.

Le taxi, un nigérian du nom de Kenneth, au visage rond et jovial, orné de dreadlocks multicolores et à la voix gutturale, argumenta tout le trajet sur les chances de l'équipe du Nigeria à la prochaine Coupe du Monde de foot au Brésil. Les Super Eagles pouvaient accrocher l'Argentine et finir premiers de leur groupe, afin d'éviter en huitième la France promise à la première place du groupe E. Contre la Suisse en élimination directe, cela était jouable et leur ouvrirait enfin les portes des quarts de finale. Clint ne goûtait que peu les joutes du ballon rond et n'écouta que d'une oreille lointaine les arguments de son chauffeur. Il consultait ses messages sur son iPhone. L'un d'eux retint son attention. Il provenait de Jenny une assistante de la célèbre boutique de livres qui lui indiquait que le chef du rayon livres anciens souhaitait lui présenter un manuscrit, récupéré dans une braderie dans le New Jersey et de passer au plus tôt. Cela tombait bien, c'était sa destination. Il demanda à son taxi de le déposer à l'angle de la 14e et de Broadway, pour passer à la Bank of America. Il terminerait à pied jusqu'à la 12e au Strandbook Store et son enseigne rouge immuable.

Lorsqu'il pénétra le sanctuaire du livre, Jenny, l'attendait à l'accueil. Clint la connaissait depuis des années. Ils avaient sympathisé sur un marché aux livres dans Central Park. Elle lui avait fait découvrir cette institution du livre pour laquelle elle travaillait depuis sa sortie de faculté, la célèbre University of Columbia. Passionnée de littérature et d'architecture, elle avait naturellement choisi Columbia qui abrite 22 bibliothèques et plus de treize millions d'ouvrages, dont l'Avery Architectural and Fine Arts Library, plus grande bibliothèque d'architecture des États-Unis et l'une des deux plus grandes du Monde. Diplômée d'un Master of Art en Littérature Ancienne et Architecture, elle était, aujourd'hui après 17 ans de service au Strandbook, assistante directe de Nancy Boss Wyden, propriétaire de cet établissement. Auteure reconnue à ses heures perdues, elle avait publié plusieurs ouvrages, notamment un sur l'architecture des thermes grecques et romains dans l'antiquité qui faisait référence.

— Bonjour Clint, c'est toujours un plaisir de vous avoir à New York.

— Bonjour Jenny. Je me sens tellement bien dans cette ville. Si je n'habitais pas sur la Côte d'Azur, je pourrais envisager de m'installer définitivement sur les bords de l'Hudson. C'est ma deuxième maison et je m'y sens beaucoup plus à l'aise qu'à Los Angeles où mes parents résident encore. Pourtant Santa Monica est magnifique, mais ici je me sens vraiment vivant ! Je vous remercie pour votre SMS d'hier soir, quel est cet ouvrage mystérieux qui devrait retenir toute mon attention et que vous n'avez pas encore présenté à la vente ?

— Suivez-moi, nous allons au troisième étage, Vassily, spécialiste des ouvrages rares et anciens va vous recevoir et vous le montrer.

Il la suivit à travers le dédale des rayons. Ils empruntèrent un ascenseur jusqu'au troisième. Vassily, responsable du département des manuscrits et livres anciens en Histoire, Voyages et Explorations, ainsi que des Cartes et Atlas, les attendait à son bureau. Clint et Jenny poussèrent la porte vitrée.

— Enchanté de faire votre connaissance M. McIntire, nous n'avons jamais eu le plaisir de nous rencontrer mais Jenny m'a longuement parlé de votre passion des vieux manuscrits et de votre fidélité d'acheteur à Strandbook Store, pour votre compte ou celui de M. Arbessault. Appelez-moi Vassily, lui dit-il en lui tendant la main.

— Tout le plaisir est pour moi Vassily, pas de mondanités et laissez tomber le monsieur pour Clint, ce sera mieux ainsi.

— Voilà, il y a deux semaines j'ai découvert un journal de bord ancien, à l'occasion d'une braderie aux livres à Rhode Island. Au hasard des allées, je me suis arrêté à un stand tenu par un jeune homme d'une trentaine d'années environ, Dylan Cackelie. Il venait de vider une maison familiale à Block Island suite à un héritage, la maison devant être vendue prochainement, et avait découvert trois malles renfermant de nombreux volumes et manuscrits datant tous d'un siècle minimum. Une salle des ventes n'ayant pas jugé suffisamment intéressant le contenu des malles pour en assurer la mise aux enchères, il décida de participer à cette grande braderie aux livres pour en écouler le contenu auprès de collectionneurs amateurs. La majorité des ouvrages, même très anciens, ne présentaient pas un réel intérêt, étant soit trop détériorés, soit des volumes assez répandus dans le monde des collectionneurs.

— Mais ce journal de bord, alors Vassily ?

— J'y viens Clint. Au milieu de ce fatras de papiers jaunis aux couvertures abîmées, j'ai repéré un étui en cuir assez travaillé et présentant les armoiries marines de la Penn Shipping Co. Un certain William Penn à la fin du XVIIe siècle, anglican héritier d'une énorme fortune, consacra celle-ci à son utopie, fonder en Amérique un pays idéal basé sur la tolérance religieuse et une certaine démocratie. Pour arriver à ses fins, il acheta des terres en Pennsylvanie, fonda une compagnie maritime, envoya des agents en Allemagne, en Suisse et peut-être en Alsace pour recruter toute secte religieuse qui voulait s'implanter. Malgré sa fortune immense, l'implantation de la colonie américaine contribuera à mettre en déséquilibre sa santé financière. Malheureusement, il décédera en 1718 avant la réalisation effective de son rêve.

— Vous commencez à sérieusement m'intéresser.

— J'ai fait des recherches sur cette compagnie. En 1736, la Penn Shipping Co. subsistait encore péniblement et organisait des traversées de l'atlantique à bord d'une petite flotte dont un brick, le *Princess Augusta*, nommé ainsi vraisemblablement en l'honneur de la Princesse Augusta de Saxe-Gotha-Altenbourg qui devint Princesse de Galles cette année-là, avec à son bord des migrants en soif de vivre leur religion sereinement dans un pays libre, sans être persécutés. Le *Princess Augusta* effectuera deux ou trois traversées. La première, relatée par la *Pennsylvania Gazette* du 27 septembre 1736, accoste à son bord avec 304 Palatines. Le voyage fut raconté notamment par l'un des passagers dans une lettre datée du 20 octobre 1736, Durs Thommen, originaire du canton de Bâle et adressée au révérend Annoni, un responsable religieux apparemment.

— Ce nom de Palatine me parle, il m'évoque un poème de John Griffith Wittier à propos d'un vaisseau fantôme. Une légende sur un vaisseau apparaissant en feu entre Noël et Jour de l'An ou lors de tempêtes. Y a-t-il un lien avec le *Princess Augusta* ?

— C'est là que ça devient intéressant. Le *Princess Augusta* a fait naufrage au large de Block Island et a donné lieu à cette légende. Et, il s'avère que parmi les passagers survivants se trouvaient des membres d'une famille originaire du Ban de la Roche du nom de Caquelin, qui au fil des décennies se transformera en Cackelie celui du jeune vendeur. Cet étui en cuir renfermait de nombreuses cartes de Cowes, de Rotterdam, de l'île de Wight, de Philadelphie et des différents ports de la côte est des États-Unis. Et surtout un journal de bord de la traversée de 1738 du *Princess Augusta* jusqu'à son naufrage, celui-ci ayant été complété à postériori par le jeune capitaine du navire, un certain Andrew Brook, un des rescapés, figurent également la liste des passagers et les documents précis de la cargaison du brick.

— Est-il possible de consulter ces manuscrits, cher Vassily ?

— Venez, je les ai entreposés en sécurité dans nos archives de conservation au sous-sol. Leur état est remarquable, mais un traitement est nécessaire cependant.

Ils reprirent l'ascenseur et atteignirent le 2e sous-sol, traversèrent un long couloir jusqu'à une porte blindée. Vassily leur fit enfiler une tenue stérile car le département conservation nécessitait des précautions toutes particulières pour la préservation des précieux volumes.

Ils pénétrèrent par un sas situé derrière la porte jusqu'à une vaste pièce sous atmosphère neutre, à l'éclairage froid, contenant des rayonnages de tiroirs métalliques. Clint pensa à une morgue, comme il en avait vu dans les nombreuses séries policières. Il sentit un certain malaise l'envahir. Il lutta pour ne pas sembler perturbé, la mort ou ce qui la rappelait le mettait toujours mal à l'aise. Vassily se dirigea vers le tiroir CK339, l'ouvrit et en sortit le précieux étui de cuir. Clint maintenant sentait monter en lui une excitation certaine. Il oublia l'environnement clinique. Se retrouver face à un manuscrit vieux d'environ 300 ans, jamais cela ne lui était arrivé. Ils s'installèrent sur une table en inox. Le responsable délivra de ses mains gantées de blanc les manuscrits de leur étui en cuir. Il les déposa sur la table.

— C'est exceptionnel ! commenta Clint en découvrant les parchemins. Quel état de conservation. Il tournait les pages avec la plus grande précaution. Il parcourut les cartes, lut quelques pages du journal de bord, surtout les dernières mentionnant approximativement la position du *Princess Augusta* lors de son naufrage. Il éplucha attentivement les listes de la cargaison, ses yeux volant d'une ligne à la suivante, sur les chargements de victuailles, les meubles et autres effets personnels des passagers. Soudain, ils se figèrent, la page qu'il venait de déchiffrer était d'un tout autre intérêt. Il devait contacter au plus tôt Gérard Arbessault. Après plusieurs minutes il referma le précieux étui et releva la tête doucement.

— Alors Clint qu'en pensez-vous ? Votre réaction m'indique que nous avons bien fait avec Jenny de vous informer en premier avant de proposer à nos autres clients ces manuscrits.

— En effet, cher Vassily, il est fort probable que mon patron M. Arbessault montre un certain intérêt pour ces documents rares. C'est un grand collectionneur de tout ce qui touche de près ou de loin à la marine, entre autres. Serait-il possible que vous organisiez un rendez-vous avant vendredi avec Mme Boss Wyden ? Je vais l'informer dès mon retour à l'hôtel de votre découverte.

— J'ai une réunion en fin d'après-midi avec Nancy et me charge de lui en parler. Jusqu'à nouvel ordre n'échangez avec personne sur ces documents, intervint Jenny. Je vous confirme au plus vite un horaire Clint.

Gérard Arbessault était un client important et régulier de Strandbook Store et lorsque Clint sollicitait un rendez-vous pour son patron avec la propriétaire Nancy Boss Wyden c'est que les manuscrits avaient à la fois un grand intérêt et une grande valeur. Nancy était toujours ravie de traiter avec lui.

Vassily était fier de sa trouvaille et en même temps il calculait dans sa tête le montant de son éventuelle commission sur le prix, sûrement conséquent, auquel se négocierait la transaction. Il avait acquis ces manuscrits au profit de la librairie, pour la « modique » somme de 7 000 $, ce qui avait fait le bonheur de son vendeur. La négociation avait été rapide et aisée avec le jeune Dylan. Dans ses comptes les plus optimistes, il espérait au mieux récolter une dizaine de milliers de dollars de tous les volumes et manuscrits contenus dans ses malles. Bien qu'il ait noté que certains d'entre eux étaient très anciens, le refus du maître priseur d'ajouter sa trouvaille au long catalogue de sa salle des ventes ne lui donnait que peu d'espoir. L'offre de Vassily pour ce seul étui de cuir lui assurait une journée fructueuse, il n'aurait qu'à brader les autres ouvrages pour atteindre sans sourciller son objectif financier. Pour l'expert de Strandbook, si un personnage averti comme Arbessault était acquéreur, cela valait peut-être 10 à 15 fois plus ! Un tel document aussi ancien et aussi bien conservé ne pouvait que séduire un collectionneur réputé de la fortune d'Arbessault. Mais le responsable des livres anciens et rares, expert en la matière, était loin d'imaginer les desseins que pourrait avoir ce richissime bibliomane.

Clint quitta la boutique sans déambuler dans les rayons, comme à son habitude, s'arrêta au coin de la rue pour acheter un cappuccino brûlant. Il héla un taxi jaune et rentra immédiatement au Plaza. Gérart Arbessault, suite à son SMS urgent, lui avait fixé de se retrouver au bar de l'hôtel à 13 heures, autour d'une Cesar Salade et d'une pinte de bière pour que Clint lui expose sa découverte.

La journée était ensoleillée et radieuse. Elle se révélerait primordiale pour les semaines à venir.

4
Mercredi 14 mai 2014
Palais du Pharo, Marseille

En cette après-midi, le ciel phocéen brillait d'un azur immaculé sous les assauts d'un fort mistral, ce vent frais du Nord qui déboule dans la vallée du Rhône et purifie le ciel de Provence. Tant d'artistes avaient été littéralement envoûtés par cette lumière unique, bouleversant leur vision de la peinture, de Cézanne à Van Gogh, Picasso ou Matisse pour les plus illustres. Le Palais du Pharo, cet imposant bâtiment qui trône et veille sur l'entrée du Vieux-Port, à la Teste More, offert par Eugénie, l'épouse impériale du Prince-Président Napoléon III déchu, à la ville de Marseille après un long procès en 1884, bruissait comme une ruche des préparatifs du cocktail de remise de la médaille d'honneur de la ville par son premier administré, le sénateur-maire et ex-ministre Monsieur Jean-Claude Gaudin, à Fran Blanc-Ponce le soir même. Non loin de là, sous la pelouse du parvis, à la tribune de l'amphithéâtre ultra-moderne du centre des congrès du Pharo, Fran terminait son intervention sur ce cépage originaire d'Espagne, célébré lors du Congrès Mondial du Grenache. Dans les salons, surplombant le Rowing Club, des vignerons du Monde entier ajustaient leur tenue, débouchaient quelques cuvées, avant d'accueillir les quelque 850 sommeliers, œnologues, acheteurs ou spécialistes et amateurs de vins, installés dans les confortables fauteuils de l'auditorium, qui se presseraient bientôt entre les stands pour déguster les meilleurs vins élaborés à base de grenache noir, blanc ou gris, avant les résultats officiels du 2e Concours des Grenaches du Monde, né en Roussillon en 2013 et se tenant chaque année dans une région productrice de vins à base du cépage. Les hôtesses d'accueil, toutes de rouge vêtues, finissaient de sortir les verres à dégustation qu'elles s'apprêtaient à distribuer à tous les participants à la fin de la conférence. Les verres volaient des cartons aux comptoirs, entre leurs mains agiles, dans une chorégraphie très bien réglée.

Fran, impeccable dans son tailleur-pantalon framboise, le regard embrassant l'assistance, acheva sa conférence sous les applaudissements nourris. Elle rassembla ses documents, les pliant méticuleusement avant de les glisser dans sa sacoche Burberry. Elle n'avait pas remarqué, tout en haut de l'auditorium près de l'entrée principale, les deux silhouettes en complet sombre qui venaient de pénétrer dans la salle. Happée par les congratulations nombreuses sur son exposé brillant concernant « les Grenaches, pierres angulaires des vins méditerranéens et leur développement dans le Monde », elle ne remarqua pas non plus que les deux hommes se tenaient désormais à quelques encablures d'elle, la fixant du regard, dans l'attente de pouvoir l'aborder. Un petit groupe de ses prestigieux amis sommeliers l'avait rejoint, la soustrayant aux deux inconnus. Il y avait là, Michel Balanche, son mentor qui l'avait formée au Lycée Hôtelier de Nice, Philippe Faure-Brac, Meilleur Sommelier du Monde en 1992 à Rio, qu'elle avait tenté d'égaler mais ne parvenant qu'à une place de finaliste en 2007 à Rhodes en Grèce après une demi-finale en 2004, Shinya Tasaki, titré en 1995, ainsi que Gisèle Marguin la présidente de l'ASAMP, dont elle faisait partie, et David Biraud, en lice pour représenter une troisième fois la France au prochain Concours du MSM, après Santiago du Chili et Tokyo.

Encore dans l'excitation de sa présentation, elle ne vit toujours point le binôme se rapprocher du petit groupe. Alors que les sommeliers progressaient vers l'espace Vieux-Port et les stands des vignerons pour déguster quelques cuvées lors de la Nuit des Grenaches, le plus grand des deux l'interpella.

— Bonjour Madame Blanc-Ponce, pourriez-vous nous accorder quelques instants, nous avons à vous entretenir d'une affaire importante ?

Elle tourna la tête en leur direction, ainsi que ses confrères. La voix de l'homme présentait un fort accent étranger, peut-être hispanisant. Les « R » roulaient comme des cailloux, tout en chantant une mélodie latine. Il ne s'était pas présenté au groupe. Son acolyte, plus costaud, les yeux cachés derrière de larges lunettes, restait en retrait.

— Excusez-nous Messieurs, mais Madame Blanc-Ponce n'est pas disponible pour le moment, elle a encore de nombreuses obligations ce jour. Si vous n'êtes mandatés par quelque organisme officiel, laissez votre carte, elle vous rappellera. Intervint un de ses illustres amis sommeliers avant que Fran ait pu répondre.

Fran devait recevoir la médaille d'honneur de la ville, puis participer à la remise des Prix du Concours Mondial des Grenaches et sa présence était indispensable. Ses messieurs n'avaient pas pris le temps de décliner leur identité. Ils l'abordaient d'une manière très cavalière. Ils tournèrent les talons et reprirent leur avancée. Cette fois-ci, l'homme saisit le bras de Fran, l'immobilisant sur place. Fran lui fit face, ne pouvant se défaire de sa main ferme.

— Madame, il est vraiment impératif que vous nous accordiez un moment de votre temps. Nous ne pouvons quitter Marseille sans vous avoir entretenu de ce sujet. Nous vous attendrons à la fin de la soirée à l'entrée du Palais. Ses yeux ne trahissaient aucun sentiment, seule la détermination se lisait sur son visage émacié.

Fran interloqué n'eut pas le temps de répondre que les deux sbires avaient tourné les talons et remontaient les escaliers du Palais vers le parvis. Ses collègues la dévisagèrent d'un ton interrogatif. Michel Balanche, qui la connaissait depuis ses années lycéennes, à l'époque où elle portait encore une queue-de-cheval, lui proposa de ne pas la quitter à la fin de soirée. Encore déboussolée par cette intervention, la sommelière ne réagit pas, toute à ses pensées. Ils la réconfortèrent, lui assurant qu'ils étaient là à ses côtés et qu'elle ne risquait rien.

La soirée touchait à sa fin. Six domaines, avaient décroché la précieuse médaille d'or : trois Français de l'appellation Rivesaltes et trois Espagnols, des D.O. Calatayud dans la province de Saragosse, Carinena en Aragon et Montsant en Catalogne. Cette deuxième édition était encore une belle réussite. Le concours et les conférences attiraient de plus en plus de professionnels venus des quatre coins du monde. Pour les vins, 6 pays étaient représentés : France, Italie, Espagne, République de Macédoine, Australie et Afrique du Sud.

Les participants refluaient tranquillement du palais du Pharo, rejoignant, qui le Sofitel Vieux-Port, qui le New Hotel of Marseille ou le Radisson Blue, tous à quelques encablures à peine du centre de congrès. Fran sortit au bras de son mentor, la médaille de la ville de Marseille épinglée au revers de sa veste. Elle aperçut de suite la Mercedes et les deux hommes qui l'attendaient. Celui qui l'avait approchée à la fin de sa conférence, s'avança. Elle agrippa plus fermement le bras de Michel Balanche.

— Madame, je vous demande d'accepter nos excuses pour notre attitude peut être un peu hostile tout à l'heure. Nous ne souhaitions pas vous inquiéter. Je me présente Miguel Krauth et voici Adrien Chevasson. Nous voulons seulement vous transmettre une invitation de notre patron, Monsieur Arbessault.

— Je suis à votre écoute et j'accepte vos excuses.

— Si vous le permettez, nous vous proposons de vous raccompagner à votre hôtel et de prendre un verre au bar. Nous serons plus à l'aise pour discuter un moment.

— Dans la mesure où mon ami peut rester à mes côtés, je vous suivrai. Mais je dois repartir demain matin tôt de Marseille pour Munich, pour une expertise en Crimée. Je ne peux vous accorder guère plus d'une demi-heure.

— Cela ne pose aucun problème, Madame Blanc-Ponce. Si vous voulez bien vous installer. Lui proposa-t-il, tenant la portière du véhicule.

Fran était plus détendue désormais, son ami à ses côtés lui donnait un sentiment de sécurité. Elle se glissa à l'arrière de la berline.

Les sièges en cuir blanc étaient très confortables. Elle se détendit complètement. La journée avait été riche et éprouvante. Un verre au Dantes ne lui ferait que le plus grand bien.

Arrivés au Sofitel quelques minutes plus tard, ils montèrent au dernier étage jusqu'au bar lounge. La vue de nuit sur le vieux port, les lumières de la ville ceinturant le Lacydon, cette ancienne calanque abri des plaisanciers, lui donnait l'impression d'une salle de spectacle dont le Dantes serait la scène. Elle commanda un Talisker 10 ans d'âge, servi à -18°. Ce mode de service atypique de ce scotch était une expérience sensorielle incomparable. À la première gorgée, le gras du whisky élevé en fut de chêne, les notes très iodées et à peine tourbées, saturaient le palais. Point de sensation d'alcool, juste ce gras qui tapissait toutes les parties de la cavité buccale. Au bout de quelques secondes, l'alcool du whisky, en se réchauffant, explosait en bouche en un feu d'artifice. C'était une sensation incomparable et si suave. Elle se relâcha un peu plus.

Adrien Chevasson, après avoir un peu siroté son Irish Whiskey et échangé quelques banalités, prit la parole. Son visage tout rond et son crâne dégarni, contrastait avec les traits anguleux de Miguel.

— Madame, vous êtes une sommelière reconnue, une experte en vieux vins. Vous collaborez avec la maison Sotheby's depuis de nombreuses années pour l'estimation de vieux flacons lors de ventes aux enchères prestigieuses. Vous avez écrit parmi vos multiples ouvrages, un recueil sur *Les plus Vieux Vins du Monde* aux éditions du Corton. De plus vous détenez un DEA en Biochimie, obtenu brillamment à l'Université de Bordeaux. Vous intervenez en tant que Maître de conférences à l'université d'Aix-Marseille, dont vous dirigez un laboratoire. Vous possédez une cave avec plus de 1 000 références, notamment quelques Portos de 1810. Et vos compétences sont vantées par tous. Enfin, vous intervenez régulièrement pour de grands collectionneurs privés en plus de diriger une institution locale, le « Bistrot de la Bonne Mère » à deux pas d'ici sur le Cours d'Estienne d'Orves.

Ils avaient scrupuleusement épluché son parcours. Elle était impressionnée et flattée.

— Bravo, beau travail ! Je ne semble pas avoir de secrets pour vous. Votre patron serait-il à la tête d'un service de renseignements ? La remarque tira un léger sourire aux trois hommes.

— En aucun cas, soyez rassurée. Votre réputation dépasse largement les frontières de notre pays. Et internet est un bon allié.

Elle avait conscience que la googlisation de son nom dévoilait la quasi totalité de son existence, entre page Wikipédia, articles de France et d'ailleurs, page Facebook, site internet de son restaurant, et biens d'autres encore. Le XXIe siècle était le règne du virtuel, tout se mémorisait et rien ne disparaissait des entrailles du numérique. Il suffisait de savoir bien chercher.

— M. Arbessault, dont vous avez sûrement entendu parler, est PDG et actionnaire majoritaire du groupe international GENES, qui intervient dans la Joaillerie, les Produits Cosmétiques, l'Horlogerie, les Assurances, le Transport Aérien et les Énergies Renouvelables. Mais c'est d'abord et avant tout un passionné de vins, sportif et baroudeur à ses heures.

— Quel beau pedigree. Et il a réalisé cela tout seul ? Ce monsieur doit être très occupé, d'où votre présence. Fran ne pouvait s'empêcher de manier une certaine dérision ou humour. Cela lui permettait de dédramatiser le moment.

Elle approcha le verre à digestif de ses lèvres framboise, assorties à son tailleur, et aspira délicatement une nouvelle gorgée de Talisker. Michel, assis en retrait, l'observait en dégustant un vieux Rhum Dictador, 20 ans d'âge. Une pure merveille colombienne. Il la considérait un peu comme sa fille spirituelle et était très fier de sa réussite, lui son professeur de sommellerie au lycée hôtelier de Nice. À bientôt 80 ans, il avait formé quantité de sommeliers, dont l'une des plus illustres se nommait Fran. À chaque nouvelle rencontre avec sa protégée, il découvrait une facette cachée de sa personnalité. Cela l'avait toujours fasciné. Il croyait la connaître mais était systématiquement estomaqué de voir sa brillante évolution continue.

— C'est en effet quelqu'un à l'emploi du temps surchargé, entre deux avions ou rendez-vous en permanence. Il souhaiterait d'ailleurs vous rencontrer.

— C'est charmant de sa part ! Et que me vaut cet honneur ?

— M. Arbessault souhaite vous confier une mission très importante. Fran le coupa net.

— Et quelle est cette mission, l'évaluation de sa cave ?

— Il ne s'agit point de cela, mais je ne peux pas vous en dévoiler la teneur. Sachez que celle-ci devrait vous monopoliser plusieurs semaines.

— J'ai moi-même un emploi du temps très rempli et il va falloir, je pense lui trouver une personne plus disponible. Mon ami Michel est très compétent et à la retraite…

— Madame, c'est de vous et de vos compétences dont M. Arbessault a besoin. Il vous attend le samedi 24 mai dans ses bureaux à la Défense pour vous entretenir de cette affaire. D'ici là tâchez d'alléger votre programme estival, vous en seriez bien inspirée, conclut-il sur un ton ferme. Cette dernière phrase impérative la contraria manifestement.

Les deux émissaires avaient fini leur verre. Ils se levèrent, les saluèrent et réglèrent l'addition avant de quitter l'hôtel. Fran récupéra l'enveloppe déposée sur la table par l'homme à l'accent hispanique. Elle la décacheta. À l'intérieur se trouvait un billet Aller-Retour pour Paris à la date du fameux samedi et les coordonnées des bureaux de GENES S.A. à l'Arche de la Défense. Fran interrogea du regard son aîné.

— Tu sais, lui dit-il, cela ne coûte rien d'aller rencontrer ce capitaine d'industrie. Tu dois pouvoir t'organiser pour ce week-end-là. De toute façon ton restaurant est fermé les samedi et dimanche. Tes deux enfants comprendront. Camille et Quentin sont grands et ils ne sont plus tristes depuis longtemps lorsque leur maman s'absente. Ils seront peut-être mêmes ravis d'avoir la maison pour eux. Il me semble qu'ils excellent dans l'organisation de soirées avec leurs amis. Et puis, cela te donnera l'occasion d'aller passer un week-end avec ton mari à Paris. C'est quand même là-bas que vous vous êtes rencontrés. Anthonin passera voir quelques confrères joailliers place Vendôme. Je me souviens que l'un de ces amis possède une célèbre bijouterie sur la place. Cela vous fera le plus grand bien de vous retrouver tous les deux.

— Tu as sans doute raison. J'irai rencontrer ce Monsieur et écouter sa demande.

Ils avalèrent les dernières gouttes de leur digestif et regagnèrent chacun leur chambre. Fran n'avait pas prévu de rentrer dans leur villa à la presqu'île à Cassis. Son avion pour Munich décollait à 7 h 30 de Marignane. Elle s'envolerait ensuite pour la Crimée, attendue qu'elle était au Domaine de Massandra le surlendemain. En descendant par l'ascenseur jusqu'à sa chambre au 5e étage, elle repensa à la « Blue Night » de l'été dernier, soirée intergénérationnelle, que Camille avait organisée, avec leurs amis cassidains, enfants et parents dans le même délire. Ils s'étaient beaucoup amusés ce soir-là. Sa fille était experte en organisation. Elle apportait une attention toute particulière à la décoration, la musique et aux nouveaux jeux qu'elle inventait à chacune d'elles. Elle laissait les ravitaillements solides et surtout liquides à la responsabilité de son frère, lui qui se passionnait pour la restauration et espérait prendre progressivement la suite de sa mère au restaurant. Cette fois-ci, elle avait imaginé un jeu où chacun devait retrouver son binôme en tirant un papier sur lequel une lettre était inscrite. Chaque couple improvisé devait alors reproduire la lettre avec leurs corps et se faire prendre en photo. Ils avaient beaucoup ri, bu et dansé, tout âge confondu. Leur villa, avec son grand jardin face au Cap Canaille et à la baie, se prêtait parfaitement à ces rassemblements fraternels.

5
Mercredi 23 avril 1738
Sauternes

Les brumes épaisses de ce début de matinée printanier, recouvraient les berges du Ciron, cette petite rivière qui serpente des Pyrénées aux Landes, pour se jeter dans la Garonne à Barsac, et la campagne environnante. Dans cette ambiance ouatée, Jasper Winkler, sur son alezan à la robe baie, s'imaginait dans un monde magique et irréel. Il sentait sur son visage les microscopiques gouttelettes d'eau s'écraser sur ses pommettes. Des sons étouffés parvenaient du lointain. Était-ce quelques elfes, fées ou farfadets célébrant ce nouveau jour au cours d'un banquet printanier? Son fier destrier fendait le nuage vaporeux d'un pas ferme, répondant aux sollicitations de son cavalier sans appréhension. Sa respiration était régulière, ses muscles se bandaient à chaque foulée et malgré la fraîcheur matinale, son pelage transpirait dégageant des volutes de vapeur. Le couple équin en osmose, approchait doucement du petit village de Sauternes au rythme du roulement de tambour des sabots de Bayard, sur le sol pavé serpentant au milieu des vignes. Le trajet depuis Gradignan au sud de Bordeaux, s'était déroulé sans mauvaises rencontres. Ils s'étaient rassasiés et reposés, la nuit précédente, au prieuré de Cayac, au milieu de pèlerins en route pour Saint Jacques de Compostelle, après avoir chevauché sur la via Turonensis depuis plusieurs jours. Il se délecta de vin du médoc, d'une soupe de légumes au lard et de petits gâteaux bruns, comme des bouchons, les cannelés, préparés par les Chartreux. Ce repas copieux l'avait comblé. Il ne connaissait pas ce petit gâteau girondin moelleux, servi tiède. Leur long voyage depuis le Ban de la Roche, en Alsace, touchait au but.

Le portail d'entrée du Château Ryque-Roaillan apparut devant leurs yeux, alors que la brume s'évaporait peu à peu, sous les rayons du soleil réchauffant la terre girondine. Ils pénétrèrent par le porche, dans la vaste cour au milieu de l'imposante bâtisse en quadrilatère. Les pierres blondes lumineuses ne trahissaient point les plus de 150 ans de la bâtisse reconstruite en 1593, par Jacques Sauvage le grand aïeul du seigneur actuel. Elle dominait la vallée du Ciron et les vignes alentour, aux ceps à nu et noueux, torturées par les vents océaniques. Il mit pied à terre et confia Bayard à un palefrenier venu à sa rencontre. Celui-ci l'entraîna vers l'écurie et fit mander Léon de Sauvage, le maître des lieux. Quel bonheur de fouler la terre ferme pour un moment. Ces heures passées à cavaler auraient raison de son dos pourtant robuste et musclé. Il était de bonne constitution, charpenté et athlétique du haut de ses 27 ans. Le visage carré, un grand front et une fossette au milieu du menton caractéristique, que ses 8 frères et sœurs arboraient également. Ses joues étaient dévorées par une barbe de deux semaines. Ses grands yeux bleu turquoise lui donnaient un charme fou et rendaient ses interlocuteurs bienveillants. On lui apporta de l'eau pour se désaltérer et se rincer le visage. Il but gorgée après gorgée, jusqu'à ressentir chaque goutte désaltérer chacune de ses cellules.

Léon de Sauvage de Roaillan apparut à la porte du chai, flanqué de son maître de cave. Vêtu d'un long manteau vert foncé aux parements dorés et de sombres bottes ébène aux pieds, le sieur apparaissait aussi puissant qu'un chêne centenaire.

— Soyez le bienvenu en ces lieux, Sieur Jasper Winkler. J'espère que vous avez fait bon voyage depuis vos contrées orientales. Si vous voulez bien me suivre jusqu'à l'entrepôt.

— Je vous remercie Monseigneur. Le voyage fut fatigant et long depuis la haute vallée de la Bruche. Je suis parti voilà maintenant plus de 10 jours, traversant notre noble royaume d'est en ouest, mais il fut riche de rencontres dans les auberges ou relais de chasse. Pas plus tard qu'hier soir, j'ai conversé longuement avec quelques pèlerins en chemin vers Compostelle au prieuré de Cayac. Leur voyage est beaucoup plus éprouvant que le mien, à pied, à la merci des brigands, alors que j'ai pu compter sur Bayard mon fidèle compagnon, qui me supporte sur son dos sans rechigner.

Jasper Winkler, l'homme de confiance du Comte palatin Georges-Louis de Veldenz Wittelsbach, venait vérifier le chargement de la cargaison de son maître en partance pour le Nouveau Monde à l'automne prochain et remettre au propriétaire du Château les lettres de créances pour le précieux chargement. Jasper ne connaissait que de modestes vignerons d'Alsace, jamais il n'était entré dans un château dédié au vin. Tout semblait si démesuré. Il imaginait l'agitation en période de vendanges. Le bal des charrettes chargées de raisins gorgés de soleil. Il ne connaissait point la particularité des vins de Ryque-Roaillan. Léon de Sauvage apostropha l'un de ses ouvriers.

— Mon bon Médard, préparez une table dans le salon de réception afin que Monsieur Winkler puisse déguster notre vin après son inspection.

— Très bien Monseigneur, il sera fait selon votre désir.

Léon de Sauvage avait fait évoluer ses vins de manière spectaculaire depuis le début des années 30. De vins blancs relativement sucrés ou moelleux, il en avait fait des vins liquoreux extraordinaires. Jusqu'au début du XVIIIe, les Ryque-Roaillan n'étaient pas encore les très grands vins blancs liquoreux que nous connaissons depuis. C'était seulement des vins blancs doux forts appréciés. À l'occasion d'une visite du Comte de Veldenz en 1728, celui-ci lui avait ramené plusieurs bouteilles de vins de Tokaji et de Trockenbeerenauslese. L'étonnement de Léon de Sauvage devant ces nectars couleur or, aux notes de fruits confits, de miel, de cire, tout en conservant une belle fraîcheur, l'avaient incité à entreprendre un voyage en Hongrie et en Rhénanie pour percer le mystère de ces vins. Il avait découvert auprès des vignerons du cru, que leurs raisins étaient eux aussi atteints de pourriture noble, le Botrytis Cinéréa, mais quant à Sauternes, les vendanges se faisaient le plus tard en octobre sur des raisins surmaturés, dans ces deux contrées les vignerons laissaient le précieux champignon développer sa pourriture noble pour concentrer encore plus le taux de sucre et effectuaient lors de la vendange un tri sélectif des baies « rôties », à maturité, en plusieurs tris. Dès le premier millésime en 1731, son Ryque-Roaillan surprend et séduit les notables du Bordelais. Peu à peu, le nouveau vin du Château Ryque-Roaillan allait supplanter tous les autres vins sucrés du royaume de France et le liquoreux devenir la signature des vins de Sauternes. Le Comte de Veldenz avait été très séduit par cette évolution. Il trouvait ces vins supérieurs à ceux de la Rhénanie toute proche et de Tokaji. Leur robe, la richesse de leurs arômes et cette sensation inimitable en bouche. Et pour son installation dans la lointaine Amérique, il avait commandé trente douzaines du précieux liquide, des millésimes 1733, 1734 et 1735.

Jasper Winkler et Léon de Sauvage s'avancèrent dans l'un des entrepôts. La lumière faible ne permettait de suite de distinguer le haut plafond et les voûtes, mais l'on apercevait les imposants tonneaux de chêne dans lesquels maturait paisiblement le vin liquoreux, pendant six à huit mois. Puis viendrait le temps de l'assemblage et de la mise en bouteille au cours du troisième hiver. Ils traversèrent la vaste pièce pour accéder derrière une porte de bois travaillée à une salle plus basse de plafond, dans laquelle les caisses d'expédition étaient en cours de chargement. Le Comte de Veldenz avait fait venir d'Angleterre des bouteilles en verre noir très épais, gravées des deux R se faisant face, d'une qualité remarquable afin de préserver du mieux le vin pour son long voyage. Léon de Sauvage utilisait habituellement les bouteilles de la verrerie Mitchell, située à Bordeaux, mais le Comte avait insisté pour n'utiliser que la bouteille fabriquée outre-Manche. Les bouchons de liège quant à eux provenaient des meilleures forêts ibériques de chêne-liège. Pour assurer la conservation de ses vins, le maître des lieux était prêt à toutes les innovations. Celle de la « Dutch Match » était l'une des dernières et pas des moindres. Il avait tout de suite adopté cette technique progressiste de brûlage dans les tonneaux d'une mèche de soufre pour améliorer la conservation. Ce progrès, parachevait alors, après la bouteille et le bouchon, l'amélioration de la conservation des vins à travers les ans. Léon de Sauvage, depuis son anoblissement le 16 juillet 1711 et l'accession à la propriété de plein droit du domaine, n'avait eu de cesse d'améliorer ses vins et d'être à la pointe du progrès, pour offrir le meilleur de Ryque-Roaillan.

— Voici, cher Jasper, les caisses du Comte. Vous noterez que nous avons fait spécialement fabriquer des caisses de 36 bouteilles en charme commun, pour avoir la meilleure résistance, avec une double caisse intérieure en cuivre. Chaque bouteille est entourée de laine de mouton et de paille, pour amortir les éventuels chocs et maintenir une température constante. Et les caisses sont étanches par l'application d'étoupe et de goudrons comme pour les constructions marines. Léon de Sauvage énumérait précautionneusement toute l'attention apportée à cette cargaison.

Jasper inspecta méticuleusement chacune des 10 caisses devant être chargées trois jours plus tard sur une goélette au départ de Bordeaux, à destination de Rotterdam. Là, ils rejoindraient les entrepôts de la Penn Shipping Co., avant leur installation sur le *Princess Augusta*, pour leur grande traversée vers Philadelphie à l'automne. Il ne quitterait pas les caisses jusqu'au port néerlandais.

— Excellent travail cher Maître, vous portez autant de soin au transport de vos vins qu'à leur élaboration. Le Comte en sera fort ravi.

— Je m'en réjouis. J'ai pris l'initiative d'ajouter en cadeau pour le Comte, une caisse de 1736, notre dernier millésime que nous venons d'assembler. D'ailleurs nous allons de ce pas le déguster ainsi que les trois autres années. Passons au salon de réception où je nous ai fait préparer les différentes bouteilles.

Le salon de réception arborait de larges fenêtres surplombant le vignoble. Quelques fauteuils sobres autour d'une large table en chêne, des boiseries or, des tentures pourpre aux hautes fenêtres et un large miroir. Pas de peinture ostentatoire aux murs mais une vue dégagée sur les vignes et la vallée du Ciron. Un seul tableau représentant le portrait de Jacques Sauvage qui en 1593 fit reconstruire le château à l'emplacement de l'ancienne forteresse du XIIe. Les quatre bouteilles, posées aux côtés de verres en cristal de Bohème sur un plateau en argent ciselé, attendaient dans la lumière de se dévoiler.

Le seigneur de Sauvage attrapa une vis à bouteille et entreprit d'ouvrir un à un chacun des flacons. Il versa en premier le 1736 dans les verres. La robe couleur jaune dorée pâle brillait dans le cristal, reflétant les rayons du soleil qui inondaient le salon.

Jasper approcha le verre de son nez. Il huma par petites touches, d'une narine à l'autre. Durant ces années au service du Comte, il avait développé une réelle aptitude à la dégustation et accompagnait toujours celui-ci lors du choix de bouteilles chez les vignerons. Le nez fin, frais et fruité, dévoilait des notes de fleurs blanches, de miel et ce côté riche botrytisé. Il approcha les lèvres et absorba une première gorgée. L'attaque en bouche était ample et caressante, se développant sur les fruits blancs confits et les épices. La finale suave et longue offrait un côté racé d'écorce d'agrumes. Assurément un vin au très bel équilibre, sur la fraîcheur et la vivacité de sa jeunesse. Le Comte apprécierait énormément, se dit-il. Lui revint en mémoire sa première émotion avec un vin. C'était un gewurztraminer d'Alsace que le Comte Louis de Veldenz lui avait fait déguster alors qu'il n'avait pas encore 16 ans. C'était une de ses longues journées d'été ou le soleil darde ses rayons jusque tard. Ils étaient sous un grand hêtre centenaire qui se dressait devant le corps principal du château de Veldenz, au loin se distinguait vers l'est le Champ du Feu, point culminant de la région, peint de teintes rosées par le soleil déclinant. Il pouvait se remémorer les arômes exubérants de rose et d'épices que dégageait le vin blanc à la robe jaune paille. En bouche, la complexité le disputait à la matière ample. De ce jour, il avait gardé un penchant certain pour les vins blancs de sa région. Première émotion.

Les trois autres bouteilles furent dégustées et savourées avec le même plaisir intense. Le 1735, présentait un bouquet précis, complexe et explosif. En bouche, le vin est incroyablement équilibré, pur avec un fruit botrytisé magnifique. Quant au 1734, à la robe jaune paille aux reflets dorés, il propose des notes d'abricot mûr au nez. À la dégustation c'est une belle liqueur, pleine d'élégance, avec une finale sur le citron confit. Un millésime un peu plus mince que les deux précédents, mais une belle réussite. Enfin, le millésime 1733, un vin hors du commun par sa richesse et sa concentration, aux notes de fruits d'été et fruits exotiques, de cannelle et de muscade, soutenues par ses nuances de pain grillé, de vanille et de caramel, augurait d'un potentiel de garde extraordinaire ! Ses sens sans dessus dessous, lui réclamait une nourriture plus consistante.

— Pendant que mes gens finissent de préparer et sceller les caisses, je vous invite à partager mon déjeuner en toute modestie.

— C'est un grand honneur que vous me faites cher Maître. J'accepte votre invitation avec plaisir.

— Avant cela, si vous le voulez bien, je vous propose de parcourir les vignes jusqu'au Ciron, ce petit cours d'eau par qui le miracle existe.

La balade et le déjeuner furent un agréable moment de détente. Sa première journée depuis plus d'un mois à profiter de l'instant. Léon de Sauvage l'avait conduit jusque sur les berges de la rivière à travers les ceps torturés qui commençaient à s'éveiller. La sève réactivée par la fin de l'hiver et ses températures douces, régénérait le processus de vie et les pieds endormis bourgeonnaient lentement. Ils échangèrent sur la valeur des vins du Bordelais et celle des vins d'Alsace. Léon de Sauvage lui parla de muscats d'Italie, élaborés au large de la Sicile, qu'il avait eu le plaisir de découvrir, lors de la visite de Charles VII, roi de Naples et de Sicile. Ces muscats élaborés sur l'île volcanique de Pantelleria, dans le détroit de Sicile, entre l'île et la côte africaine, présentaient une concentration extrême qui le fascinait. Jasper, lui avait dévoilé son désir, en suivant le Comte Veldenz au Nouveau Monde, d'y trouver des terres favorables à la vigne pour y développer une production, en achetant quelques parcelles avec ses économies accumulées depuis dix ans au service des Veldenz.

Alors que le soleil s'étirait vers l'ouest, Jasper Winkler se remit en selle sur son fier alezan, escortant un chariot conduit par deux palefreniers du domaine en direction du port de Bordeaux. La cargaison trônait à l'arrière de la benne, trésor liquide en quête d'un long voyage.

6
Vendredi 16 mai 2014
Domaine Massandra, Crimée

Les roues du Embraer ERJ-145, s'écrasèrent en douceur sur la piste de l'aéroport international de Sébastopol en Crimée. Le commandant de bord inversa les deux turboréacteurs à double flux, le vrombissement de leur sifflement emplit la cabine des passagers, qui n'étaient qu'une vingtaine à bord sur les 50 places disponibles. Depuis deux mois et la crise de Crimée, il ne faisait pas bon s'aventurer dans cette région tiraillée entre l'Ukraine et la Russie. L'obtention d'un visa avait été très compliquée, à qui s'adresser, l'ambassade russe ou l'ukrainienne? Finalement, suite au référendum unilatéral du parlement criméen le 16 mars dernier, la majeure partie de la péninsule était désormais une république, sujet fédéral du pouvoir moscovite, non reconnue par les instances internationales. Deux mois après, malgré la présence de forces russes à la frontière ukrainienne, les tensions s'étaient calmées et il était de nouveau possible de se rendre à Massandra, petite ville sur les hauteurs de Yalta, où le tsar Nicolas III fit transformer le palais acheté en 1830 à la Comtesse Branitskaïa, pour en faire sa résidence d'été.

Le jet brésilien, moyen courrier, de l'Ukraine International, s'immobilisa tout proche du terminal. Fran, malgré ses déplacements fréquents, avait en horreur les atterrissages. Elle se raidissait sur son siège ou serrait fortement l'avant-bras d'Anthonin, son époux, lorsqu'ils voyageaient ensemble. Cette fois-ci, seule, elle avait eu droit à trois : une escale à Munich, une à Kiev et enfin à sa destination finale. Elle rassembla ses affaires, ouvrit le coffre à bagages, récupéra sa valise-cabine, sa mallette, son manteau et se dirigea vers la sortie de l'avion. L'air à l'extérieur était doux, très méditerranéen. Les monts de Crimée, à l'est, protégeaient la côte méridionale des vents continentaux qui l'hiver descendaient du nord de l'Ukraine. Ils avaient survolé lors de la descente vers Sébastopol, le mont Roman-Koch, point culminant de cette chaîne montagneuse avec ses 1 545 m de haut. Les Tsars ne s'étaient pas trompés en établissant leurs résidences estivales sur la côte de la mer Noire. Ils se retrouveraient après la révolution bolchevique sur la Côte d'Azur si semblable dans son climat. Des effluves méditerranéennes parfumaient l'air ambiant. C'était la première fois qu'elle venait au domaine de Massandra. Elle connaissait son histoire, mais n'avait eu le privilège de franchir ses portes.

Lorsqu'elle sortit dans le hall de l'aérogare, après les nombreux contrôles, elle aperçut une femme élégante, d'une quarantaine d'années, pulpeuse, à l'allure très distinguée et slave, flanquée d'un chauffeur présentant une pancarte avec son nom. C'était Yanina Pavlenko, la directrice de Massandra, qui avait fait le déplacement personnellement pour l'accueillir. Le chauffeur la débarrassa de sa valisette et les escortèrent jusqu'au van garé à l'extérieur de l'aéroport. Durant le trajet, Yanina lui raconta, dans un anglais parfait et en détail, l'histoire insensée de Massandra. Comment, à la mort du tsar Alexandre III en 1894, son successeur Nicolas II, avait délaissé la résidence d'été, toujours en cours d'achèvement, pour faire construire une maison en bord de mer, et transformé le château en domaine viticole, sous l'impulsion du prince Lev Sergueïevitch Golytsine, premier viticulteur au domaine. Le tsar souhaitait un lieu de prestige capable de fournir en vin la cour lors de ses villégiatures estivales. Golytsine y fit planter quantité de cépages pour imiter les grands vins français, portugais, hongrois ou espagnols. Après maints essais, le prince parvint à élaborer des cuvées semblables aux vins préférés du tsar, qu'il dénommait, madeira semblables au madère, kagor pour les imitations du Cahors, tokay comme le Tokay hongrois ou port en référence au terme britannique du Porto. Aujourd'hui, 28 cuvées, principalement des vins moelleux et liquoreux faisaient la renommée du domaine. Parallèlement à ses essais de vinification, le prince Golytsine était un formidable collectionneur qui accumula quelques milliers de bouteilles qu'il légua au domaine à sa mort. Durant la révolution de 1917, tous les vins et la formidable collection furent cachés dans les sept galeries de 150 m, creusées dans la montagne et murées. Elles ne furent découvertes par des soldats de l'armée rouge que plus tard en 1920. Par bonheur, Staline ne dilapida pas cet héritage, au contraire, il fit verser toutes les bouteilles des caves du tsar déchu, à Moscou, Saint-Pétersbourg ou dans d'autres résidences, à la fabuleuse collection de Massandra. Pendant la seconde guerre mondiale, en 1941, toutes les bouteilles furent déménagées et cachées en lieu sûr pour les soustraire à l'avancée de l'armée allemande. Elles ne réapparaîtront qu'en 1944, à la fin de la guerre et avec la débâcle nazie. Aujourd'hui le domaine s'enorgueillit de plus d'un million de bouteilles, dont tous les millésimes de Massandra depuis Golytsine et perle de sa collection, cinq bouteilles de Jerez de la Frontera, datant de 1775. Selon certaines estimations, le Xérès le plus cher au Monde.

Le van se faufilait dans la circulation au sortir de Sébastopol. Il emprunta la route H-19, corniche qui serpente le long de la côte, surplombant les nombreux villages balnéaires. La conduite de Dimitri, le chauffeur était précise et assurée. Cela rappelait à Fran la Riviera plus sauvage, après la frontière italienne. Des lauriers bordaient la route sinueuse. Ils arrivèrent au bout d'une heure à l'entrée de Yalta, historiquement célèbre. Ils dépassèrent le palais de Livadia, cette grande demeure de style Renaissance en marbre de Carrare et granit de Crimée, modifiée sous le tsar Nicolas II, qui abrita la conférence de la fin de la seconde guerre mondiale. C'était un palais magnifique, entouré de vastes jardins tombant vers la mer Noire. Massandra n'était plus qu'à 5 kilomètres.

Le véhicule finit par s'immobiliser devant le plus grand hôtel de Crimée, le Yalta Intourist. Yanina Pavlenko lui avait fait réserver une suite dans ce temple du tourisme criméen. Un gigantesque établissement luxueux moderne, donnant directement sur une plage de sable fin. Cet hôtel possédait 5 piscines, dont l'une à l'eau de mer, un parc aqua-ludique, 25 restaurants et bars ! Tout respirait la démesure. De nombreux Russes se retrouvaient à cette époque de la Pentecôte dans ce véritable paquebot terrestre pour profiter des premières baignades et douceurs printanières. Une certaine effervescence régnait à la réception de l'hôtel à cette heure d'arrivée des clients. Le directeur, Victor Dimitrov, présent dans le lobby, aperçut tout de suite la directrice du domaine. Il l'accueillit chaleureusement, ainsi que Fran. Et les accompagna jusqu'à la suite au 14e étage, dominant à 280° la côte.

— Nous avons une table réservée ce soir au restaurant Maminy Pelmeshki, vous pourrez y découvrir des spécialités russes et ukrainiennes. D'ici là, vous êtes attendue au centre de bien-être à l'étage supérieur, à partir de 17 heures. Cela vous permettra de vous remettre de votre long voyage. À tout à l'heure, retrouvons-nous à 19 h 30 au Bad Place, le bar panoramique situé à côté du centre. Profitez de tout et n'oubliez pas de déjeuner, vous n'avez pas dû avoir une grosse collation durant votre vol depuis Kiev. Elle connaissait bien les piètres plateaux-repas servis sur la compagnie nationale pensa Fran en la raccompagnant à la porte.

— Je vous remercie de toutes vos attentions et à tout à l'heure, chère Yanina.

Cela lui laissait le temps de déjeuner, de se reposer un moment et d'aller jusqu'à la plage. Il n'était pas encore 13 heures. La chambre était vaste. Un sol en mosaïque bleu turquoise, un lit king size avec des draps en lin écrus, du mobilier moderne aux tons doux et reposant à l'œil, un salon en velours côtelé du plus bel effet, des murs blancs décorés de photos en noir et blanc des grandes capitales mondiales au début du XXe. Elle ouvrit la fenêtre et sortit sur le large balcon. Le panorama était superbe, des plages de Yalta vers l'ouest au détroit de Kertch vers l'est et la mer noire s'étirant vers l'horizon. Une carte postale de vacances. Un bouquet multicolore était posé sur la table du salon.

Au retour d'un hammam russe revitalisant, la banya, à mi-chemin entre sauna et hammam, Fran se glissa dans la douche. La séance au spa lui avait fait le plus grand bien après son périple aérien. Elle se prépara pour rejoindre Yanina au bar. Elle enfila une jupe droite, un chemisier blanc et des talons bleu marine. Elle jeta une étole sur ses épaules.

La directrice du domaine était déjà assise à une table à son arrivée au Bad Place. Elles commandèrent un Mojito. L'ambiance du bar était décontractée à cette heure-ci. Plus tard, un pianiste et une chanteuse animeraient la fin de soirée dans une ambiance jazzy. Elles dînèrent de quelques Varenikis, ces petits chaussons à la viande ou aux champignons cuits dans l'eau bouillante, d'un bortsch, la soupe traditionnelle d'Ukraine et de galubits, des sortes de nems en feuille de chou, farcies de riz, de viande de porc et de bœuf, accompagnés de crème fraîche. Fran découvrait ces spécialités succulentes commandées par Yanina. Le Kagor de Massandra qu'elles dégustaient, s'accordait parfaitement avec les différents plats. Elles échangèrent longuement sur leur métier, sur la famille, en évitant d'évoquer le sort de la Crimée. Le repas se termina par une légère mousse de fraises et tradition oblige un verre de horilka, cette boisson semblable à la vodka, fabriquée à base de blé uniquement, aromatisée au miel et au piment. Fran était repue, elle apprécierait une bonne nuit de sommeil réparateur. Elles se quittèrent, se donnant rendez-vous le matin suivant pour son expertise. Yanina l'informa que le chauffeur passerait la récupérer à 9 h 30.

En traversant le couloir qui menait aux ascenseurs, elle aperçut au Bad Place, Michel-Jack Chasseuil, ce grand collectionneur français de vins qui pouvait s'enorgueillir de posséder l'une des plus belles caves au Monde avec près de 35 000 bouteilles accumulées au fil des années, des meilleurs vignerons français et étrangers. Il était en grande discussion, autour d'un digestif, avec un homme à l'allure très british, avec son costume trois pièces façon tartan. Seuls les britanniques étaient capables de porter de telles tenues. Ses petites lunettes rondes, son air jovial et ses cheveux grisonnants, lui donnaient un air à la Peter Ustinov. Elle se demanda si lui aussi était là pour le domaine Massandra. Il ne pouvait en être autrement, quelle autre raison aurait pu l'attirer en Crimée en cette période assez trouble si ce n'est le domaine. Il ne l'avait pas remarquée, absorbé par sa conversation. Elle passa son chemin et se dit qu'elle le croiserait peut-être au domaine le lendemain. Elle l'avait rencontré il y a une dizaine d'années lorsqu'elle travaillait sur son recueil sur les plus vieux vins du Monde. Il possédait quelques très vieux et beaux flacons parmi sa collection, dont toute la Romanée-Conti depuis 1904, Pétrus depuis 1914, et Yquem depuis 1900, pour les plus célèbres et mille bouteilles des différentes cuvées de Massandra. Son téléphone vibra. Un SMS d'Anthonin, s'affichait sur l'écran. Elle tapota son code et lut le message, alors que l'ascenseur s'ouvrait. Il lui souhaitait une bonne nuit et lui rappelait qu'ils étaient invités le dimanche midi à déjeuner chez leurs amis Richard et Valérie à la Pointe-Rouge. Il viendrait la chercher à l'aéroport de Marignane le dimanche matin à 9 h 45, à son arrivée. Pourvu que son avion n'ait point de retard ! Elle lui répondit de trois petits cœurs et d'un émoji clin d'œil, pour lui dire je t'aime et pas de problème, je m'en souviens. Une fois couchée, avant de s'endormir, elle régla son réveil sur 7 h 30 et envoya un bonne nuit sur leur conversation famille. Camille fut la première à lui répondre par un « tu nous manques maman, je t'aime ». Son mari lui adressa un émoji faisant un bisou avec un cœur, et Quentin comme à son habitude, ne répondit point. Elle se demandait toujours, comment, vu le temps qu'il passait sur son smartphone, il ne réagissait que très rarement sur leur conversation ! Sûrement trop occupée, se dit-elle, avec une pointe de tristesse et de dérision. Quentin avait son indépendance et sa légèreté, cela ne l'étonnait donc qu'à moitié.

Le chauffeur était à l'heure, en ce samedi matin. Le ciel était sombre et bas, tranchant avec le bleu de la veille. Le tonnerre grondait au loin, au-delà du Roman-Koch. Les nuages gris terril s'accumulaient annonçant des orages imminents. Elle s'engouffra dans le Caravelle VW de la même couleur que les cumulonimbus qui commençaient à déverser leurs torrents d'eau. On se serait cru au commencement du Monde. Des éclairs zébraient le ciel, tels des flashs photographiques déchirant l'obscurité. La pluie violente formait des ruisseaux sur les côtés de la route, dévalant le relief vers la mer. Elle aussi était en furie. Une grosse houle accentuée par les vents frappait violemment la côte. Heureusement, le célèbre domaine n'était qu'à quelques minutes de l'hôtel. Le van s'immobilisa devant l'imposante bâtisse avec sa tour centrale massive, ornée d'une horloge qui affichait 9 h 59.

Elle fut conduite jusqu'à la directrice, Yanina Pavlenko, qui l'attendait dans son bureau. Ils furent rejoints par Vladimir Vowakowski, l'un de ses assistants en charge des acquisitions pour la collection du domaine. Il était tout étriqué dans son costume bleu marine, un peu passé. Il semblait sorti tout droit d'une administration soviétique avec ses demi-lunes cerclées d'or, sécurisées par un cordon noir qui pendaient sur sa cravate en laine. 25 ans au moins que plus personne dans le monde occidental ne portait un tel attribut. Il devait au moins être célibataire. Le manque d'un regard féminin sur sa tenue était flagrant, se dit-elle intérieurement. Fran suivit le fonctionnaire. Ils furent déposés par Dimitri à une villa à quelques kilomètres du domaine, donnant directement sur la mer Noire. C'était la résidence d'été d'un oligarque russe, ayant fait fortune à la chute du mur de Berlin dans l'extraction de minerais. Un ex du KGB comme tous ses confrères milliardaires de l'ex-Union Soviétique. Un proche du président actuel Poutine. Il était décédé à la fin de l'année précédente. L'experte française devait authentifier et évaluer sa cave, que le domaine devait disperser lors d'une vente aux enchères, envisageant d'acquérir préalablement une partie et particulièrement un lot de 23 bouteilles de vins jaunes, âgés entre 100 et 150 ans. Ainsi qu'un lot rarissime de 7 flacons de Grand Constance, des millésimes 1802 et 1803, ce vin d'Afrique du Sud, sur les pentes des montagnes de Constantiaberg où se trouve la célèbre vallée viticole éponyme, vin blanc évoqué dans les Fleurs du Mal de Charles Baudelaire, et aussi par Charles Dickens. Le dernier lot convoité par Massandra, concernait une verticale sur 25 ans de Don PX Reserva de chez Toro Albala, des millésimes 1922, date à laquelle les chais furent déménagés vers l'ancienne centrale électrique d'Aguilar, à 1946. Robert Parker, le gourou du vin, avait décerné un 100 à ce dernier millésime, dans sa revue Wine Advocate. Elle possédait dans sa cave personnelle, une bouteille de son année de naissance, 1968, ainsi que celles de son mari, plus jeune de 3 ans et de ses deux enfants nés en 1990 et 1994. Elle connaissait bien les vins jaunes et avait participé le 13 novembre 1994, 4 mois après la naissance de Quentin, aux côtés de 23 autres experts, au Château de Pécault à Arbois, à un événement œnologique exceptionnel : l'ouverture et la dégustation d'une bouteille de vin jaune de 1774, vieux de 220 ans. Les vendanges s'étaient déroulées sous le règne de Louis XVI, de vignes taillées sous celui de Louis XV. Cet élixir avait d'ailleurs obtenu une médaille d'Or à l'Exposition Universelle de 1868 à Paris. Il avait alors déjà 94 ans ! L'heureux et généreux propriétaire, le Commandant Grand, héritier à la neuvième génération de Pierre Vercel, pionnier des vins d'Arbois au XIVe siècle, en possédait encore quelques-unes. Le vin présentait une robe superbe or, limpide sinon brillant. Son nez intense, très riche et délicat, laissait place en bouche à un liquide puissant, bien structuré, au bois encore présent et aux arômes épicés. La persistance aromatique était exceptionnelle, aux alentours de 25/30 caudalies. Le collège de dégustateurs lui avait attribué un 9,4/10. En 2011 et 2012, deux de ces illustres bouteilles du lot originel avaient été adjugées respectivement 57 000 et 38 000 €. Elle connaissait Groot Constantia, la toute première ferme viticole d'Afrique du Sud dont les vins étaient exportés dès le XVIIIe. Elle l'avait visitée lors d'un voyage d'études avec l'UDSF, mais n'avait jamais goûté de millésimes plus anciens que l'année 1911.

Son travail allait consister à vérifier les conditions de conservation, l'état des bouteilles, des étiquettes, l'origine des différents lots et effectuer des prélèvements sans ouverture pour les soumettre à une analyse selon la méthode RMN-FINS. Le système de prélèvement, composé d'une aiguille fine et creuse et d'une capsule d'Argon, gaz inerte, permet en transperçant très finement le bouchon de prélever une quantité de vin en évitant toute ouverture et oxydation. Les échantillons identifiés sont ensuite envoyés en laboratoire pour un fractionnement isotopique naturel spécifique par résonance magnétique nucléaire. Cette méthode, reconnue par l'Organisation Internationale de la Vigne et du Vin (OIV), permet de dater le vin, sa provenance et de lutter contre les contrefaçons apparues dans les années 1970. La spéculation sur le vin est un marché florissant et rémunérateur, mais l'on constate qu'environ 5 % des vieux vins vendus sont frauduleux.

La bâtisse art déco, une réplique exacte dans les moindres détails de la villa Leïhorra, à Ciboure sur la côte basque, imaginée par l'architecte Joseph Hiriart pour sa belle-mère Caroline Signoret, se dressait devant eux. Son allure extérieure faite de lignes pures et de volumes inspirés du cubisme, séduisait au premier coup d'œil. Vladimir s'approcha du boîtier électronique d'alarme pour la désactiver. Il sortit un trousseau de clefs et glissa l'une d'elles dans la serrure de la porte en fer forgée aux vitraux reprenant le paysage basque originel, aux teintes vert marron. La porte s'ouvrait sur un patio au centre duquel trônait une fontaine octogonale. Comme sur la côte basque, le patio comme un atrium romain, desservait la bibliothèque, la cuisine les petit et grand salons, la salle à manger, un bureau, une seule chambre, seule différence avec la villa originale. La deuxième chambre servait d'accès à la cave à vin, visible à travers une large surface vitrée ovale de 5 m par 7 m à l'effet décoratif spectaculaire. L'accès aux presque 5 000 bouteilles se faisait par un escalier hélicoïdal à une extrémité, après qu'une partie de la surface se soit relevée. Le fonctionnaire déverrouilla la trappe vitrée et l'actionna. Dans un quasi silence, les vérins en aluminium la soulevèrent à la verticale pour libérer l'escalier. Fran, après avoir récupéré le listing d'inventaire tendu par Vladimir descendit dans l'antre. La température était naturellement fraîche. Elle vérifia sur l'enregistreur qui indiquait 14,2 °C et une hydrométrie de 76 %. Des conditions idéales pour la conservation. Elle consulterait plus tard les relevés sur deux années, qu'elle avait déjà reçus par mail. Vladimir, qui avait effectué déjà un gros travail d'inventaire, lui avait également adressé toutes les factures ou preuves d'achat disponibles, consciencieusement numérisées. Elle avait au maximum 5 heures pour effectuer tous ces relevés et observations sur place. Son avion de retour décollait à 20 h 07. Elle s'attaqua à la partie la plus critique, les prélèvements. Elle déposa sa mallette sur la table en chêne dont le pied central était un fut bourguignon. Elle enfila des gants blancs. Elle parcourut le listing, pour repérer le numéro des casiers des 3 lots convoités par Massandra. Ils se trouvaient dans les casiers 24, 137 et 221. Une à une, elle sélectionna des bouteilles témoins et les déposa délicatement sur un support à plat. Armé de son appareil, elle entreprit la première ponction, 1 cl suffisait. Tout se déroulait à merveille. Les fioles d'échantillon se remplissaient. Elles les identifiaient à l'aide d'étiquettes à code-barres, comme pour les prises de sang. Vladimir l'observait attentivement, repositionnant les bouteilles à leur place après chaque opération. Elle ne se contenta point de prélever le vin jaune, le vin sud-africain et le vin espagnol. Elle préleva aussi des grands, 1ers et 2es crus du Médoc – Pape Clément, Smith Haut-Lafitte, Troplong-Mondot, Cos d'Estournel... mais aussi du Pétrus, des Bourgogne – Clos Vougeot, Chablis, Pommard, Batard-Montrachet, Echezeaux, Romanée-Conti... Que des vins d'exception. Elle s'arrêta aussi sur la Vallée du Rhône, sélectionnant là un Château Rayas, un Beaucastel, un Chapoutier, un Delas, un François Villard, un Château-Grillet... Elle poursuivit son tour de France puis du Monde à remplir ses précieuses éprouvettes. Elle sélectionnait les références et millésimes sur l'inventaire et Vladimir lui amenait les bouteilles. Au bout de deux heures de prélèvements, et 72 échantillons, elle estima que cela suffirait. Tout serait déposé dès lundi au laboratoire de la faculté des sciences d'Aix-Marseille pour analyse. Elle recevrait les résultats sous 3 à 4 jours.

Elle s'attela dès lors à inspecter chacun des casiers pour évaluer l'état des bouteilles, leur remplissage, les étiquettes. C'était la partie la plus fastidieuse. Elle ne se laissait pas impressionner par les noms ou millésimes, s'attachant à méthodiquement traquer toute anomalie. Vers 14 h 00, elle avait achevé sa mission et enregistré tous ses commentaires sur son Macbook Air. Avant de rabattre l'écran, elle observa un instant sa photo de fond. Ils étaient rassemblés tous les 4, le sourire aux lèvres, les yeux rieurs. Elle avait été prise au mois de février lors de leurs vacances aux Maldives sur une plage de sable blanc, avec le lagon turquoise à l'arrière. Un moment de partage, de détente, de rigolades, d'osmose familiale comme ils n'en avaient que trop rarement maintenant que leurs enfants avaient 24 et 20 ans. Ils étaient partis 10 jours, en compagnie du nouveau compagnon de Camille, Mathis, qu'elle avait rencontré peu de temps après sa rupture avec Jack, deux mois après leurs fiançailles. Le conte de fées avec l'avocat américain avait volé en éclat après leur voyage aux États-Unis dans sa famille à la Nouvelle-Orléans. Camille n'avait pas encore expliqué à ses parents ce qui s'était passé là-bas pour en arriver à une telle issue. Il y avait aussi Jennyfer la copine de Quentin, une volcanique rousse, arborant de nombreux tatouages, adeptes des road-trips au long cours, en stop, sac à dos sur l'épaule. Elle avait sillonné l'Europe et l'Asie comme cela, après son bac, pendant plus d'un an. Désormais, elle voulait s'investir dans l'humanitaire.

Elle finit de ranger ses affaires. Elle admira la vue côté jardins qui s'étageaient en terrasses jusqu'à la plage de sable, depuis un perron semi-circulaire au centre de la façade. La pluie avait cessé et quelques rayons de soleil commençaient à transpercer les nuages épars, dessinant des taches claires sur l'étendue bleutée enfin calmée. Elle ressentit un peu la faim. Elle était capable de s'abstenir de manger pendant des heures lorsqu'elle était concentrée sur son travail. Là, sa mission achevée, son estomac se faisait remarquer. Vladimir referma la demeure et activa l'alarme. Dans son van, Dimitri impeccable, était de retour. Il les ramena à Massandra, avec un léger détour par la ville pour trouver de quoi rassasier l'experte française.

La directrice l'attendait dans son bureau. Il restait assez de temps pour lui faire visiter les chais et surtout la collection du domaine, ce trésor inestimable. C'était la première fois que la sommelière venait à Massandra, elle ne pouvait quitter ce lieu sans une visite de prestige. Son avion était dans 5 heures. Elle était dans les temps.

— Chère Yanina, je vous transmettrai mon rapport détaillé d'ici la fin de semaine prochaine, le temps que je reçoive les résultats des analyses.

— Très bien Fran, pensez à m'adresser également votre facture d'honoraires que je vous règle le solde.

Une telle intervention de Fran était facturée 7 500 €, *free tax*, frais de mission à la charge du client. C'était toujours de belles missions, révélant beaucoup de choses sur la personnalité des propriétaires. Dis-moi ce que tu bois ou gardes dans ta cave, je te dirais qui tu es !

Elles descendirent en premier dans les chais, puis rapidement accédèrent aux nombreuses galeries. Des vins rares et anciens emplissaient les kilomètres de niches. Contrairement aux autres collections, ici chaque cuvée était en 1 000, 2 000 à 3 000 bouteilles. Elle était comme une petite fille au matin de Noël, excitée et impatiente de tout voir. Passant de l'une à l'autre, elles arrivèrent enfin au clou de la visite. Derrière une grille épaisse, se trouvaient les flacons les plus précieux, dont les fameux Jerez de 1775. Ses yeux s'agrandirent, son cœur s'accéléra. Elle avait pourtant vu tout au long de sa carrière des millions de bouteilles, mais cet endroit, par sa démesure, son histoire, la variété et la richesse de sa collection surpassait tous les autres et de loin. Elle était au Louvre du vin et approchait la Joconde. Elle entendit des pas qui approchaient. C'était Michel-Jack Chasseuil, en compagnie de l'ami de la veille.

— Bonjour Fran, comment allez-vous, surpris de vous retrouver ici ! Je vous présente Mike Brooke, un journaliste néo-zélandais, qui sillonne l'Europe pour un reportage sur les plus grandes collections de vins. Il m'a été adressé par Christie's pour visiter ma cave à mon domicile dans les Deux-Sèvres. Nous avons bien sympathisé et je l'ai accompagné ici à Massandra. J'en profiterai pour sélectionner quelques-unes de leurs dernières cuvées pour compléter ma collection.

— Enchanté M. Brooke, ravie de vous rencontrer. Elle collaborait avec Sotheby's, l'autre grande maison historique de ventes aux enchères de Londres. Ils étaient en compétition permanente.

— Mike, je vous présente Fran Blanc-Ponce, l'une de nos plus brillantes sommelières, experte en vieux vins. Mike lui serra fermement la main.

— Tout le plaisir est pour moi, ajouta-t-il. Aurais-je le plaisir de vous monopoliser un moment après la visite ? Je suis sûre que vous avez énormément de choses à m'apprendre.

— Malheureusement je m'envole en fin de journée. Je vais devoir me hâter. Mais si vous passez par Marseille, je vous inviterai volontiers à mon restaurant. Voici ma carte. Surtout n'hésitez pas à m'appeler. Vous restez encore quelque temps en Europe ?

— Je dois normalement partir pour le sud de l'Espagne ensuite, puis passer par le Portugal. Mon périple devrait durer jusqu'à la fin juin. Le sud de la France ne faisait pas partir de mon parcours. Mais si cela vaut la peine. Il n'acheva point sa phrase.

— Contactez-moi surtout, je me ferai un plaisir de vous faire rencontrer quelques vignerons et déguster de vieux millésimes de nos appellations. Vous seriez surpris. Sinon nous pourrions organiser un rendez-vous FaceTime.

— Je retiens votre proposition fort sympathique et ne manquerais pas de me manifester. Je vous souhaite un bon retour.

— Je vous ai aperçu hier soir au bar de l'hôtel Yalta, vous étiez en grande discussion, il était tard et j'étais un peu fatiguée. Cela m'a fait plaisir de vous croiser ici et de faire la connaissance de votre ami. Je vous dis à tantôt sur une dégustation ou une vente.

— C'est dommage pour hier soir, nous aurions pu partager un verre tous les trois. Ce n'est que partie remise. À très bientôt Fran.

Elle les quitta, remercia chaleureusement Yanina Pavlenko pour son accueil et sauta à l'avant du van. Dimitri démarra et prit la route de l'aéroport. Elle n'avait qu'une hâte, celle de rentrer à Cassis, à leur villa « Le Terrain » et se jeter dans les bras de son époux. Ils ne s'étaient pas vus depuis presque dix jours, tant ils étaient très occupés et investis chacun professionnellement. Il leur était rare de se quitter plus de 3 ou 4 jours. Il lui manquait.

7
La légende du vaisseau fantôme

Certains soirs entre Noël et Jour de l'An, ou avant une tempête, un phénomène étrange se produit au large des côtes de Block Island, que l'on peut observer depuis Sandy Point.

Benjamin Corydon, ce vieil homme torturé au visage creusé par l'air du large et les affres d'une vie misérable en mer, comme garçon pêcheur, se baladait sur la plage au pied des falaises, en ce samedi de fin d'année 1879. Le ciel couvert et bas laissait passer au-dessus des verticales roches escarpées quelques rayons couchants de ce froid soleil d'hiver, se reflétant sur l'onde liquide vide de toute embarcation. Son chien Bugsy, un American Staffordshire Terrier, gambadait à ses côtés, effleurant les faibles vagues, sautant dans le sable. Cette promenade de fin de journée était un rituel quotidien entre le chien et le vieil homme. Bugsy était tout ce qu'il possédait et la seule affection qu'il recevait. Ni femme, ni enfant, pas d'amis et une réputation de vieux fou dans le village. La nuit approchait recouvrant progressivement l'horizon à l'est sur l'atlantique. Il devait se hâter avant d'être happé par la nuit noire sans lune. Soudain, elle apparut. Il en avait déjà été témoin à plusieurs reprises, mais ce phénomène n'augurait jamais rien de bon. Une lumière vive surgit, telle un vaisseau incandescent sur les flots noirs. Une silhouette féminine semblait se débattre en son centre. Le fantôme de Dutch Kattern, brûlée pour sorcellerie ou celui de cette passagère qui périt lors du naufrage. Benjamin et Bugsy étaient immobiles à la fois subjugués et en même temps terrorisés par l'apparition. Leurs yeux grands ouverts reflétaient le scintillement sur l'océan. Aucune hallucination, comme le prétendaient certains îliens, la lumière palatine était bien réelle. Une fois de plus.

Quel nouveau drame allait frapper les îles orientales de la côte new-yorkaise ? Combien de générations devaient souffrir et payer le tribut à la mémoire des palatines ?

Au bout de quelques instants qui lui parurent interminables, la lumière s'évanouit comme elle était apparue, laissant place à la pénombre. L'atmosphère semblait étrange, plus aucun bruit, seuls les clapotements des vagues troublaient le silence assourdissant. Il se remit en marche, se pressant, Bugsy à ses côtés. Alors qu'ils atteignaient le bout de la falaise et bientôt sa maison de planches et de tôles près de la jetée, face au large, un vrombissement sourd retentit, il tourna la tête vers la falaise mais ne put éviter le bloc large comme deux chaloupes. Son visage se crispa d'effroi avant le choc, il n'émit aucun son. Le rocher s'abattit sur lui, le tuant sur le coup. Bugsy resta couché à côté du corps broyé, ses yeux pleuraient. Il geignit jusqu'au petit matin. La neige se mit à tomber.

THE PALATINE
– Published in *The Atlantic Monthly* in January 1867

Leagues north, as fly the gull and auk,
Point Judith watches with eye of hawk ;
Leagues south, thy beacon flames, Montauk !

Lonely and wind-shorn, wood-forsaken,
With never a tree for Spring to waken,
For tryst of lovers or farewells taken,

Circled by waters that never freeze,
Beaten by billow and swept by breeze,
Lieth the island of Manisees,

Set at the mouth of the Sound to hold
The coast lights up on its turret old,
Yellow with moss and sea-fog mould.

Dreary the land when gust and sleet
At its doors and windows howl and beat,
And Winter laughs at its fires of peat!

But in summer time, when pool and pond,
Held in the laps of valleys fond,
Are blue as the glimpses of sea beyond;

When the hills are sweet with the brier-rose,
And, hid in the warm, soft dells, unclose
Flowers the mainland rarely knows;

When boats to their morning fishing go,
And, held to the wind and slanting low,
Whitening and darkening the small sails show, –

Then is that lonely island fair;
And the pale health-seeker findeth there
The wine of life in its pleasant air.

No greener valleys the sun invite,
On smoother beaches no sea-birds light,
No blue waves shatter to foam more white!

There, circling ever their narrow range,
Quaint tradition and legend strange
Live on unchallenged, and know no change.

Old wives spinning their webs of tow,
Or rocking weirdly to and fro
In and out of the peat's dull glow,

And old men mending their nets of twine,
Talk together of dream and sign,
Talk of the lost ship Palatine, –

The ship that, a hundred years before,
Freighted deep with its goodly store,
In the gales of the equinox went ashore.

The eager islanders one by one
Counted the shots of her signal gun,
And heard the crash when she drove right on !

Into the teeth of death she sped
(May God forgive the hands that fed
The false lights over the rocky Head !)

O men and brothers ! what sights were there !
White upturned faces, hands stretched in prayer !
Where waves had pity, could ye not spare ?

Down swooped the wreckers, like birds of prey
Tearing the heart of the ship away,
And the dead had never a word to say.

And then, with ghastly shimmer and shine
Over the rocks and the seething brine,
They burned the wreck of the Palatine.

In their cruel hearts, as they homeward sped,
'The sea and the rocks are dumb,' they said
'There 'll be no reckoning with the dead.'

But the year went round, and when once more
Along their foam-white curves of shore
They heard the line-storm rave and roar,

Behold! again, with shimmer and shine,
Over the rocks and the seething brine,
The flaming wreck of the Palatine!

So, haply in fitter words than these,
Mending their nets on their patient knees
They tell the legend of Manisees.

Nor looks nor tones a doubt betray;
'It is known to us all,' they quietly say;
'We too have seen it in our day.'

Is there, then, no death for a word once spoken?
Was never a deed but left its token
Written on tables never broken?

Do the elements subtle reflections give?
Do pictures of all the ages live
On Nature's infinite negative,

Which, half in sport, in malice half,
She shows at times, with shudder or laugh,
Phantom and shadow in photograph?

For still, on many a moonless night,
From Kingston Head and from Montauk light
The spectre kindles and burns in sight.

Now low and dim, now clear and higher,
Leaps up the terrible Ghost of Fire,
Then, slowly sinking, the flames expire.

And the wise Sound skippers, though skies be fine,
Reef their sails when they see the sign
Of the blazing wreck of the Palatine!

. . . . .

'A fitter tale to scream than sing,'
The Book-man said. 'Well, fancy, then,'
The Reader answered, 'on the wing
The sea-birds shriek it, not for men,
But in the ear of wave and breeze!'
The Traveller mused: 'Your Manisees
Is fairy-land: off Narragansett shore
Who ever saw the isle or heard its name before?

'T is some strange land of Flyaway,
Whose dreamy shore the ship beguiles,
St. Brandan's in its sea-mist gray,
Or sunset loom of Fortunate Isles!'
'No ghost, but solid turf and rock
Is the good island known as Block,'

The Reader said. 'For beauty and for ease
I chose its Indian name, soft-flowing Manisees !

'But let it pass ; here is a bit
Of unrhymed story, with a hint
Of the old preaching mood in it,
The sort of sidelong moral squint
Our friend objects to, which has grown,
I fear, a habit of my own.
'Twas written when the Asian plague drew near,
And the land held its breath and paled with sudden fear.'

Poem by John Greenleaf Whittier

8
Samedi 24 mai 2014
Arche de la Défense

Ils étaient arrivés la veille au soir et avaient séjourné au Grand Hôtel de Paris et dîné chez leur ami Philippe Faure-Brac, au « Bistrot du Sommelier » sur le boulevard Haussmann. Ils avaient vécu une expérience originale. Déguster plats et vins sous des lumières changeant de couleur en fonction des mets. C'était très déroutant, on perdait ses repères et avait du mal à faire confiance à ses sens. Ce samedi sonnait l'anniversaire d'Anthonin, une année de plus, il entrait officiellement dans sa cinquantième année. Philippe avait prévu une très belle sélection de vins en leur honneur. À l'apéritif, un Champagne Brut Premier Cru de la maison Autréau, accompagné d'une dentelle de saumon sauvage du Pacifique fumé sur blinis, œufs de saumon et crème aigre à l'aneth. En entrée, Rafraîchi d'asperges vertes aux agrumes, accompagné d'un verre de Côtes-de-Provence, Les Genêts, blanc, 2012 du Château de Roquefort, pour sa richesse aromatique et sa rondeur. Puis, un Sandre mariné, viande des Grisons, poivre de Sichuan, avec un verre d'Humagne rouge 2010, par Fabienne Cottagnoud à Vétroz dans le Valais, un vin concentré et épicé. À suivre, un Faux-filet de bœuf d'Aubrac, juste rôti, aux épices à barbecue, et Aligot, avec une cuvée Pic Saint-Martin, 2004, du domaine de Cantaussel, en Minervois, puissant et généreux. Puis un Roquefort Castelviel de chez Gabriel Coulet, et son verre de Château d'Yquem, 2004, pour l'accord parfait. Et pour finir, des Abricots rôtis, crème d'amande à la verveine, servis avec un nectar surprenant, un Vin de Paille d'Hermitage, 1991 de la Cave de Tain l'Hermitage.

La soirée s'était terminée joyeusement par une tournée de chant du maître des lieux. Le fabuleux sommelier, avait pris le micro pour quelques airs d'opéra de sa voix de ténor, passant de Bizet, *La fleur que tu m'avais jetée*, à Verdi, *La donna e mobile* ou Rossini, *La danza*. Mais il excellait aussi dans des répertoires plus Variété, reprenant en toute fin de soirée, la chemise trempée par la sueur, « J'me voyais déjà », d'Aznavour. Un touche-à-tout magnifique. En haut de l'affiche, il l'était depuis plus de vingt ans. Avant leur départ, il offrit pour l'occasion à Anthonin, sa dernière création, un jeu de société sur le vin, pour constituer sa cave et découvrir les appellations, Vinitour.

Il était déjà tard, le grand lit douillet attirait Fran dans les bras de Morphée. Pourtant, ils profitèrent de ce moment d'intimité et ne s'endormirent que vers 2 h 00 du matin. Épuisés par leurs ébats, dans les bras l'un de l'autre, les corps s'entremêlant sous la couette, le cœur léger. Un suave moment de lâcher prise, de volupté et de fusion. Elle adorait le sentir entre ses hanches. Leur amour était intact et leur vie sexuelle, bien que moins fréquente après vingt-six ans de mariage, était toujours pleine de complicité et de plaisir.

Le taxi s'arrêta au pied de la Grande Arche. Sous l'extrémité du parvis de la Défense. Anthonin irait faire un tour au CNIT ou aux Quatre Temps, pendant son rendez-vous. Ils se rejoindraient ensuite. Fran entra dans le majestueux hall du pilier nord, où se trouvait le siège social de la holding GENES S.A. Elle s'annonça à l'agent d'accueil. Il lui indiqua de patienter pendant qu'il appelait pour prévenir de son arrivée. Le samedi, les bureaux étaient vides de leurs cols blancs et la circulation était restreinte pour les visiteurs. Au bout de quelques minutes, la porte de l'ascenseur s'ouvrit sur Adrien Chevasson qui l'avait abordé à Marseille lors de sa conférence moins de deux semaines auparavant. Sa présence, paradoxalement, la mit à l'aise. Tout ne s'était pourtant pas passé pour le mieux à leur première rencontre. Mais, à cet instant précis, son visage rondouillard et familier la rassura. Dix jours s'étaient écoulés depuis ce jour. Elle avait eu le temps de se renseigner un peu plus sur le magnat.

— Bonjour Madame Blan-Ponce, bienvenue à notre siège. M. Arbessault va vous recevoir dans un instant. Si vous voulez bien monter. Son ton était nettement plus chaleureux qu'au bar du Sofitel.

Les étages défilèrent en un instant jusqu'au 30e, elle se sentit soulevée du sol. Elle n'aimait décidément pas ce genre de sensations. En plus des avions, elle n'aimait pas non plus les manèges de foires qui vous propulsent dans les airs, ni les grands huit qui vous retournent les entrailles d'ailleurs. Elle en avait même une phobie maladive. Rien que leur vue la retournait ! La cabine émit un tintement en s'immobilisant. Les portes la délivrèrent. L'or des lettres GENES S.A. se détachait sur le mur plaqué d'acajou à l'entrée du siège social. À l'intérieur, une épaisse moquette aux motifs rappelant les compositions de Vasarely, étouffait les pas. Chacun des nombreux bureaux abritait la direction de l'une des filiales du groupe. Le mobilier était épuré, les murs arboraient des photographies artistiques des différentes activités de la société. L'ambiance était feutrée. Ils arrivèrent devant la double porte du bureau de direction. À l'ouverture de celle-ci, Fran fut surprise de la décoration de la pièce. Elle était en total décalage avec le reste de l'étage. Située à l'extrémité est du pilier nord, elle offrait une vue époustouflante sur l'axe historique parisien. Au sommet de l'avenue de la Grande Armée, l'Arc de Triomphe et plus loin, les Champs-Élysées et la Concorde que l'on devinait en arrière-plan. Son bureau était un grand bureau plat Louis XVI, style directoire, avec un cuir marron clair sur le dessus. Pas de dossier sur celui-ci, juste une lampe de bureau champignon en cuivre, une sculpture de Miro, *Oiseau lunaire* qu'elle avait vue à la fois à la Fondation Maeght à Saint-Paul-de-Vence et sur la 5e avenue à New York. Était-ce une reproduction ou plus sûrement un original en petit format ? Et un ordinateur Apple avec écran maxi format. Très sobre. Ses recherches sur Arbessault, lui avaient appris qu'il était un homme fort cultivé, passionné d'art moderne et contemporain, entre autres. Un grand canapé turquoise dessiné par Starck tranchait la pièce sur le côté droit. Devant, une table basse en verre, à pied en métal, beau comme une sculpture de Barbara Hepworth. Des fauteuils de bureau tout en rondeur, bicolores ivoire et ébène, surprenaient le visiteur. Sur le mur de gauche en entrant une grande console claire, avec entre autres objets hétéroclites, un compas de marine, un masque aborigène, un casque de course automobile aux couleurs jaune et verte légendaires de Senna, quelques photos, de son père, des 24 Heures du Mans et l'une vieillie aux tons sépia d'une femme à cheval, sans doute sa mère. Aux murs deux tableaux majestueux, un Kandisky, explosion de couleurs et un Picasso, un portrait dans des tons bleus et gris de Dora Maar, amante et muse du génial peintre.

Gérart Arbessault, devant la baie vitrée, se retourna et s'avança vers elle. Il mesurait environ un mètre quatre-vingts, longiligne, bronzé, des traits fins, un regard franc et direct. Très décontracté, il était vêtu d'une chemise bleu pale, d'un jean impeccable et de bottines en cuir, couleur havane. Elle s'attendait à rencontrer un homme d'affaires en costume-cravate, plus classique. Mais il n'était pas son père, toujours dans les codes. Depuis 11 ans qu'il avait hérité de cet empire, à la mort accidentelle de celui-ci, il avait bousculé les habitudes au sein de GENES. Il n'était pas préparé à prendre sa suite si jeune à 28 ans et ses débuts avaient été compliqués pour asseoir son autorité, bien qu'il posséda 79 % des actions de la holding. De nombreuses manœuvres sourdes et occultes avaient eu pour but de l'éliminer de la présidence du groupe. Un jeune héritier, un peu trop baroudeur, malgré ses diplômes de Polytechnique et de Yale, devait plutôt se contenter de rentes exceptionnelles pour assouvir ses passions sportives et culturelles plutôt que de présider aux destinées d'une société tentaculaire. Il avait réussi, à la force du poignet à endosser le costume, après quelques réorganisations et mises à la retraite d'office. Désormais, il s'appuyait sur un directoire de confiance qui le suivait dans ses décisions. Sa garde rapprochée, était composée de Clint McIntire, son pilote privé, anciennement au service de son père et qui l'avait connu enfant, Miguel Krauth, rencontré sur les bancs de Yale, Adrien Chevasson, ami d'enfance, polytechnicien comme lui, et Mathilde Guerucci, ancienne directrice produit de la division cosmétique, qu'il avait rapatriée peu après son arrivée comme assistante personnelle.

Il lui tendit la main en s'approchant.

— Je vous remercie d'avoir répondu à mon invitation Mme Blan-Ponce, j'espère que votre soirée fut agréable. Je tiens à vous présenter mes excuses pour les manières pas toujours très élégantes de mes deux collaborateurs Adrien et Miguel, lors de leur approche dans la cité phocéenne. Promettez-moi de ne pas leur en tenir rigueur. Vous verrez que ce sont des hommes agréables et sur qui l'on peut compter. Nous en aurons besoin.

En lui serrant la main, elle s'étonna de cette dernière remarque. Quel était le but exact de sa venue. Elle pensait avoir à s'occuper de vins très rares.

— Très heureuse de faire votre connaissance M. Arbessault. Était-elle vraiment sincère en cet instant ? Passer une soirée à Paris en compagnie de mon époux est toujours un moment délicieux et pour vos collaborateurs, soyez rassuré, ils ne m'ont pas traumatisée. Pas plus que ça. Très belle vue et votre bureau est meublé avec beaucoup de goût. Elle essayait d'être la plus détendue possible.

— Approchez de la baie vitrée, malheureusement le ciel n'est pas très dégagé en ce samedi, mais nous pouvons quand même deviner l'obélisque de la Concorde au loin.

Arrivée à moins de deux mètres de la vitre elle s'immobilisa, sentant une vague de vertige l'envahir. Elle ne regarda surtout pas en contrebas. Il perçut son trouble.

— Puis je vous offrir un expresso ou un cappuccino, Miguel est expert en la matière ? Ses parents possèdent une plantation de café au

Costa Rica, il va vous préparer l'un des meilleurs arabica, le Tarrazu, très fruité. Asseyez-vous sur le canapé, je l'appelle.

— Volontiers, un expresso sans sucre, s'il vous plaît.

La proposition avait fait diversion, elle s'installa sur le confortable divan. Son angoisse disparut. Elle n'avait pas encore aperçu le fils de cafetero. Elle feuilleta un magazine sportif automobile d'il y a trois ans, en anglais, qui était posé sur la table basse. Une porte dissimulée dans le panneau de bois jouxtant la table de travail, s'ouvrit sans bruit. Miguel tendit à son patron un plateau avec deux cafés et deux verres d'eau, ainsi qu'un coffret en bois. Il déposa le coffret sur le bureau et le plateau devant Fran. Et, s'assit à la gauche de celle-ci. Alors qu'elle portait la tasse à ses lèvres, Gérart Arbessault, engagea ses explications.

— Madame, voici les raisons de votre venue dans mes bureaux. Mais tout d'abord je dois vous raconter une histoire.

Il lui narra le naufrage du *Princess Augusta* et la légende du vaisseau fantôme avec force détails. C'était un bon conteur, vivant par ses intonations le drame marin. Fran l'écoutait avec attention.

— Ce bateau n'a donc jamais été retrouvé, n'est-ce pas ?

— Vous avez tout à fait raison. Mais venez à mon bureau. Il ménageait ses effets. Regardez ce coffret, il renferme le journal de bord du brick. Lors de notre dernier déplacement à New York, mon pilote Clint, a mis la main, dans une librairie de la 12e, sur ce précieux document qui n'a pas été abandonné par son capitaine. Ce manuscrit a traversé les siècles et vient de réapparaître lors d'une braderie.

Il souleva le couvercle délicatement, le journal de bord reposait dans un écrin de velours marine. Il sortit deux paires de gants blancs de l'un des tiroirs de son bureau et les proposa à la sommelière.

— Allez-y, enfilez-les, vous allez pouvoir consulter ce document vieux de 280 ans.

Il extirpa l'étui en cuir, le posa sur son bureau et l'ouvrit. La calligraphie et l'anglais du XVIIIe demandaient un petit temps d'adaptation pour bien déchiffrer le texte. Il tournait les pages et s'arrêta sur celle portant la date du 27 décembre 1738.

— Lisez par vous-même, le capitaine raconte les dernières heures du navire, son naufrage, mais surtout il indique grâce à des points visuels précis sur les côtes alentour, la position exacte où le *Princess Augusta* a coulé. À l'heure où je vous parle, une mission est en cours en collaboration avec des membres de la société Ocean Infinity, pour localiser l'épave. Nous avons déjà délimité une zone réduite et espérons dans les prochains jours trouver trace du brick.

— Cette histoire est passionnante et je vous souhaite de réussir M. Arbessault, mais en quoi ma présence ici est nécessaire ? Je ne comprends pas ma venue… elle n'eut pas le temps d'achever. Il la coupa.

— Nous avons fait une autre découverte qui j'en suis sûr va aiguiser votre curiosité. Il savait manier ses effets. Il lui tendit le détail de la cargaison du brick. Tenez, sur la quatrième page, au nom du Comte de Veldenz.

Elle attrapa les feuillets et se posa sur le canapé. Au bout de quelques lignes, sans intérêt pour elle, son visage changea d'expression, passant de la sidération à l'excitation. Elle releva la tête et le fixa intensément.

— Vous pensez vraiment que des caisses peuvent être retrouvées ? il faudrait un concours de circonstances improbable pour que ces vins existent encore et dans quel état ! Elle porta de nouveaux les yeux sur le manuscrit.

— C'est là où vous interviendrez.

— Si ces bouteilles sont intactes, ce seraient les plus vieux Sauternes jamais découverts, quasiment les premiers même !

— Vous avez parfaitement raison Mme Blan-Ponce. Nous allons très probablement trouver le *Princess Augusta*, ensuite il conviendra d'essayer de récupérer les vestiges du navire. Si nous pouvons remonter à la surface ce qu'il reste de la cargaison, ces bouteilles auraient plus de valeur que les lingots d'or du Comte de Veldenz, vous imaginez ? Elle était un peu étourdie par cette annonce.

— Près de 400 bouteilles ont voyagé sur ce navire, si ne serait-ce que quelques flacons étaient sauvés, quelle agitation dans le monde du vin. Tous les grands collectionneurs en voudront. Elle déroulait ses pensées à haute voix.

— Mme Blanc-Ponce, vous êtes la plus qualifiée pour mettre en œuvre tous les procédés de conservation. Votre connaissance des vieux vins, vos travaux en biochimie, vous désigne comme la seule à avoir toutes les compétences requises. Je vous propose donc de renforcer notre équipe. Dès que nous aurons localisé l'épave et que nos plongeurs auront commencé à plonger pour récupérer la cargaison, vous rejoindrez le Seabed aux larges des côtes américaines pour débuter votre mission.

— Vous vous emballez Monsieur Arbessault, premièrement entre mon restaurant, mes activités dans la sommellerie, mon laboratoire à la faculté et toutes les expertises, j'ai un planning très chargé dans les 6 mois à venir. Deuxièmement, j'ai un mari, une famille, que je néglige déjà que trop souvent. Troisièmement, une telle mission demande du matériel et des moyens.

— De ce côté, vous aurez accès à tout ce dont vous avez besoin. Il vous suffira de le demander.

— De plus, à quelle date aurez-vous besoin de moi et durant combien de temps, vous n'en avez aucune idée ? Enfin, la probabilité que les bouteilles aient survécu au naufrage est vraisemblablement nulle. Elle essayait de reprendre ses esprits et d'être rationnelle.

— C'est exact. Vous devrez vous rendre disponible pour pouvoir partir dans les deux jours, dès que nous aurons commencé à remonter des pièces du *Princess Augusta.* Et avoir organisé vos affaires pour que l'on puisse se passer de vous un temps. Son débit s'accéléra, sa voix devint plus aiguë. Pensez au trésor que cela représente, les plus vieilles bouteilles de Château Ryque-Roaillan connues, quatre des premiers millésimes liquoreux : 1733, 1734, 1735 et 1736 ! Elles datent du règne de Louis XV ! Ce serait un moment unique. Il était exalté en se projetant sur cette perspective.

— Je ne pense pas que je sois la personne idoine, Monsieur. Vous devriez vous adresser à quelqu'un d'autre. Vous trouverez rapidement toutes les ressources humaines nécessaires à l'accomplissement de vos desseins utopiques, mais ce sera sans moi. Merci de votre accueil, je dois y aller maintenant. La raison avait pris le dessus.

Elle se leva. Et se dirigea vers lui pour le saluer. Leur entretien avait duré une bonne heure.

— Une minute encore Mme Blan-Ponce. Il contourna son bureau, tira le premier tiroir et en sortit une grande enveloppe cachetée. Tenez, prenez ceci. Vous l'ouvrirez et l'étudierez à tête reposée chez vous. Mes coordonnées personnelles sont à l'intérieur. Donnez-vous quelques jours de réflexions, avant de me recontacter. Adrien va vous reconduire jusqu'à l'accueil. Je vous souhaite une bonne fin de séjour dans la capitale et un bon retour à Cassis. Son ton était assuré.

Il savait qu'elle finirait par accepter. Il déplaçait ses pions consciencieusement l'un après l'autre. Machiavéliquement, sûr de son plan. Elle était un élément indispensable à la réussite de cette aventure. Mais ça, elle ne le savait pas encore.

Deux jours plus tard, assise à son bureau dominant la mer, elle finissait sa tasse de thé Orange Jaïpur, qui l'accompagnait tous les matins à son réveil. Il n'était que 7 h 53. Le soleil avait dépassé la crête du Cap Canaille et réchauffait doucement l'atmosphère. La journée s'annonçait radieuse. Elle devait passer au « Bistrot de la Bonne-Mère » vers 10 heures, comme tous les lundis, pour faire le point avec son équipe, son directeur de restaurant, son chef de cuisine, son sommelier, pour planifier la semaine en fonction des réservations. Elle déjeunait ensuite avec son assistante de communication, Sabine, qui gérait toutes les demandes, ses rendez-vous et ses réseaux. Cet après-midi, elle participerait à une dégustation de l'ASAMP. Cela faisait plusieurs semaines qu'elle n'avait pu y assister. Ce soir, elle serait présente pour le service. Son emploi du temps était bien réglé. Le mardi et le mercredi en journée, elle intervenait auprès de son laboratoire sur le campus de Luminy. Elle passait au restaurant en rentrant. Elle gardait la fin de semaine pour ses autres activités – expertises, interviewes, déplacement chez des vignerons, enregistrement de sa chronique radio sur France Bleu… Lorsqu'elle n'était pas sollicitée, elle passait en soirée au Bistrot. Elle essayait de conserver le samedi soir et le dimanche, jours de fermeture du restaurant, pour son couple et ses enfants. C'était une gymnastique difficile, mais elle parvenait à préserver ce temps familial dominical.

Elle aperçut l'enveloppe qu'elle avait déposée sur son bureau à leur arrivée de Paris. Elle en sortit le dossier se trouvant à l'intérieur. Des copies de la cargaison du *Princess Augusta* mentionnant le chargement de caisses de Sauternes, mais plus surprenant, les documents des budgets sur plusieurs années de son laboratoire de recherches à la faculté, des accords de subvention auprès de plusieurs financeurs publics et privés. Pourquoi Arbessault lui avait-il donné ces documents ? Comment se les était-il procurés ? Un funeste pressentiment germa dans son cerveau en ébullition. Elle saisit son ordinateur portable et commença à rechercher des informations sur les sociétés qui les soutenaient. Tout s'éclaira très vite. La société Agrifutura, plus gros contributeur privé à leur budget, à hauteur de 30 %, était via plusieurs autres sociétés mères, détenu en fait majoritairement par la holding GENES S.A. Elle fulmina, il envisageait donc de stopper ce soutien pour la contraindre d'accepter la mission. En tout cas il le sous-entendait. Elle ne pouvait se permettre de perdre cet argent, cela impliquait de se séparer de certains des chercheurs de son équipe et de restreindre leurs travaux d'études. Tant d'années d'efforts à conserver ses collaborateurs, obtenir de nouveaux appareils plus performants, notamment pour la méthode d'analyse RMN-FINS. Son laboratoire était l'un des plus performants dans cette technique. Mais les recettes de ces analyses ne représentaient qu'une part infime de leurs besoins pour la recherche, indispensable dans la vigne avec les changements climatiques.

Compenser ces fonds demanderait beaucoup de temps. Les budgets publics fondaient au soleil aussi vite que les glaciers des Alpes. Elle essaya de se calmer. L'heure tournait et elle devait se préparer à partir. Elle appellerait son mari de la voiture en descendant au Vieux-Port. Il était toujours dc bon conseil, réfléchi, ne se laissant pas envahir par ses émotions dans sa vie professionnelle. C'était un atout qu'elle lui reconnaissait, elle qui luttait parfois pour se maîtriser.

9
Vendredi 6 juin 2014
Au large de Block Island

Depuis onze jours, l'imposant navire à la coque rouge flambant neuve, arpentait le large de Block Island en vain. Pour sa première campagne de recherches, le nouveau bâtiment d'Ocean Infinity, le Seabed Constructor, affrété par Gérart Arbessault pour localiser l'épave du *Princess Augusta* à partir des éléments retrouvés dans le journal de bord, faisait désespérément des ronds dans l'eau. A ce stade, ses recherches étaient restées infructueuses dans le périmètre défini de 20 km^2, sous la conduite de Joshua Brossard l'expérimenté directeur technique de la compagnie. Le Seabed Constructor achevait à peine sa phase d'essais en mer avant sa mise en service. Tout l'équipage et les techniciens, sous le commandement de Phil Neuville, avaient eu le temps nécessaire à apprivoiser ce monstre de technologies et ses nouveaux équipements à la pointe de la recherche sous-marine géophysique. Sa première mission ne devait débuter que fin août au large du Sénégal, pour le compte de Cairn Energy, une compagnie écossaise. Elle consistait à déterminer les éventuels gisements pétroliers et gazeux au large des côtes sud-ouest à la frontière avec la Mauritanie. Des études montraient la probabilité de ressources considérables et la possibilité d'une exploitation off-shore. Il convenait de confirmer cette probabilité. Le millionnaire français avait déjà fait appel à Ocean Infinity pour d'autres expéditions de recherches d'épaves, l'une de ses passions que permettait sa considérable richesse. Les tests d'essai de trois mois s'étant montrés concluant, le Seabed Constructor tenait là une première opportunité de démontrcr cn action ses formidables capacités. L'affaire s'était conclue rapidement et le bâtiment avait appareillé de Bergen, son port d'attache en Norvège, après un ultime passage dans les chantiers navals d'Ulstein, lieu de sa construction, pour de légères vérifications. Il était parvenu sur zone fin mai et avait entrepris ses sondages dès l'arrivée à bord de l'équipe réunie par Arbessault, qui avait œuvré à délimiter la zone de recherches. Cette petite équipe s'accompagnait d'Elisabeth Kelligan, une amie journaliste de Gérart Arbessault, travaillant en free-lance pour diverses publications américaines, *The New-Yorker*, *National Geographic*, la revue *Science* ou encore *Parkett*, pour les plus prestigieuses. Spécialiste en Culture et Patrimoine, elle avait brillamment relaté dans un article, pour le compte de son ami français, la découverte d'une épave romaine au large de la station balnéaire de Protaras à Chypre. Le bateau, vieux de plus de deux mille ans, presque intact, contenait tout son chargement d'amphores servant traditionnellement à transporter de l'huile d'olive et du vin. L'étude de ce navire devrait permettre de mieux connaître et comprendre le commerce maritime de l'antiquité dans l'est de la Méditerranée. Elle avait été confiée à une équipe du département d'archéologie de l'université de Chypre.

En cette dernière journée de recherche de la semaine, le ciel bas s'étendait à l'horizon. L'air, très humide, était doux. Le vent du large charriait les effluves iodées des embruns. Le Seabed entamait sa onzième journée de sondage. Les heures passaient, le navire quadrillait minutieusement le périmètre, réduisant la surface de recherche. Les écrans affichaient l'écho des fonds, les techniciens analysant la moindre trace étrange signalée par les trois HUGIN 6000 sondant le moindre recoin du fond de l'océan. Mais pas de trace du *Princess Augusta*. Joshua Brossard, une tasse d'earl grey à la main, s'installa à son poste de travail. Il recevait en temps réel les relevés des trois appareils sous-marins autonomes. Il contrôla rapidement les données de la matinée.

— Salut les gars, quoi de nouveau ce matin ? Pas de signal suspect ? questionna le directeur technique.

— Rien de neuf, Monsieur, répondit Anders un jeune ingénieur norvégien nouveau dans l'équipe.

— Nous allons pénétrer bientôt dans une zone présentant un fort courant marin balayant les fonds d'ouest en est. Il se pourrait que le brick ait dérivé, dans son naufrage, dans cette zone depuis les hauts fonds d'Old Whale Rock où il a sombré, ajouta Marcus, l'un de ses fidèles analystes. Il était de toutes les missions depuis vingt ans qu'il avait rejoint Ocean Infinity.

— Soyez attentifs, je monte à la passerelle voir le commandant. Si vous décelez quoi que ce soit, contactez-moi immédiatement sur le canal 3, comme d'habitude.

Plus d'une heure avait passé. Les trois analystes scrutaient leurs écrans. Les calculateurs tournaient à plein régime pour déchiffrer les datas envoyées par les AUV. Les logiciels les compulsaient et les interprétaient pour afficher courbes, tableaux et images virtuelles, prenant en compte la nature géophysique de la croûte marine. Le plateau océanique remontait progressivement. Soudain, à la côte de 207 pieds, Josh interpella ses deux collègues.

— Anders, Barbra, vous avez observé juste à l'instant ? Ils se penchèrent sur les dernières données réactualisant leur écran.

— Tu as raison, acquiesça Barbra, cet écho n'est pas naturel. Je déclenche les caméras HD et concentre nos trois engins sur cette position. Son ordinateur indiquait : 41°13'35" Nord, 71°32'25" Ouest. Elle enregistra la position. Ils se trouvaient à environ 3 miles des côtes.

Petit à petit, les images sous-marines apparurent sur le moniteur de la jeune femme. Une légère forme émergeant des sédiments apparut. Anders confirma que le laser sensitif CathX décelait une présence non géologique. Marcus attrapa son talkie et contacta son supérieur. Joshua déboula dans les deux minutes, après avoir averti le commandant de positionner le navire en stationnaire. Essayant de rester lucide, comme à son habitude, il demanda aux trois analystes de lui sortir toutes les données collectées pendant qu'il observait attentivement les images transmises par les robots sous-marins. Impossible de distinguer une quelconque forme de bateau malgré la résolution HD. Seule une proéminence anormale au fond de l'océan se dessinait sur son écran. Une couche épaisse de sédiments obstruait toute identification. Les données confirmaient la présence d'un corps non géologique sous la couche de dépôt. Mais cela ne voulait pas dire qu'ils avaient découvert l'épave du *Princess Augusta*. Ils passèrent tout l'après-midi à analyser les nombreuses datas qui s'accumulaient. Il y avait là, sous la masse liquide à environ 63 m de profondeur, les restes en bois d'un vaisseau. Cela pouvait être le brick recherché, mais rien ne le garantissait à ce stade de leurs recherches. Sur le pont, l'agitation battait son plein afin de préparer le ROV, robot sous-marin téléguidé, permettant d'effectuer des prélèvements pour une analyse physico-chimique plus précise. Ils pourraient le lancer d'ici le milieu de l'après-midi et profiter au mieux de la longue fin de journée à l'approche du solstice d'été. Le travail de nuit, bien qu'ils soient équipés de puissants projecteurs sur le pont du navire, était toujours plus éprouvant et risqué. La météo pour le lendemain était favorable, avec une mer calme et un soleil radieux et mieux valait interrompre leurs recherches avant la tombée de la nuit. Le Seabed Constructor resterait sur zone cette nuit et renverrait le ROV pour une seconde plongée le samedi matin. Dans de telles circonstances, l'équipage et tous les scientifiques à bord ne rechignaient pas à la tâche et n'étaient pas à un jour près. L'excitation le soir à bord était à son comble, d'autant que les premiers résultats tombèrent en fin de soirée, deux heures après la remontée du robot. La matière prélevée était bien du bois, les fibres avaient été datées d'environ 350 ans, grâce au laboratoire de tomographie par imagerie à rayons X, équipant le bâtiment de recherches. Le spécialiste dendrologue à bord, un ingénieur français, Marcel Brachier, avait certifié ce premier indice. Ce résultat, cohérent avec le lancement du brick en 1736, les bois de marine provenant d'arbres âgés d'au moins 50 ans, avait déclenché l'enthousiasme. Mais il n'était pas suffisant pour certifier la présence de l'épave, il augmentait juste la probabilité de réussite de leur mission.

Au petit matin, tous étaient sur le pont pour immerger le mini-sous-marin. Un hélicoptère marine et argent s'était posé aux premiers rayons du jour sur l'imposante plateforme surmontant la superstructure abritant les espaces de vie et la passerelle de pilotage. Joshua grimpa dans l'engin volant, une mallette sous le bras contenant des échantillons des prélèvements, direction le laboratoire de biologie moléculaire de l'université de New-York, afin de déterminer, notamment, l'origine exacte de la provenance du bois prélevé. Ces résultats ne tomberaient que dans l'après-midi, dans le meilleur des cas. Il ne pouvait perdre une minute. Leur mission initiale de recherche de l'épave n'était prévue que sur six semaines. Le temps pressait. Il avait contacté la veille au soir, son ancien camarade d'études à la NYU, Sam Johnson, désormais à la tête du laboratoire, qui avait accepté de le recevoir malgré le week-end et la fin d'année universitaire. Le H135 décolla du Seabed, telle une libellule, s'affranchissant de l'attraction terrestre comme par magie, et obliqua vers la côte américaine. Ils survolèrent rapidement la côte sud de Block Island, protégée par ses falaises. Le vol d'un peu plus de 200 km jusqu'à l'héliport à l'est de Manhattan au niveau de la 34e rue, prendrait un peu moins d'une heure. Sam devait le récupérer à 9 heures pour filer directement à la NYU à Greenwich. L'hélicoptère volait au-dessus des flots. Il dépassa Long Island. Les gratte-ciel de Manhattan se dessinaient déjà dans le lointain. La forêt grise de béton et de verre, sur une petite bande de terre grossissait à mesure qu'ils approchaient. L'hélicoptère vira sur la droite à l'entrée de l'East River, remonta jusqu'à la 34e rue. Il se reflétait sur les buildings, sautant de l'un à l'autre. On aurait dit un film projeté sur les immenses écrans vitrés des façades sans fin. Il atterrit avec grâce et légèreté, une plume touchant le sol.

Son ami l'accueillit chaleureusement. Cela faisait plusieurs années qu'ils ne s'étaient vus, bientôt 15 ans, une vie, même s'ils faisaient l'effort de rester en contact. Le chercheur avait toujours sa vieille coccinelle cabriolet, de leurs années étudiantes, bariolée aux couleurs du Népal. Une incongruité au regard de sa fonction et des rues new-yorkaises. Il ne passait inaperçu ni dans le flux de la circulation, ni sur les parkings du campus. Bien que datant de 1978, un cadeau de ses parents pour ses 16 ans, la guimbarde tenait toujours debout et son vieux moulin tournait comme une horloge suisse ! Une véritable antiquité au milieu des taxis jaunes. Il en assurait l'entretien irréprochable, mettant les mains dans le moteur à l'occasion. Les réparations étaient rares et il parvenait encore à trouver des pièces détachées, notamment sur des sites brésiliens. Il avait développé une affection toute particulière pour sa cox, mélange de nostalgie de ses 20 ans et de résistance au tout électronique des caisses actuelles, où il n'était même plus possible de changer une bougie et où la moindre panne se résolvait au passage au ban électronique, sur ordinateur. Le règne du tout numérique et de l'obsolescence programmée ne lui seyait guère. Il préférait les moteurs traditionnels. Ils avaient tellement roulé ensemble, traversant le continent américain du nord au sud et retour via la cordillère des Andes, accumulant souvenirs et galères mécaniques, à la fin de ses études. Elle affichait d'ailleurs 272 351 miles au compteur ! Un chiffre plus que respectable.

— Tu l'as donc toujours, quand je pense que c'est sur cette banquette arrière que j'ai embrassé pour la première fois ma femme Grace. Sans toi, je n'aurai pas pu l'inviter à aller faire un tour après le bal de promo.

— Une fois de plus, ça va te coûter une bonne pinte ! Mais d'abord fonçons au labo. Deux étudiants nous y attendent pour lancer les analyses. Nous aurons le temps d'aller en descendre quelques unes avant les résultats et nous remémorer le bon vieux temps.

Tant de souvenirs remontaient à la surface, à l'odeur du cuir patiné des fauteuils, au son de la radio bloquée sur Jazz 24 et au bruit caractéristique du moteur 1 600 cc. Une douce mélodie métallique. Et au sentiment de liberté de rouler décapoté.

L'hélicoptère décollerait à 19 h 00 pour le ramener au port de New London dans le Connecticut, où le Seabed faisait relâche en fin de semaine. Il espérait connaître la nature et l'origine du bois remonté à la surface en fin de journée et pouvoir annoncer de bonnes nouvelles à son retour.

La cox se présenta au portail d'entrée du parking de la fac, dans Greenwich. L'agent d'accueil le salua.

— Bonjour M. Johnson, vous faites des heures supp le week-end maintenant ?

— Bonjour Bob, cela m'arrive quand je ne suis pas au golf ! répliqua-t-il, lui adressant un clin d'œil. Ils se connaissaient depuis tant d'années, qu'une réelle connivence existait entre eux.

— Je vous souhaite une bonne journée. Et il releva la barrière d'accès.

La Volkswagen accéléra et se dirigea au pied du bâtiment abritant le laboratoire de biologie moléculaire.

— Bonjour Mike et Lawrence, lança-t-il aux deux étudiants en recherche, en franchissant la porte. Je vous présente Joshua Brossard, un ami de longue date. Joshua leur serra la main. Je vous remercie d'avoir répondu spontanément à ma demande. Je vous ai fait venir pour procéder à l'analyse moléculaire d'échantillons de bois prélevés sur une épave à priori, ayant séjourné pas loin de trois cents ans sous l'eau et les sédiments. Une première datation par tomographie par imagerie à rayons X a permis de déterminer qu'ils avaient environ trois cent cinquante ans. Il s'agira désormais de préciser l'essence et son origine précise.

Joshua leur remit les échantillons contenus dans sa mallette. Les deux chercheurs se mirent immédiatement au travail. Les analyses des structures cellulaires permettraient, grâce à l'immense base de données dont ils disposaient, de comparer le code génétique et donc de retrouver l'espèce et de localiser sa provenance. Ils étaient certains de pouvoir mener à bien ces travaux dans la journée, ce qui ravit le directeur technique.

Sam lui fit visiter les installations du laboratoire. Celui-ci était à la pointe de la technologie. Ses travaux faisaient l'objet de publications régulières dans Science. L'université dépensait chaque année près d'un demi-milliard de dollars en recherche, déposant régulièrement des brevets d'innovation ou d'application, et accordant des licences à des tiers qui contribuaient pour plus de cent millions de dollars annuel à leur budget. Et surtout, la NYU a abrité 23 prix Nobel, en chimie, en physique ou en médecine. Assurément, la politique universitaire menée, portait ses fruits et plaçait la NYU parmi les universités les plus attractives pour son enseignement. Il n'était pas peu fier, à son niveau, de cette réussite. Joshua était impressionné même s'il connaissait la renommée de cette université privée, la plus grande du pays.

Ils continuèrent leurs discussions, attablés dans un pub sur les quais de l'Hudson, autour d'une Brooklyn Lager, une bière blonde et légère aux saveurs florales et de fruits tropicaux. Ils avaient quinze ans à rattraper, une vie familiale et professionnelle à se raconter, et de nombreux souvenirs à revivre. Vers 16 heures, Joshua reçut un SMS de Marcus, lui indiquant que la campagne du jour s'était soldée par de nouveaux prélèvements et de nouvelles analyses spectrographiques permettant d'affirmer que le rafiot qui devait se trouver enseveli sous les sédiments, couché sur le flanc bâbord, présentait les mêmes mensurations que le *Princess Augusta*. L'étau sur l'identification de l'épave se resserrait. Le Seabed Constructor avait désormais mis le cap sur New London et l'équipe l'attendait avec impatience pour lui montrer tous les résultats de la journée, espérant qu'il leur ramène des certitudes supplémentaires.

Alors qu'ils sirotaient une nouvelle lager, le téléphone de Sam vibra. C'était Lawrence. Il décrocha dans l'instant.

— Monsieur, nous venons de terminer nos travaux.

— Alors, qu'est-ce que ça donne ? s'empressa-t-il de lui demander.

— Nous avons pu identifier l'origine précise du bois. Tout d'abord, nous confirmons la datation effectuée à bord du Seabed. Et, l'échantillon provient d'une variété de chêne que l'on retrouvait en Angleterre, notamment dans la forêt royale de Bere, située au nord de Portsmouth entre les rivières Test et Itchen, nom loin de Waterloo. Le chêne de cette forêt était notamment utilisé pour la construction de navires dans les chantiers navals de la ville.

— Bon boulot les gars et encore merci de votre disponibilité. On se voit lundi au labo. Bon dimanche, je vous revaudrai ça à tous les deux. Et il raccrocha.

— Alors ? questionna Joshua.

— Bingo, lui répondit Sam, qui lui dévoila les informations glanées par son équipe.

— C'est formidable, nous touchons vraisemblablement au but.

— Tu y es presque en effet.

— Tous les éléments concordent, mais restons quand même prudents. Il est important maintenant de descendre au fond pour essayer de trouver une preuve irréfutable. Mais la probabilité vient encore d'augmenter. Il gardait son esprit critique sans s'enflammer, comme toujours. D'expérience, il savait que malgré tous ces éléments concordants, il fallait confirmer avant de crier victoire. Il l'avait appris à ses dépens en tout début de carrière.

Joshua régla les dernières consommations. Ils retournèrent jusqu'au parking. Il était temps pour son ami de le ramener à l'héliport. Joshua se confondit en remerciements pour ce coup de main essentiel et pour le bon moment qu'ils avaient partagé. Ils avaient convenu de ne pas attendre 15 ans pour leur prochaine rencontre. L'hélico se posa aux alentours de 20 h 15 à New London. Un taxi l'attendait pour le conduire jusqu'au navire.

Une partie de l'équipage était sortie en ville pour profiter de la longue soirée. De nombreux restaurants et bars se succédaient tout au long du front de mer. Le port de New London avait connu ses heures de gloires au début du XIXe, du temps de la pêche à la baleine. Ses quais grouillaient de matelots, manœuvres et autres marchands. Aujourd'hui, cette petite ville de la côte gardait un charme un peu désuet avec son architecture aux maisons de brique rouge et ses trois mats amarrés tels des œuvres d'art d'une autre époque, héritage de cette période prospère. La ville vivait désormais de la présence proche de la base militaire de Groton, port d'attache de quinze sous-marins d'attaque américains. La plus importante du pays.

Il gravit la passerelle du Seabed et fila derechef à la petite salle de réunion où l'attendaient Barbra, Marcus, Anders, Elisabeth Kelligan, la journaliste, et le commandant Phil Neuville.

— Ce soir, c'est moi qui régale, lança-t-il en franchissant la porte, un grand sourire aux lèvres ! Il leur livra tous les résultats obtenus par le laboratoire de biochimie moléculaire et écouta attentivement le récit de la journée à bord.

Il savait que la preuve était à portée de mains, là sous l'étendue bleue. Il ne pouvait en être autrement. La probabilité qu'un autre navire de la même époque, construit dans le même chantier naval et ayant fait naufrage en face de Block Island était proche du néant. D'ailleurs aucun document ne stipulait un engloutissement à cet endroit dans la première partie du XVIIIe. Le dossier qu'il avait reçu des assistants d'Arbessault, avait écarté cette piste.

Il consulterait leurs travaux le lendemain à tête reposée. Il n'oublia point de calmer le jeu en ajoutant qu'il faudrait récupérer l'indice ultime dès le lundi en plongeant avec leur Aquarius, sous-marin de poche doté de bras et outils de récupération. Il permettait des plongées au plus proche des épaves jusqu'à une profondeur de 1 000 pieds, soit 300 m.

La soirée fut joyeuse et arrosée. Le dimanche, une bonne journée de repos, attendue par tous, régénéra les organismes. Vers 11 heures, le directeur technique reçut un appel d'Adrien Chevasson. Ils faisaient un point tous les 2 jours sur l'avancée des recherches. Jusqu'à ce jour, le discours était identique. La zone se rétrécissait mais ils n'avaient rien trouvé. Cette fois-ci les nouvelles étaient toutes autres. Joshua détailla précisément leurs découvertes et évalua leurs chances de succès qui ne cessaient d'augmenter. Ils convinrent d'un nouveau rendez-vous téléphonique dès le lundi en fin de journée, tant cette plongée pouvait définitivement confirmer l'identité de l'épave.

La grue s'activa sous les ordres de Brandon, aux commandes. Elle souleva l'Aquarius, dans lequel Gina, la pilote, accompagnée de Barbra et Joshua, allait plonger dans les abîmes. Le sous-marin de poche balançait désormais au-dessus des flots. Avec sa grosse bulle semblable à un œil géant, sa robe orange vif et ses petits bras recourbés, on aurait dit un personnage tout droit sorti d'un dessin animé. Il aurait eu sa place dans Monstres et Cie, le sympathique film d'animation des studios Pixar. Ils avaient d'ailleurs baptisé l'engin Boby, en référence au personnage du film. Gina, fit un signe de la main indiquant que tout était en ordre. Ils étaient parés à plonger. Brandon actionna le bras surpuissant et Boby commença à disparaître dans les flots. Quelques vérifications plus tard, de communication, une fois le sous-marin immergé à 10 m, et la grue libéra son pendule de son cordon ombilical. Deux plongeurs en surface postés à leur hauteur, munis de puissants projecteurs, surveillaient le début de leur descente. Tout semblait se dérouler parfaitement. Gina communiqua avec Brandon. À la passerelle, le commandant, son second, Elisabeth et quelques matelots, écoutaient les haut-parleurs cracher les échanges.

— Boby à Seabed, les moteurs sont enclenchés. Côte – 50 pieds. Projecteurs allumés. Nous progressons régulièrement.

— Bien reçu Boby. Tous les témoins de contrôle sont OK.

Autour d'eux, l'immensité obscure de l'océan les engloutissait. Ils passèrent la côte – 150 pieds. Ils croisèrent dans les rayons de lumière des deux puissants phares un banc d'une douzaine d'empereurs, espèce en voie de disparition. Le profondimètre tournait. Il indiquait maintenant – 175 pieds. Ils commencèrent à apercevoir le fond vaseux, des millions de particules infimes en suspension réfléchissaient les faisceaux lumineux, créant une atmosphère irréelle. La visibilité ne dépassait pas quelques mètres. En atteignant les 200 pieds de profondeur, les abysses apparurent à travers la large vitre bombée de Boby. Gina stabilisa l'Aquarius pour repérer les lieux. Barbra pointa du doigt une forme sur leur droite. La pilote actionna le moteur horizontal bâbord. Le sous-marin pivota lentement sur sa droite, elle le fit avancer de plusieurs mètres et le stoppa au-dessus de l'excroissance sur le plateau océanique. Gina déploya un bras, muni d'une suceuse et mit en marche l'appareil. Au bout d'une dizaine de minutes d'aspiration un bastingage presque intact apparut. Il concentra l'aspirateur à sédiments un peu plus bas. À la surface, les écrans de la passerelle retransmettaient les images sous-marines filmées en direct. À l'apparition du garde-corps, des « oh » d'admiration se firent entendre. L'image s'interrompit brusquement. L'inquiétude remplaça dans l'instant l'enthousiasme. Le commandant appela en urgence à la radio le chef de grue au poste de contrôle, pour s'enquérir de la situation. L'écran noir annonçait-il une catastrophe au fond de l'océan ou s'agissait-il seulement d'un incident technique ? Dans sa cabine, Brandon vérifiait tous les systèmes de contrôle de l'Aquarius, ses écrans étaient figés. Il ouvrit le micro pour les appeler.

— Seabed à Boby, Seabed à Boby, m'entendez-vous ? Je répète Seabed à Boby.

Aucune réponse. Se pouvait-il qu'il ait perdu toute liaison avec le submersible. C'était la première fois que cela se produisait. Ses efforts semblaient vains. Après de longues minutes d'affairement et d'attente, tout rentra dans l'ordre comme par magie. Le faisceau vidéo fut rétabli et les écrans crépitèrent à nouveau. Miracle et étrangeté de la technologie. À leur retour, ils inspecteraient l'ensemble des systèmes de communication pour déterminer l'origine exacte de la panne générale. L'Aquarius ne pouvait se retrouver sous les flots coupé du monde extérieur. Il en allait de la sécurité de ses occupants. L'image se fit plus nette. Sur le flanc de la coque apparaissait dans la lumière des projecteurs une inscription où l'on devinait : *Princess Augusta*.

10
Mardi 10 juin 2014
Ephrata Cloister, Pennsylvanie

— Chers frères, ce jour est historique. Nous l'attendions depuis des décennies, sinon des siècles. Nos aïeuls ont prié, ont dépensé argent et énergie sans compter pour que cela arrive. Nous-mêmes avons tenté en vain, au cours de deux missions, de localiser l'épave mythique. Tous nos lointains parents qui ont survécu à cette terrible et funeste journée peuvent être fiers. Ceux qui ont péri en mer, aussi, leur mémoire va enfin pouvoir être apaisée. Le *Princess Augusta* a été localisé précisément hier, au large de Block Island. J'en ai reçu la preuve irréfutable.

Les membres de la Palatine Sword Society, groupuscule secret, de la German Seventh Day Baptists, se regardaient, incrédules. Des bruissements se firent entendre parmi l'assemblée. Une atmosphère étrange se dégageait soudainement de la crypte de l'Ephrata Cloister, à l'écoute des mots du Grand Maître. L'un des condisciples, assis autour de la table circulaire, prit la parole.

— Grand Maître Wotan, avons-nous bien entendu que le *Princess Augusta* a été retrouvé ? questionna Saxnot.

Chacun des 13 disciples portait le nom d'un des dieux ou héros de la mythologie alémanique. Le Grand Maître, celui de Odin, en vieux haut-allemand, il était le neuvième à porter cette charge. Ils étaient tous vêtus d'une robe safran et rubis, d'un naweschpalter safran sur la tête et autour du cou, nouée sur un collier de cérémonie aux mêmes couleurs, la médaille dorée de la confrérie secrète frappée de son sceau. En son centre la croix, posée sur le mot Palatine, à son sommet le mot Zion (Sion). En arrière-plan, un soleil levant, flanqué de deux cornes de béliers avec un halo contenant les trois cercles de la sainte trinité et deux épées se croisant en son centre, le tout couronné d'un lis.

— Oui Saxnot, l'un de nos fidèles m'a transmis la photo de l'inscription *Princess Augusta* sur un écran d'ordinateur, prise pas plus tard qu'hier. Il fit passer son smartphone sur lequel s'affichait le nom du navire naufragé.

— Mais qui a commandité cette mission de recherche ? Les nôtres ont toujours échoué, questionna Fricco.

— À ce que j'ai pu apprendre, un richissime athée français du nom d'Arbessault, industriel et grand collectionneur, qui serait intéressé par la cargaison du navire. Il avait prononcé le mot « athée » avec autant de dégoût que s'il l'avait craché.

— Nous ne pouvons laisser un impie s'emparer des biens de notre premier Grand Maître, le Comte Georges-Louis de Veldenz Wittelsbach, qui a tant contribué à notre église aux côtés de son fondateur Conrad Beissel. Qui plus est, il est l'un de vos ancêtres. Sans sa générosité et son engagement, nos familles, toutes rescapées du naufrage, n'auraient pu survivre et prospérer sur notre terre, s'offusqua Phol.

— Tu as raison, mon frère, nous allons tout faire pour que ce trésor ne tombe pas dans les mains de cet individu. Nos biens ne seront pas spoliés. Sa voix grave résonna sous les voûtes de pierre, rebondissant d'un pilier à l'autre.

— Comment allons-nous procéder ? s'enquit Wieland, l'un des autres disciples, assis à sa gauche. Il tournait et retournait sa médaille entre ses doigts, trahissant son malaise.

— Wieland, mon frère, tu connais les arcanes de la loi mieux que quiconque parmi nous, nous te chargeons d'étudier la légalité de cette expédition et tous les recours légaux pour que ce personnage ne puisse soustraire un quelconque objet de l'épave. Il s'adressa ensuite à l'opposé de la table. Quant à toi Himin, nous te confions la responsabilité d'activer nos réseaux pour, le moment venu, que le trésor ne nous échappe point. Nous ne pouvons envisager que l'or de notre bienfaiteur et surtout la croix Palatine sacrée de notre église, s'ils sont récupérés, se retrouvent dans une collection privée. Nous ferons tout ce qui est en notre pouvoir, quels que soient les moyens et les conséquences pour les ramener chez nous. Nous sommes tous tournés vers cette quête. Ce sous-entendu dans sa bouche, ouvrait la voie à toutes les méthodes, fussent-elles les plus violentes.

Le Grand Maître dévisagea ses douze condisciples. Dans leur regard brillait une lueur pleine d'espoir. Une mission nouvelle venait de prendre corps dans ce sous-sol. Ils allaient tous se mettre au service de la cause. Leur assemblée reprit son cours normal. Le rituel palatin marquant la fin de leur réunion secrète prit place. Le Grand Maître alluma une bougie, symbole de la lumière divine, il leva les mains vers le ciel, comme s'il regardait vers Dieu, puis il saisit une épée qu'il passa dans la paume de sa main gauche. Le sang se mit à couler sur la bougie. Il déclama une prière en latin, puis posa son front sur la large table en pierre, se prosternant. Tous l'imitèrent et reprirent en chœur ses paroles. Puis ils embrassèrent leur médaille. Enfin, le Grand Maître leur fit passer une coupe en argent, dans laquelle ils burent chacun à leur tour. Wotan but en dernier, puis jeta le reste du liquide au pied du pilier nord. La cérémonie s'acheva ainsi. Les 13 disciples s'éclipsèrent par un petit escalier en bois qui débouchait à l'arrière de l'église dans un réduit. Ils ôtèrent leur tenue, la rangèrent dans un sac et sortirent l'un après l'autre par une porte dérobée. Ils se retrouveraient en famille, au grand jour, pour célébrer le prochain sabbath de fin de semaine. La crypte resterait vide jusqu'à une nouvelle assemblée, le deuxième mardi du mois suivant. La bougie continuait de danser dans la pénombre après leur départ.

Au-dehors le jour déclinait. Les nuages épars teintés de rose s'étiraient dans le ciel sous l'effet d'un vent venu de l'océan. L'austère bâtisse de l'Ephrata Cloister était silencieuse. L'église avait réouvert en 2002, presque 80 ans après sa fermeture, sous l'impulsion d'une petite communauté de palatins, lointains descendants directs des 13 familles rescapées du *Princess Augusta*. La Palatine Sword Society n'était pas étrangère à ce renouveau, elle qui n'avait cessé d'exister secrètement malgré l'abandon de l'église. Elle avait œuvré pour cette renaissance. Les bâtiments administrés, depuis 1941 par le Pennsylvania Historical and Museum Commission, bien aidé par le soutien financier des amis de l'Ephrata Cloister, disséminés dans les 51 états de l'Union, avaient conservé leur stature.

Ronald-Louis Veldenz, prit la route 222, pour Lancaster. Il croisa une carriole Amish tirée par un cheval. Sa femme, Vickie, ne l'attendait pas à la maison pour manger le mardi soir. Elle était à son club de lecture, avec ses amies. Elle ne rentrerait pas avant 23 heures. Il décida de s'arrêter dîner au Good N'Plenty Restaurant, l'authentique dutch restaurant du comté. Il gara sa Dodge Durango gris métallisé sur le parking. La salle était bien garnie. Quelques familles sur les grandes tables aux nappes à carreaux rouges ou bleus, des routiers et une grande table d'une vingtaine de jeunes hommes à l'allure sportive. Il se délecta d'une Backed Chicken Pie, de Brown Buttered Noodles, un classique dutch, le tout arrosé de limonade. Il connaissait la nature des biens transportés vers le Nouveau Monde, sur le *Princess Augusta*, par son grand aïeul, par de vieux documents de famille transmis de génération en génération. Le plus précieux et symbolique de tous ces biens était bien entendu la croix palatine sacrée. Sa valeur était inestimable pour la communauté. L'or et le vin chargé sur le brick par le Comte lui importaient peu. D'ailleurs que pouvait-il en rester? La mer aurait peut-être fait son œuvre de fossoyeur après toutes ces années. Sa fortune personnelle, faite de grandes étendues et mines, lui assurait une retraite plus que confortable. Elle assurerait la vie de plusieurs générations. Ses six enfants en profitaient déjà largement, s'appliquant même à la faire prospérer. Mais retrouver la croix était un défi qui l'animait depuis un demi-siècle, au plus haut point. Tenir dans ses mains et pouvoir présenter à la communauté l'objet sacré était sa dernière ambition.

11
Le lendemain
Paris 16e

Gérart Arbessault l'attendait dans le vaste bureau de son hôtel particulier au 3 de la rue d'Andigné, donnant sur les jardins du Ranelagh. Il était voisin de l'ambassade d'Inde en France. Il était rare qu'il reçoive en semaine dans ses appartements, mais cela s'imposait aujourd'hui. Tous ses rendez-vous professionnels se déroulaient dans ses bureaux à l'Arche de la Défense où il l'avait reçue pour la première fois, ou dans un restaurant étoilé de la capitale. Il avait sa table à la Tour d'Argent pour ses déjeuners d'affaires, un peu à l'écart de la salle principale, donnant sur la Seine. Mais là, les choses étaient différentes, cela concernait ses activités privées. Il se devait de se dévoiler un peu pour mieux amadouer l'experte en vieux vins et l'entraîner définitivement dans son aventure. Il entendit la sonnerie à la grille. Son majordome se chargea de l'arrivante. Il était 13 heures précise. Fran, toujours ponctuelle, avait choisi une robe fleurie de tournesol. Le TGV l'avait déposée sans retard à la gare de Lyon. Elle avait choisi le taxi pour achever son trajet. Le magnat l'avait appelée personnellement la veille. Depuis qu'elle avait donné son accord pour cette mission si particulière, il y a une semaine, elle s'attendait à cette invitation d'un jour à l'autre. Sabine avait modifié son agenda, déplaçant deux rendez avec des journalistes et s'était empressée de lui réserver un billet de 1re sur le TGV de 9 heures. Elle suivit le majordome jusqu'au parvis de la bâtisse. Gérart se tenait à la porte dans un costume lin sable impeccablement repassé. Pas de cravate, mais une chemise blanche entrouverte sur sa poitrine bronzée. Cet homme avait beaucoup de classe et d'élégance se dit-elle, sous ses airs d'aventurier. Il lui faisait penser à Corto Maltese, l'un de ses héros de BD préférés. Il était très séduisant. Le genre d'hommes qui vous emporte à l'autre bout du Monde.

— Bonjour Mme Blan-Ponce, entrez donc dans mes appartements.

— Bonjour M. Arbessault. Elle le suivit. Le majordome récupéra sa veste et son sac.

Ils passèrent dans un salon feutré au style d'inspiration orientale, qui s'ouvrait sur le jardin et une piscine couleur béton brut. Aux murs, des tableaux de femmes asiatiques, des estampes chinoises et une œuvre électronico-japonaise d'un artiste sud coréen, Kim Yong Soo, mélangeant l'art traditionnel japonais fait de fleurs de cerisiers, d'oiseaux à des composants électroniques. Elle trouva le tableau étrange et poétique. Gérart Arbessault la surprenait. Ce n'était pas qu'un magnat de l'industrie, il était cultivé, avait du goût et une très grande sensibilité. Il ne portait pas d'alliance. Elle se demanda s'il vivait seul. Pas de M. et Mme sur le parlophone extérieur, ni de deuxième nom. Il semblait célibataire.

— Je vous présente mon assistante, Aline Guerucci. Vous vous souvenez de Miguel je présume.

Elles échangèrent une poignée de mains franche, leurs regards se croisant. Fran accrocha dans l'instant. Elle savait qu'elles allaient parler le même langage. Son regard lui disait « Je suis à tes côtés, tu peux avoir confiance en moi. Je te comprends déjà, nous sommes pareilles. Rien de ce qui t'arrivera ne sera de mon fait. Je n'approuve pas forcément ce que tu vas vivre à partir d'aujourd'hui. » Tant de choses pouvaient passer en un seul regard, comme si un flux neuronal envoyait des paquets d'informations à la vitesse de la lumière par télépathie. S'étaient-elles connues et appréciées dans une quelconque vie antérieure ? Ou était-ce une connexion féminine spontanée et solidaire ?

Ils s'installèrent sur les fauteuils du salon. Le majordome leur proposa un apéritif.

— Que diriez-vous d'une coupe de Champagne, proposa le maître des lieux.

— Je prendrai comme vous, répliqua la sommelière.

Mathieu emplit quatre flûtes, déposa un plateau d'amuse-bouches et retourna dans la cuisine, mettre une touche finale au déjeuner.

Pendant tout ce moment, Gérart Arbessault exposa personnellement l'avancée des recherches. Il narra avec beaucoup d'aisance la découverte de l'épave. Il laissa Miguel dévoiler la suite des opérations.

— Le Seabed Constructor et son équipage sont désormais à quai dans le port de New London, indiqua-t-il. Nous réunissons actuellement tout le matériel nécessaire aux fouilles sous-marines et à la remontée des premiers objets que nous mettrons à jour dans les entrailles de l'épave. Cela prendra plusieurs semaines vraisemblablement. Rien que les opérations de déblaiement du brick sont estimées à au moins 4 à 5 jours, sauf imprévus. Le navire de recherches devrait être prêt à appareiller au tout début du mois de juillet. Nous aurions d'ailleurs besoin du matériel que vous jugerez utile à la préservation et au transport des caisses de vins, afin de le faire acheminer sur le Seabed. Nous espérons que quelques caisses auront survécu au naufrage et à l'immersion prolongée. La présence de sédiments recouvrant intégralement les restes du *Princess Augusta* devrait y avoir contribué. Adrien est déjà sur place pour organiser tout cela au mieux et réunir l'équipe de plongeurs capable de travailler en grande profondeur. Intervenir à plus de 60 m demande un haut niveau de compétences et peu de plongeurs professionnels sont habilités à effectuer ce genre travaux.

— Je vous communique cela pour la fin de semaine au plus tard.

— Excellent, intervint Gérart. Trinquons à cette collaboration et cette aventure.

Puis ce fut au tour de l'assistante de prendre la parole. Elle s'occupait de la partie administrative.

— Mme Blan-Ponce, notre pilote privé, M. Clint McIntire, viendra vous chercher directement à l'aéroport du Castellet. Je peux vous organiser le transport depuis votre domicile à Cassis pour plus de commodités.

— C'est gentil, mais je pense que mon mari ou l'un de mes enfants aura plaisir à m'y déposer.

— D'autre part, je vous ai dressé une liste de documents à nous faire parvenir avant votre départ et notamment une copie de votre passeport en cours de validité et à jour, et de votre carte verte, pour que nous soyons en règle avec la législation locale du travail. Si vous ne l'avez pas encore, je peux m'en occuper et vous l'obtenir très rapidement.

— Je possède la carte verte depuis plusieurs années, pour intervenir régulièrement aux États-Unis. Je suis même inscrite comme experte en vieux vins aux barreaux de New York, de Washington et en Californie. Elle se dit que finalement ils ne savaient pas tout d'elle.

— Il y a aussi votre contrat de prestataire, avec toutes les conditions validées par votre conseiller. Il a dû vous en transmettre un exemplaire. Si vous voulez bien le consulter avant que nous déjeunions, vous pourrez le signer avec M. Arbessault comme cela.

La date approximative de son départ cadrait parfaitement avec ses impératifs professionnels. Le « Bistrot de la Bonne-Mère » fermait le vendredi 4 juillet, jour de la fête de l'Indépendance américaine cette année, comme un clin d'œil. Elle avait prévu, comme à chaque soirée de clôture avant les vacances estivales, un dîner à thème. Cette année il s'était imposé de lui-même ! Mets et vins seraient américains. Cette soirée était très courue dans la cité phocéenne, mais elle privilégiait ses clients fidèles et ses amis. Il était presque impossible d'y retenir une table si c'était la première fois que vous veniez manger dans son restaurant. Elle avait prévu quelques petites surprises et cadeaux dont raffolait sa clientèle. La plupart d'entre eux étaient d'ailleurs au fil du temps devenus des amis.

Gérart Arbessault l'invita à passer dans son bureau pour finaliser la signature de leur collaboration. Son espace de travail était très différent du reste de la maison, du moins ce qu'elle en avait vu, le hall d'entrée, le salon et la salle à manger. Se composant d'une table en verre futuriste, comme une pyramide effilée, posée en équilibre sur l'une de ses arêtes et dont l'un des côtés était le bureau. Un seul pied en bois semblait assurer l'équilibre de l'ensemble. On se serait cru dans *Star Wars* avec ce mobilier. Toutes les bibliothèques sur les murs étaient d'ailleurs en verre de teintes différentes. Très étrange. L'éclairage semblait ne venir de nulle part et pourtant la lumière était bien présente. Cela troubla Fran. La pièce dégageait une extrême froideur malgré la température agréable. Le plancher était recouvert d'un sublime tapis représentant trois soleils aux teintes chaudes. C'était d'ailleurs le seul élément procurant un peu de chaleur dans la pièce. Elle ne s'imaginait pas être capable de travailler dans un tel environnement. Ils relurent ensemble la totalité des articles du contrat. Ils avaient réussi à s'accorder sur leurs exigences respectives. Gérart sorti un Montblanc à plume d'un tiroir dissimulé dans l'une des bibliothèques et le lui tendit.

— À vous l'honneur chère Fran, vous permettez que j'utilise votre prénom, maintenant que nous sommes engagés dans la même aventure. Il aimait montrer de l'empathie pour ses collaborateurs.

— Sans aucun problème, acquiesça-t-elle alors qu'elle paraphait chacun des feuillets.

— Appelez-moi Gérart, ce sera moins formel. Nous allons vivre des jours uniques.

Il avait prévu de se rendre sur le Seabed dès l'assemblée générale du groupe passée et quelques obligations assurées. Il devrait les rejoindre pour le 14 juillet au plus tard. Il s'arma du stylo signa le document à son tour. Puis, il glissa un des quatre exemplaires à son attention, deux d'entre eux partiraient dès le lendemain par recommandé chez leurs avocats respectifs, dans une pochette déjà bien épaisse. La pochette portait son nom et la mention : Mission CK339.

Elle s'interrogea sur la signification de ce code. Ils rejoignirent les deux assistants du magnat dans le salon pour trinquer une nouvelle fois. Puis ils se dirigèrent vers la salle à manger.

Le déjeuner était finalement assez simple. Elle s'attendait à ce qu'il ait fait mettre les petits plats dans les grands et fait servir de sublimes crus. Mais non, Mathieu son majordome n'avait pas fait les grandes cuisines françaises. Il avait appris à cuisiner au cours de ses rencontres autour du Monde, occupant des petits boulots pour financer son voyage, souvent dans des restaurants ou petites échoppes vendant leurs fabrications directement dans la rue. Ce style de cuisine le reposait peut-être des grandes tables qu'il fréquentait régulièrement. C'était fort goûteux à défaut d'être gastronomique : une salade Thaï aux crevettes piquantes, des linguini aux palourdes et coques et pour finir une mousse au chocolat aux zestes d'orange confits. Les vins étaient en rapport et judicieusement choisis : un rosé délicatement épicé du domaine de la Mordorée en Tavel, puis un Grillo de chez Barone di Serramarrocco en Sicile, et pour accompagner le dessert un verre de Maury, cuvée Aurélie de la Préceptorie en 2008, ayant encore toute sa fraîcheur. Le déjeuner touchait à sa fin.

— Ah Fran, j'ai un service à vous demander. J'aimerai que vous retrouviez un plongeur professionnel du nom de Téo Garde, afin de le convaincre de rejoindre notre équipe. C'est le plus compétent et performant dans sa spécialité. Il nous sera d'un grand secours. Il a longtemps travaillé à la COMEX mais nous n'avons pas réussi à identifier sa trace et le localiser. Vous avez peut-être quelques connaissances au siège à Marseille et vous arriverez sans doute à savoir ce qu'il est devenu. Si ce n'était le cas, dommage. Nous ferions sans lui, mais si vous pouvez nous aider là-dessus, tant mieux.

— J'ai en effet quelques amis là-bas, j'essaierai de voir si je peux apprendre quelque chose. Elle ne remarqua pas qu'Aline avait subitement baissé les yeux et semblait vouloir se cacher au fond de sa tasse à café.

— Vous trouverez tous les éléments sur ce plongeur dans le dossier que je vous ai fait préparer et que vous emporterez tout à l'heure. Il lui avait fait cette demande en étant le plus détaché possible pour ne rien laisser paraître de sa manœuvre de félon. Une pièce de plus avancée dans sa partie d'échecs.

***

Elle s'assit dans le train ultra-rapide pour rentrer chez elle. Avant le départ de la gare de Lyon, elle adressa un SMS à Anthonin pour lui rappeler qu'il vienne la chercher, elle arrivait à 18 h 26 à la gare Saint-Charles, et qu'ils iraient ensuite directement au restaurant. Il fallait qu'elle passe voir son directeur. Le monstre d'acier s'ébranla. Elle vérifia ses mails sur son téléphone, rien de très important, cela pourrait attendre le lendemain. Un mail de Sabine pour une demande d'intervention au club de dégustation des étudiants de Kedge, sûrement une initiative de Margaux, l'une des meilleures amies de sa fille étudiante à l'école de commerce, l'interpella. Le paysage défilait à 300 km/h. Elle saisit le dossier que lui avait remis Aline l'assistante de Gérart Arbessault. Elle feuilleta les premières pages. Celles-ci concernaient le *Princess Augusta*, son histoire, le naufrage ainsi que les survivants, en majorité des palatins. Suivaient les copies de la cargaison, des données sur la localisation précise de l'épave au sud-est de Block Island, ainsi que la photo du bastingage et d'une partie de la coque, où l'on déchiffrait le nom du navire. Tous ces documents étaient confidentiels. L'un des articles du contrat constituait d'ailleurs une clause de confidentialité très stricte. Seule Elisabeth Kelligan pourrait publier un récit et des photos sur la découverte du *Princess Augusta*. Un documentaire, produit par une société de production appartenant au richissime héritier, devait aussi voir le jour. En tout état de cause, il lui était interdit de dévoiler l'endroit précis où se trouvait le brick, ni même la nature de sa cargaison ou l'avancement de la mission. Un livret de 7 feuilles concernant Téo Garde, le plongeur qu'elle devait retrouver, complétait le dossier. Elle commença à lire sa fiche de présentation. Il était né à Paris le 5 mars 1983, sous X, ayant été abandonné à la naissance. Élevé par une famille nîmoise qui l'avait adopté, les Garde, lorsqu'il avait 6 mois. Fils unique, il ne connaissait pas sa véritable histoire, seulement son adoption. Il n'avait jamais cherché à en savoir plus. Ses parents étaient décédés sur le vol AF 347 Rio-Paris en 2009. C'était un autodidacte, touche à tout : Plongeur-démineur dans la Marine Nationale, Moniteur de ski, Free Rider reconnu, Apnéiste, Cascadeur. Avait plongé avec Clive Cussler et Robert Sténuit, deux célébrités de la recherche d'épaves. Il avait travaillé régulièrement pour la COMEX sur des plongées profondes, pour la maintenance des plateformes pétrolières. Il y avait même un extrait de son livret scolaire ! Assez turbulent au lycée d'ailleurs, il avait interrompu ses études après le bac, qu'il avait réussi. Cela la fit sourire. Quelques reproductions de photos à divers âges, dont la plus récente datait déjà de 3 ans, lors de sa dernière mission avec la COMEX. Un procès-verbal d'un accident de plongée relatait la mort tragique de l'un de ses collègues lors d'une intervention de maintenance en mer du Nord sur une plateforme off-shore. Il était présent ce jour-là et n'avait rien pu faire pour sauver son ami. Deux ans après la perte de ses parents, c'en était trop. De ce jour, il avait cessé de se mettre en danger à des profondeurs extrêmes et avait disparu du jour au lendemain. Aucun numéro de téléphone portable. Juste les coordonnées de sa fille de 11 ans, Elodie, en Australie où elle vivait avec sa mère. Ils l'avaient contactée, mais elle ne savait pas où était son père. C'est lui qui l'appelait régulièrement pour prendre de ses nouvelles. Elle regarda à nouveau les photos de Téo Garde. Elle lui trouvait un air familier, comme si elle l'avait déjà rencontré. Elle pensa, c'était peu probable. Et passa aux deux dernières pages.

Les documents provenaient de la préfecture de Paris, c'était une copie de l'extrait d'acte de naissance de Téo et un pli manuscrit. Elle crut s'étouffer en les parcourant, et sentit monter une crise d'angoisse.

D'un coup, tout remontait dans son cerveau comme un ouragan prêt à tout dévaster sur son passage. Tant d'années où elle avait refoulé cet épisode douloureux de sa vie. Elle l'avait même oublié. Elle relut une deuxième fois les deux feuillets.

« L'an mille neuf cent quatre vingt trois, et le cinq mars à quatorze heures trente de l'après-midi, devant nous Joseph Lautard, Adjoint au Maire et délégué pour remplir les fonctions d'officier d'état civil de la commune de Paris, a comparu Mme Gisèle Renoux, sage-femme à la maternité de l'hôpital public Necker de Paris, âgée de quarante-deux ans, domiciliée à Choisy-le-Roy laquelle nous a déclaré qu'aujourd'hui à huit heures trente-sept du matin, mademoiselle X âgée de quinze ans, est accouchée dans la maternité de l'hôpital public Necker de Paris d'un enfant de sexe masculin qui nous est présenté et auquel il a été donné les prénoms de Téo, Philippe et Bruno. Ces déclarations et présentation ont été faites en présence de Mme Bonnet Francine, secrétaire à l'état civil âgée de cinquante-trois ans et de Mlle Angelotti Marie, élève sage-femme âgée de vingt-deux ans, domiciliée à Paris 11ᵉ. Nous avons dressé le présent acte que nous avons signé après lecture faite avec le déclarant et les deux témoins. »

Le deuxième était une brève page manuscrite. Elle connaissait parfaitement cette écriture juvénile.

« Je soussignée Fran Ponce, née le 8 septembre 1968 à Nice, de Hélène Allibert, épouse Ponce et de Albert Ponce, demeurant au domicile de mes parents à Juan-les-Pins, en ma pleine conscience avoir souhaité accoucher sous X et ne pas reconnaître l'enfant de sexe masculin auquel j'ai donné naissance ce 5 mars 1983 à l'hôpital Necker de Paris. Je donne à cet enfant les noms de Téo, Philippe et Bruno. Pour faire valoir ce que de droit. Fait à Paris le 5 mars 1983 »

Deux signatures validaient ce document au pied de la page, celle de sa mère et la sienne maladroite.

Elle sentit la nausée monter. Elle se précipita aux toilettes et ne put se retenir de vomir. Au bout de quelques instants, chancelante, elle réussit à revenir à son siège. Le choc et la sidération avaient fait place à la tristesse et la colère. Elle pleurait abondamment. Un Monsieur passant dans le couloir lui proposa son aide. Elle refusa poliment. Il ne pouvait point l'aider. Elle revécut cette journée affreuse et ressentit une nouvelle fois tous les sentiments qui l'avaient traversée. Comment sa mère avait pu l'obliger à prendre cette terrible décision ? Elle n'avait cessé de lui répéter, depuis la découverte de sa grossesse, qu'elle ne pourrait pas le garder. Qu'il n'en était pas question et que c'était mieux ainsi. Être mère à 15 ans, elle allait gâcher sa vie. Fran était effrayée, elle était si jeune. Son premier amour, Louis n'était même pas au courant. Sa mère l'avait retirée du lycée et elle avait fini son année scolaire à Paris dans un lycée privé. Sa tante les avait accueillies. Pour ses amis, elle avait un problème de santé et seul un hôpital de Paris dispensait le traitement idoine. Elle était revenue au lycée à Nice après les grandes vacances comme si de rien n'était. Le traitement avait fonctionné parfaitement et elle était guérie. Louis avait déménagé avec sa famille à Bordeaux. Son père, militaire de carrière, venait de changer d'affectation. Louis n'avait jamais su et ne saurait jamais. Ils s'étaient perdus de vue depuis le jour de son départ, pendant les vacances de la Toussaint. Le jour des morts. Elle avait vécu ce départ comme un enterrement. En cet instant, elle en voulait terriblement à sa mère, mais surtout à Gérart Arbessault de lui avoir renvoyé cette réalité au visage sans ménagement aucun. Sous ses airs d'aventurier sympathique, ce séducteur était diabolique et manipulateur. Elle pensa tout abandonner sur le champ, lui et son foutu trésor ! Des spasmes l'animaient encore, puis elle s'effondra dans un sommeil profond. Le corps reprenait ses droits pour la protéger. Elle se réveilla en entrant en gare de Saint-Charles. Elle rassembla ses affaires. Lorsqu'elle rejoignit son mari, celui-ci fut apeuré par la mine affreuse qu'elle avait.

— Bonsoir chérie, qu'est-ce qu'il t'arrive, on dirait que tu viens d'apprendre le décès de ta mère ?

Sa plaisanterie, ne la fit pas sourire du tout. Elle aurait peut-être préféré apprendre cette triste nouvelle. Sa mère luttait depuis bientôt cinq ans contre la maladie d'Alzheimer, un stade 5. Elle savait qu'elle n'aurait aucune réponse à ses innombrables interrogations de sa part. Son père avait suivi la décision et était fatigué par les années de maladie à la soutenir pour qu'elle continue à vivre chez eux. Elle devrait apprendre à vivre avec ça désormais, maintenant que tout était remonté à la surface. Et, dans un premier temps le retrouver.

— Rentrons directement au Terrain mon amour, je passerai au Bistrot demain. Je suis épuisé et il faut que je te parle. Cela ne concerne pas ma mère.

— Ton rendez-vous s'est mal passé, il y a un problème ?

— Ce n'est pas précisément mon entrevue, qui s'est plutôt bien déroulée, mais ça en découle. On parle de ça en arrivant. Elle tentait de ne pas se déclencher une nouvelle crise d'angoisse.

Anthonin était très intrigué et inquiet, il ne l'avait plus vue dans un tel état depuis le jour où elle avait pris véritablement conscience de la maladie irréversible de sa maman.

Une fois au calme chez eux, elle entreprit de lui raconter sa journée et lui montra les deux derniers documents. Il ne savait comment réagir. Il était ébaubi. Ses pensées se bousculaient. Elle lui avait expliqué que cet épisode de sa vie avait été complètement refoulé par son cerveau. Effacé à jamais, comme un viol enfoui. Était-ce la honte de son acte ? Elle ne pouvait l'analyser. Après sa réaction de surprise, Anthonin se montra rassurant, il ne la blâma point et n'eut aucun mot désobligeant pour ses parents. Pour cela, elle s'en chargeait très bien elle-même. Ils convinrent de ne pas en parler pour le moment à leurs enfants, qui étaient absents ce soir. Cela pouvait attendre. Dès le lendemain, à la première heure, elle appellerait un ami à la COMEX. Pour le moment, ils ouvrirent une bouteille de Bandol rouge de la Bégude et commandèrent une pizza. Ils n'avaient pas le courage de préparer quoi que ce soit. Elle n'avait pas spécialement faim d'ailleurs. Elle eut beaucoup de mal à s'endormir ce soir-là.

12
Vendredi 24 novembre 1944
Hospices de Strasbourg

Le drapeau tricolore frappé de la croix de Lorraine flottait haut dans le ciel alsacien au sommet de la flèche de la cathédrale, hissé la veille par le spahi Maurice Lebrun, l'un des 300 de Koufra, respectant leur serment libyen 3 ans plus tôt. « Jurez de ne déposer les armes que lorsque nos couleurs, nos belles couleurs, flotteront sur la cathédrale de Strasbourg. ». La capitale alsacienne libérée depuis la veille respirait à nouveau. La 2e Division Blindée, après Paris fin août, avait poussé vers Colmar, la trouée de Saverne et la capitale alsacienne. Après le vent glacial de la veille, la température anormalement douce en cet automne, rajoutait à la liesse générale. Jeunes, vieux, enfants, se pressaient dans les rues, les jeunes femmes, pour la plupart, arborant fièrement le traditionnel costume alsacien. Juché sur sa jeep, le général Leclerc, fendait la foule heureuse, saluant sous les vivats. Depuis la place de la Cathédrale, ils avaient dépassé l'ancienne douane en partie dévastée et tourné sur le pont Nicolas pour rejoindre sur l'autre rive de l'Ill, la cave des hospices de la ville. Sur les trottoirs, aux fenêtres, malgré les stigmates des combats, les Strasbourgeois les acclamaient, agitant drapeaux français et alsaciens. De nombreux édifices et bâtiments avaient souffert ou étaient carrément détruits, suite aux bombardements des forteresses volantes américaines, les B-17. L'Oberbürgermeister, Robert Ernst, avait opposé une résistance relative aux forces françaises malgré un sursaut désespéré de l'Elsässische Freiheitsfront, levé une semaine plus tôt à Colmar. Il avait fui vers Munich, accompagné de Mourer, l'autonomiste et député communiste alsacien, quelques heures avant l'entrée des chars de la 2e DB dans la capitale alsacienne. Leclerc était fier de cette étape importante de la libération de la France, mais il savait aussi que le combat n'était pas fini et que les forces allemandes n'avaient pas déposé les armes. Elles étaient prêtes à des barouds d'honneur, fussent-ils désespérés. Son haut commandement imaginait encore, malgré le débarquement de juin et les avancées spectaculaires des troupes alliées, pouvoir retourner le rapport de force et être toujours en mesure de remporter la guerre. La population et les intellectuels germaniques partageaient de moins en moins ces perspectives. Le Reich, après des années d'effort et de guerre, s'épuisait, entraînant dans sa chute inexorable celle de son peuple, qui allait vivre des souffrances atroces dans les mois à venir. Ils arrivèrent aux portes des hospices. Son aide de camp, le jeune et brillant lieutenant-colonel Georges Arbessault, stoppa la jeep devant le bâtiment. Une Marseillaise retentit devant la tour d'accès aux caves du vénérable hôpital datant de 1395. La foule amassée pour accueillir le libérateur chantait à tue-tête. Le général se mit au garde à vue debout, dans sa jeep, devant les Strasbourgeois et salua, jusqu'à la fin du chant. L'énergie des Alsaciens massés autour de lui alimentait sa fierté de servir la France. Il mit pied à terre sur la chaussée et fit les quelques pas jusqu'à la lourde porte où l'attendait Monseigneur Alphonse Hoche le vicaire de la cathédrale de Strasbourg, Arnold Hertzog, le maître de chai des lieux, à leurs côtés, Charles Frey maire de la ville avant l'occupation et quelques notables et résistants. Le général Leclerc reçut des accolades chaleureuses et reconnaissantes de ces messieurs.

— Cher Général, si vous voulez bien nous accompagner dans les caves des hospices. Invita le prélat avec emphase. Nous vous proposons, pour célébrer ce jour historique de la libération de notre chère cité, une dégustation exceptionnelle et unique.

— C'est avec plaisir et honneur. Remercia le libérateur. Son aide de camp le suivait de près.

Ils traversèrent des couloirs froids, puis pénétrèrent dans les caves aux voûtes séculaires. La galerie des foudres, tous plusieurs fois centenaires, se dévoilait sous une lumière faiblarde. Environ cinquante pièces en chêne se succédaient de part et d'autre de la galerie. Au bout de celle-ci, derrière une épaisse grille, trois foudres, datés de 1472, 1519 et 1525, trônaient, comme une trilogie mythique. Le maître de chai s'approcha et sortit un trousseau de vieilles clefs patinées par le temps. Le tonneau central, contenait encore 450 litres d'un vin blanc d'un millésime historique, le plus vieux vin au Monde conservé sous bois, vieux de 472 ans, presque cinq siècles. Durant toutes ces années, ce nectar n'avait été dégusté qu'à deux reprises, en 1576, par des Zurichois suite à l'accord de mutuel secours entre les deux villes et en 1718 à l'occasion de la reconstruction du bâtiment principal des hospices, dévasté deux ans plus tôt par le feu. Cette dernière occasion s'était accompagnée du renouvellement du tonneau. La libération de Strasbourg donnerait donc lieu à la troisième dégustation. La clef tourna dans la serrure, le tonneau ovoïde les toisait de toute sa majesté, tel l'autel d'une cathédrale. Les faibles ampoules surmontant les foudres dansaient dans l'obscurité. L'atmosphère religieuse, sans bruit venant de l'extérieur, la fraîcheur et l'humidité, idéales pour la conservation des vins, et le recueillement de chacun face au « trésor » sublimaient le moment. Une plaque de bois aux enluminures, attestait de l'authenticité du vieux breuvage. Arnold Hertzog positionna un verre à vin d'Alsace, à la jambe verte, sous le robinet en laiton à la base du foudre. Il tourna précautionneusement la poignée. Le liquide à la couleur ambrée coula lentement et emplit le verre. Dans un geste cérémonieux, le maître de chai, offrit le verre au Général. Un silence monacal comme si le temps se suspendait, précéda les premiers mots de Leclerc.

— Quelle couleur, entre l'ambre et l'acajou ! Et la lumière semble danser avec le vin. Je n'ai jamais rien vu de tel. S'enthousiasma le militaire. Il approcha son nez pointu, surmontant une moustache impeccablement taillée. Et le nez, très puissant et expressif. Riche, fin et élégant. Une touche boisée, vanillée et légèrement madérisée. Chacun l'écoutait et le regardait, hypnotisé par son charisme.

Il porta le verre à ses lèvres qui dessinaient un rictus de contentement. Il aspira un peu du breuvage multi-centenaire. L'acidité du vieux vin le surprit et lui arracha une légère moue. Il goûta une deuxième fois le nectar.

— C'est extraordinaire, quelle vivacité ! Ses phrases brèves claquaient sous les voûtes de la galerie, sa voix grave emplissait tout l'espace. Il transmit son verre au lieutenant-colonel Georges Arbessault. Goûtez Georges et appréciez à sa juste valeur ce moment à nul autre pareil. Ce n'est que la troisième fois que ce vin est goûté en près de cinq siècles. Nous sommes des privilégiés. Vous vous en souviendrez toute votre vie.

Et non seulement le jeune aide de camp allait être marqué par cette expérience, mais cela déclencherait chez lui une passion pour les vieux vins qu'il transmettrait par-delà les décennies à son fils Guy et son petit-fils Gérart.

13
Samedi 21 juin 2014
St-Etienne-de-Tinée

L'Audi s'immobilisa sur le parking face au Collège Jean Giono. 8h54, ils avaient bien roulé depuis le départ de Nice à 7 heures. La température extérieure affichait un petit 11 °C en ce beau matin de début d'été. Charles avait tout de suite accepté la demande de Fran de l'accompagner jusqu'au refuge du Rabuons, au-dessus de St-Etienne-de-Tinée, dans l'arrière-pays niçois. Il adorait effectuer cette randonnée depuis sa première, à 12 ans, en colonie de vacances. Depuis, il revenait régulièrement gravir la Sélasse et s'émerveiller du cirque du Rabuons. Il y avait entraîné sa femme, ses enfants, mais aussi ses amis. Personne n'y échappait. C'était pourtant inédit avec Fran qui, chaque fois qu'il lui proposait, n'était pas disponible ! Cette fois-ci, la demande émanait de son amie. Pourtant sportive, elle détestait marcher.

Fran s'extirpa de la voiture et de sa torpeur. La fraîcheur de l'air la saisit. Elle sentit son visage frissonner tant l'écart de température avec la côte et ses 25° matinaux lui rappela que la montagne n'était pas son amie.

Après avoir enfilé leurs chaussures de marche et chargé leur sac, ils traversèrent le pont Durandy sur la Tinée en direction de la Bonette et se dirigèrent vers le début du chemin. Fran avait gardé sa polaire. Dès les premiers mètres, le chemin s'élevait rapidement dans une forêt de feuillus et noisetiers. Ils avançaient d'un pas assuré et régulier. Ils percevaient encore les bruits du village en ce jour de marché. Fran parlait beaucoup, s'enquérant des dernières actualités familiales de Charles. Il lui conseilla d'économiser son souffle en paroles. Le dénivelé est intense dès le début et ne changera pas jusqu'à l'arrivée. Fran se tut, essayant de caler ses pas sur ceux de Charles sur le sentier dallé. Son souffle était court, elle commençait à transpirer. Ils marchaient depuis 45 minutes lorsqu'ils quittèrent progressivement la forêt de feuillus pour pénétrer une superbe et éclairée forêt de mélèzes. Le chemin plus souple, grâce aux aiguilles de mélèzes, serpentait entre les arbres. Désormais, seul le chant de la Tinée était audible à cette altitude. Le brouhaha de la vie humaine s'était estompé. Ils atteignirent une fontaine improvisée. Premier stop et déjà environ 500 m de dénivelé avalé, il n'en restait que le double ! Ils burent un peu d'eau fraîche, mangèrent une barre de céréales, Fran ôta sa polaire dévoilant son corps ferme et musclé. À plus de 50 ans, elle était une femme dynamique, sportive, prenant soin de son corps. Une femme moderne. Elle avait attaché ses cheveux bruns longs en queue-de-cheval et seule sa frange lui barrait le front. Ils reprirent leur marche. Désormais ils progressaient d'un pas alerte. Fran avait trouvé son rythme. Sa respiration était régulière. Elle ne pensait plus à rien, se concentrant sur le pas suivant, attentive aux escarpements du sentier, rythmée par les battements de son cœur dans tout son corps. Seuls les bruissements de la forêt les accompagnaient. En ce début d'été, la flore explosait en jaune, bleu, rose, blanc et violet. Les colchiques, gentianes, campanules, saxifrages et épines-vinettes soulignaient les détours du sentier. Des nuées de papillons voletaient autour des marcheurs, grands nacrés noirs et fauve ou petits argus blancs. Les sauterelles s'envolaient à leur passage. Fran s'émerveillait de cette nature si belle, toujours renouvelée. Elle s'arrêta une seconde et cueillit quelques fraises des bois, qu'elle porta à sa bouche. Leur arôme et la saveur sucrée, éclatèrent sur le palais lui procurant une émotion gourmande intense et profonde.

Ils atteignirent la limite de la forêt de mélèzes en débouchant sur le vallon du Rabuons. Le refuge se devinait, perché sur le verrou glaciaire du lac. Plus que 200 m de dénivelé à découvert sous un chaud soleil avant d'atteindre le reposant chemin de l'Énergie. Changement d'ambiance, le sentier pierreux n'offrait plus aucune ombre. Fran et Charles firent une ultime pause pour se rafraîchir et avaler un peu d'énergie. Ce nouveau raidillon fut grimpé en moins d'une demi-heure, sans encombre. Seule une petite couleuvre troubla la montée de Fran, détalant devant sa chaussure. Une fois sur le chemin de l'Énergie, le pas était plus léger et rapide. Cette corniche, reliant les lacs de Vens au lac du Rabuons, surplombait le vallon sur plus de 1 000 m de dénivelé et offrait un panorama magnifique sur la vallée de la Tinée, Auron et les sommets alentour. Au détour du chemin, Charles perçut un bruit de pierres. Il stoppa Fran immédiatement de peur d'un éboulement. Mais qu'elle ne fut leur surprise. Une harde de bouquetins dévala un petit éboulis, sautant de rochers en rochers. Ils survolèrent le sentier et disparurent en un instant dans le vallon. Quel spectacle ! Ils n'avaient pas eu le temps de sortir leur portable pour immortaliser l'instant tant celui-ci fut court. Quelques secondes à peine, mais gravée dans leur mémoire à jamais.

— Tu as vu ça Charles ? Était ce bien réel ? Ils ont plongé sous le chemin tellement vite, regarde on n'aperçoit plus que quelques volutes de poussières au fond du vallon !

— J'ai souvent vu ou aperçu des bouquetins, des chamois ou des mouflons, sur les crêtes, dans las alpages et les éboulis, mais jamais comme là. On aurait dit des sauterelles géantes au-dessus de nos têtes. Ils paraissaient si légers et en même temps dégageaient tant de puissance et d'agilité. Allez Fran, reprenons notre chemin.

Leurs yeux scintillaient de ce spectacle unique et éphémère.

La fin de l'ascension se fit sans encombre. Une dernière montée raide pour atteindre le lac et le refuge, et enfin ils allaient pouvoir poser leur sac et se désaltérer d'une bière locale bien méritée et fraîche. 3 h 40 pour cette randonnée au fort dénivelé était un temps tout à fait honorable se dit Charles. Ils trinquèrent, assis sur les bancs en bois à l'extérieur du refuge. La boisson houblonnée glissa le long de leur gosier, désaltérant une à une chacune de leurs cellules.

Passé ce moment de détente, Fran s'enquit de la présence de Téo Garde au refuge auprès d'Amélie, la jeune fille blonde qui les avait accueillis. Un vieil ami, proche collaborateur de feu Henri-Germain Delauze le fondateur de la célèbre compagnie marseillaise, lui avait trouvé non sans mal sa cachette.

— Téo n'est pas là. Suite aux gros orages de la veille, il a dû filer au refuge de Vens pour les dépanner. Il devrait être de retour en fin de journée, leur expliqua-t-elle.

Fran était contrariée, elle n'avait pas prévu de passer la nuit au refuge. Ses yeux se crispèrent et devinrent noirs comme la roche des crêtes environnantes. Son cerveau bouillonnait sous sa longue chevelure, Charles la rassura. Il avait peu de rendez-vous le lendemain et pouvait facilement se faire remplacer. Et puis, passer la nuit à plus de 2 500 m d'altitude était une expérience très enrichissante et apaisante. Ils regarderaient le ciel étoilé si pur en montagne. Pour le moment, il était temps de reprendre des forces. Ils déballèrent leur pique-nique qu'ils engouffrèrent en deux temps, trois mouvements. Après un café et une tarte aux myrtilles, Charles lui proposa d'aller faire le tour du lac. Il lui décrit les sommets du cirque entourant le lac, du sud au nord, le Rabuons supérieur, la tête de Chalanchas, le pas de Corborant et ses 3 007 m, la Cime d'Ischiator, le grand Cimon du Rabuons, la montagneuse de Rabuons, la roche Rousse et seigneur de tous ces sommets de plus de 2900, le mont Ténibre et ses 3 031 m surplombant la tête de Lusernier. Il se souvint de la dernière fois où il avait gravi le Ténibre, dix ans auparavant, avec Marine, qui n'avait que 9 ans alors.

Ils poussèrent un peu plus haut, jusqu'au lac de la Montagnette. Là, Charles proposa à Fran de se baigner. Il ôta ses vêtements et plongea dans les eaux limpides. Fran se mit, elle aussi, en dessous et le rejoignit. L'eau glaciale la saisit, elle fit deux brasses et ressortit s'allonger sur une dalle chaude pour sécher. Charles nageait toujours semblant ignorer le froid du lac. Il finit par la rejoindre. Athlétique et bronzé, elle avait gardé pour lui, après toutes ces années, une affection sincère. Ils avaient un peu flirté vers 14 ans, mais leur relation s'était construite sur une amitié profonde. Jamais ils n'avaient envisagé d'aller plus loin et chacun avait vécu ses relations amoureuses à distance. Ils se retrouvaient régulièrement, partageant des moments de vacances en famille.

Au-delà des crêtes du cirque du Rabuons, le parc naturel di alpe maritime, surplombait le village italien de Borgo San Dalmazzo. Les nuages commençaient à s'accumuler au-dessus de la frontière, poussé par la Lombarde, ce vent vif venu du nord. Ils se hâtèrent de rentrer au refuge. D'ici peu, les orages menaceraient. Amélie leur montra le dortoir à l'étage et leur fournit deux sacs de couchage en plume d'oie. Une douce odeur de daube provençale leur chatouillait les narines et présageait un bon dîner. Téo n'était toujours pas revenu. Le tonnerre se mit à gronder, les éclairs frappant le Ténibre et Fran comprit l'origine de son nom. Depuis le refuge, il se dressait tel un géant menaçant par sa beauté et sa violence imposante. L'orage éclata vers 19 heures, un déluge d'une heure qui laissa place rapidement à un ciel dégagé au soleil couchant vers 21 heures. C'est à ce moment, alors qu'ils s'attablaient que la porte du refuge s'ouvrit. Téo, détrempé, apparut dans l'encadrement de la porte. Tel un Dieu des ténèbres, son visage irradiait sur fond de soleil couchant, les crêtes rougeoyantes déchirant le ciel immaculé.

Il dévisagea l'ensemble des convives de son regard perçant. Au fond de la salle un petit groupe de retraités randonneurs, sur la table de gauche un couple avec deux enfants de 9 et 12 ans, à droite en entrant, côté fenêtres, deux jeunes filles, et Fran et Charles. Téo repéra immédiatement Fran. Il salua brièvement les randonneurs de la tête, sans leur adresser la parole et accéda à ses appartements pour se changer, mais ne reparut pas de la soirée. Vers 22 h 30, Charles proposa à Fran d'aller observer la nuit étoilée. Ils sortirent sur la terrasse du refuge et admirèrent la voûte céleste. Il lui montra au nord par-delà les sommets, Cassiopée, plus au sud la petite ourse et la constellation du dragon. Reconnaissable parmi toutes, la grande ourse brillait de mille feux. Il lui expliqua comment, grâce à celle-ci, repérer l'étoile du berger plus au sud. Elle l'écoutait, ses pensées perdues dans le vide de l'obscurité.

— Pourquoi ce gardien de refuge t'intéresse tant ? demanda Charles.

Fran ne lui avait pas encore dévoilé les raisons de cette randonnée soudaine. Elle hésita un bref instant à tout lui raconter, en même temps si elle ne parlait à son ami d'enfance avec qui pouvait-elle partager tout cela, à part son mari.

— Il y a un mois j'ai été approchée par un émissaire de Gérart Arbessault. J'ai été reçu par le milliardaire quelques jours plus tard à Paris dans ses bureaux. Il me propose de participer à une expédition de récupération de l'épave du *Princess Augusta*, un brick naufragé en 1738, qui en coulant a englouti sa cargaison, le trésor du Comte palatin Georges-Louis de Veldenz Wittelsbach et surtout un chargement de vins de Sauternes. Il souhaite que je prenne en charge la conservation des précieuses bouteilles. L'épave a été localisée grâce au journal de bord qui a refait surface, il y a peu dans une libraire de New York. Les premières plongées ont permis de dégager une partie de l'épave. Une nouvelle campagne est prévue début juillet et M. Arbessault me demande de convaincre Téo Garde, plongeur professionnel émérite de grand fond, sûrement l'un des meilleurs au monde, de rejoindre l'expédition. Le descendant du Comte, Ronald-Louis Veldenz, averti de la découverte de l'épave, a monté une expédition concurrente et il espère prendre de vitesse Arbessault pour récupérer le trésor de son aïeul. Voilà tu sais tout. Enfin presque tout, elle avait omis quelques détails essentiels, notamment par rapport à Téo.

Charles resta un moment silencieux et interloqué.

— Mais qu'est-ce qui t'a poussé à accepter cette aventure? l'interrogea-t-il.

— Tout d'abord, l'idée de découvrir de très vieux Sauternes et de prendre en charge leur conservation m'a séduite, d'autant que la proposition financière est très alléchante, mais surtout, il ne m'a pas laissé longtemps le choix. Mon laboratoire de recherches de l'université d'Aix-Marseille est financé, via des filiales de GENES S.A., par Arbessault. Je l'ignorais. Si j'avais refusé, Arbessault aurait stoppé les financements et mis en péril nos travaux. Il est si difficile de trouver de l'argent privé que je ne pouvais prendre le risque pour mon équipe. Il me tient. Je n'ai pourtant pas un très bon feeling avec l'individu malgré ses manières raffinées et élégantes. Il y a quelque chose dans le personnage que je n'arrive pas à cerner et qui m'inquiète. Elle n'évoqua pas la totalité des raisons qui l'avaient poussée se lancer dans cette aventure.

— Mais pourquoi t'a-t-il missionnée pour convaincre ce plongeur, il aurait pu envoyer un de ses sous-fifres? Charles avait du mal à comprendre le choix de Fran pour retrouver Téo Garde.

— Il y a des choses que je ne peux pas encore te dire et pas ici. Mais tu sauras bientôt, je te le promets. Son visage sembla triste d'un coup, ses yeux noisette se perdant dans le vide.

Charles ne questionna pas plus son amie. Il la regarda tendrement, comme il l'avait toujours fait depuis toutes ses années de connivences quelques fut ses confidences. Il attendrait le moment choisi par Fran pour en savoir plus.

— Viens il est tard, rentrons nous coucher, demain la journée risque d'être longue.

Fran s'endormit dans l'instant. Charles eut plus de mal, ressassant les révélations de son amie et s'interrogeant sur ce secret. Elle lui avait toujours tout dit, même les choses les plus intimes. Cela pouvait-il avoir un lien avec l'année de leurs quinze ans, lorsque Fran était partie finir sa dernière année de collège à Paris chez une tante ? Seule cette période était un peu obscure dans leurs relations. Elle ne lui en avait jamais réellement parlé. Juste quelques anecdotes banales sur sa vie parisienne d'alors.

Lorsque Fran émergea dans la salle du refuge, Téo l'attendait, assis devant un café. Elle chercha des signes dans ses traits, scrutant les moindres lignes et recoins de son visage. Comment avait-elle pu vivre toutes ces années sans savoir, avec cette déchirure au plus profond d'elle. Depuis la révélation, elle s'endormait chaque soir en cherchant à peindre son visage dans ses pensées, en fermant les yeux. Résonnaient en elle les mots fermes et définitifs de sa mère, « c'était la seule solution ! ».

Elle se servit un thé brûlant, pris deux tartines de pain de campagne, du beurre, de la confiture de framboise et lui fit face. Il engagea la conversation :

— Bonjour Madame Blanc-Ponce, pas trop fatiguée par votre journée d'hier et cette nuit inconfortable ?

— Merci, ça va à peu près, j'ai connu pire. Vous pouvez m'appeler Fran.

— Que me voulez-vous Fran pour être venue jusqu'ici me rencontrer, cela doit être important, nous ne nous connaissons pas ?

Sa voix douce et chaude contrastait avec son physique de trois-quart centre de rugby. Ses grands yeux verts scintillaient, révélant un sens critique aigu et sa façon de bouger, assez lente mais pourtant ferme, montrait une détermination intérieure à toute épreuve. Le visage d'adolescent de Louis, son premier amour, lui apparut. Ses joues la brûlaient.

— Vous allez bien Fran, vous avez l'air perturbé.

— Merci, ça va ! Je me suis brûlée avec le thé et le poêle commence à bien chauffer la pièce, j'ouvre un peu la fenêtre ! Elle ôta aussi sa polaire. Lui faire face la remuait au plus profond de ses entrailles, mais elle ne pouvait pas lui dévoiler les raisons de son tourment. Pas ici, pas maintenant.

Fran lui expliqua en détail toute l'histoire, depuis le naufrage au début du XVIIIe, les nombreuses tentatives de recherche de l'épave, la légende du vaisseau fantôme, la découverte du journal de bord et la proposition généreuse d'Arbessault qui comptait sur ses compétences reconnues, pour la récupération de la précieuse cargaison. Fran était toujours passionnée lorsqu'elle défendait une idée et l'envie de mieux le connaître décuplait sa force de conviction. Téo l'écoutait attentivement, plongeant dans son regard pour la percer et deviner si là étaient les seules raisons. Sa présence le perturbait, mais il ne s'expliquait pas ce trouble. Il posa plusieurs questions sur l'expédition, mais ne répondit pas à son offre. Il allait prendre le temps de réfléchir, il n'avait plus plongé depuis 3 ans et lui donnerait sa réponse sous une semaine. Il se leva, la salua, lui souhaita un bon retour et disparut dans la cuisine qui inhalait une odeur de sauce tomate mijotant sur le fourneau. Fran aurait aimé le retenir plus longtemps, respirer son air, l'observer et déchiffrer dans son physique et ses attitudes son propre sang.

Charles et Fran se préparèrent pour la descente. Amélie leur avait préparé de quoi se ravitailler : de l'eau, quelques fruits et du quatre-quarts maison. Ils entamèrent le retour vers Saint-Étienne de Tinée. La descente fut rapide et tranquille. En arrivant à la Tinée, Fran sentait ses cuisses brûler sous l'effet de l'acide lactique. Ils n'échangèrent aucun mot ni sur le sentier, ni dans la voiture jusqu'à Nice. Fran s'assoupit même rapidement aux côtés de Charles, bercée par les virages nombreux et les airs de soul qui s'égrenaient à la radio. Le visage de Téo défilait sur un écran géant derrière ses paupières closes.

14
Mercredi 25 juin 2014
Centre de recherche et d'expérimentation du Rosé à Vidauban

Le pick-up de Téo s'immobilisa devant la bastide provençale aux volets verts. Les platanes majestueux ombrageaient la bâtisse apportant un peu de fraîcheur en cette chaude journée de début d'été. Fran lui avait donné rendez-vous là, à mi-chemin de Nice et Cassis. Elle terminait une réunion au laboratoire du centre et ils iraient ensuite déjeuner sous les mûriers platanes de la Bastide de Magnans. Elle avait réservé chez ce restaurateur, un ami de longue date. Téo l'avait appelée la veille au Bistrot et lui avait annoncé qu'il envisageait de rejoindre l'expédition. Elle avait su se montrer convaincante. Il avait une revanche à prendre avec l'océan et cette occasion tombait à point après trois ans d'introspection. Le deuil de son ami avait été long. Mais il était prêt désormais. Plonger lui manquait. Fran lui avait demandé de le rencontrer une nouvelle fois, que tous les deux, avant qu'il ne s'engage dans cette mission. Elle devait lui parler, c'était vital. Pour lui, pour elle. Il était à mille lieues d'imaginer la nature de ce repas.

Elle apparut sur le perron de la bastide, dans une robe légère en coton, couleur lavande. Sa peau déjà bronzée, reflétait par petites taches les rayons du soleil qui s'immisçaient à travers le feuillage. Ses yeux étaient hypnotisés par la vision de Téo, son fils, appuyé contre le pick-up noir. Il lui rappela des images d'acteurs américains, avec cette nonchalance très cow-boy. Son cœur battait la chamade, comme à un premier rendez-vous galant. Elle avait imaginé un scénario bien précis pour lui apprendre la stupéfiante vérité, mais là face à lui, tout son film s'écroulait, ses jambes chancelaient. Il perçut son trouble et avança vers elle.

— Bonjour Fran, je vois que je vous fais toujours un sacré effet !

— Bonjour Téo, non ce n'est rien, peut-être un peu le choc thermique en sortant. La bastide est climatisée et il fait si chaud à cette heure-ci. Elle essayait de se reprendre, mais les angoisses de toutes ces années resurgissaient.

— Une fois le froid, une fois le chaud, pas simple, ajouta-t-il avec un petit sourire.

— Je suis très sensible en effet, ça ira mieux avec un verre de vin comme remontant au restaurant. Nous prenons votre voiture ?

— Volontiers, vous m'indiquerez le chemin.

— C'est à quelques centaines de mètres dans le village, nous y serons vite.

Et, en quelques minutes, ils se retrouvèrent dans le parc ombragé de la Bastide de Magnans. François, le propriétaire, les installa à une table un peu à l'écart. Fran l'avait prévenu qu'elle aurait besoin d'un peu d'intimité. Ils commandèrent, elle, un Martini Royal et lui une Trop IPA à la pression, bière artisanale brassée à Hyères les Palmiers. Ils trinquèrent.

— L'autre jour au téléphone, vous m'avez indiqué avoir des informations importantes à me communiquer avant de m'engager auprès de Gérart Arbessault. Serait-il un vulgaire malfrat en plus d'être richissime ? Les deux vont parfois ensemble d'ailleurs.

— Non, cela ne le concerne pas, mais c'est par lui que j'ai eu cette information.

Elle paniquait en son for intérieur, comment lui dire. Lui raconter l'histoire depuis le début, lui mettre les documents sous le nez pour qu'il découvre la vérité par lui-même ou lui annoncer brutalement qu'elle était sa mère. Entre deux gorgées, son cerveau opta pour la dernière solution, la plus directe !

— Téo, vous ne me connaissez point et pourtant nous avons un lien fort. Il l'écoutait attentivement, ne comprenant pas ce qu'elle insinuait. Arbessault m'a demandé de vous convaincre car je suis votre mère. C'était abrupt, mais ça lui était venu comme ça, malgré elle.

— Mes parents sont décédés il y a cinq ans, je suis orphelin, je ne vois pas de quoi vous parlez.

— Toutes mes condoléances, ils ont fait de vous quelqu'un de bien. Ne vous ont-ils jamais dit que vous n'étiez pas leur enfant biologique ?

— Si, une fois lorsque j'ai eu vingt ans, mais pour moi il n'y a et n'y aura qu'eux.

— Écoutez-moi Téo, ceci est très douloureux pour moi. Je respecte vos parents, ils vous ont élevés et ont fait de vous ce que vous êtes aujourd'hui et je les en remercie. Je ne vous demande rien. Mais voilà, lorsque j'avais quinze ans, j'ai accouché d'un enfant sous X. J'étais très jeune et ma mère ne m'a pas laissé le choix. Je m'en veux tellement.

— Pourquoi me racontez-vous cela ? Cela ne me concerne pas.

— Si, lisez ce dossier et vous comprendrez que c'est la vérité. Je ne suis pas votre ennemi, juste quelqu'un qui remonte son histoire malgré elle. Je ne vous demande rien, c'est vous qui déciderez de la suite. Si vous acceptez cette mission, cela nous permettra de se découvrir et si cela s'arrête après je respecterai votre choix et me réjouirai de savoir qui est la personne que j'ai mise au monde il y a 31 ans.

Il prit l'enveloppe que lui tendait Fran, en sortit le dossier retraçant son existence. Ses yeux parcouraient les documents, lui arrachant là un sourire sur son parcours, lui remémorant aussi les blessures cruelles de la vie, la mort de ses parents et celle de son ami plongeur Ruud. Il parvint au dernier feuillet. Il resta un moment silencieux, abasourdi par la révélation. Désormais il savait la réalité. Son existence serait inévitablement différente à compter de ce jour. Que devait-il faire maintenant ? Ses neurones s'électrisaient, déclenchant un orage dans sa boîte crânienne. Cette femme face à lui, lui avait donné la vie ! Il se reconnaissait dans ses yeux. Lui aussi était devenu père jeune, tout juste 20 ans. Pouvait-il la blâmer ou la haïr ? Était-elle coupable, complice ou victime ? Qu'aurait-il fait à sa place au même âge ? Devenir père avait été quelque chose de difficile pour lui, il n'avait pas compris tout de suite ce qu'il lui arrivait lorsque sa petite amie lui avait annoncé sa maternité. Il la fixa. Des larmes coulaient sur le visage de Fran. Elle ne les essuya même pas. Était-ce la peur de sa réaction, de la tristesse pour toutes ces années perdues ou la joie d'avoir retrouvé son fils ? Il lui prit la main et la serra dans la sienne. Elle avait les mains moites, comme lui lorsqu'il éprouvait des émotions fortes. Et c'était le cas en cet instant. Cela aurait pu être de la transpiration en cette saison, mais non, ils avaient tous les deux les paumes et les doigts froids et humides. Ces quelques minutes de silence durèrent une éternité. Bien que plus jeune, Téo brisa le silence.

— Fran, je vais participer à cette expédition, à vos côtés. Il avait bien appuyé sur le « à vos côtés ». Je ne sais pas où cela nous mènera, mais j'ai envie de connaître celle par qui je suis venu au monde. Il n'employa pas, à dessein, le mot de mère. Je n'ai plus de famille, ma fille est à l'autre bout du monde avec sa mère. Je ne la vois la plupart du temps qu'à travers un écran et une fois par an, au mieux, je peux la serrer dans mes bras. Elle me manque tellement. J'ai très envie de vous connaître, même si d'une certaine façon cela m'angoisse un peu. La vie a été dure depuis quelques années et peut être que notre rencontre est une nouvelle chance qui s'offre à moi. Je ne veux pas la rater. Il se sentit moins seul en cet instant et lui adressa un sourire.

Une vague de chaleur inonda de bonheur Fran. Elle ne savait que faire après cette décision de son fils. Comment lui témoigner sa joie présente. Elle n'eut pas à réfléchir plus longtemps. Il se leva et vint lui déposer un baiser sur la joue. Elle repoussa sa chaise et le prit dans ses bras. Leur étreinte fut brève mais très forte. Ils se rassirent et Fran, alors que le chef de rang leur amenait leur plat, commença à lui raconter sa vie et qui elle était. Son visage, si tendu il y a quelques minutes, s'était illuminé. Elle avait tant redouté sa réaction. Elle lui montra des photos de son mari et de ses deux enfants. De la villa à Cassis. Son fils lui posait de nombreuses questions. Ils se livrèrent l'un à l'autre jusqu'au milieu de l'après-midi. Se prirent en photo pour conserver, au-delà, de leur mémoire une preuve de cet instant. Ils voulaient chacun être sûrs que ce moment avait bien existé et qu'il en appellerait d'autres. Téo souhaitait vivement rencontrer prochainement Camille et Quentin, ses demi-sœur et frère. Mais pour cela, il fallait encore que Fran raconte ce secret de famille à ses enfants. Elle savait pouvoir compter sur le soutien de son époux, pour cette annonce si importante. Elle se sentait prête de toute façon. Ce déchirement dans sa vie, enfoui au plus profond de son subconscient depuis tant d'années ne lui faisait plus peur maintenant que Téo savait et qu'il l'avait acceptée, elle. Elle ne disposait que peu de temps avant son départ pour les États-Unis, d'autant que Camille avait trouvé un job pour le début de l'été et que Quentin devait partir avec des potes dans le sud de l'Espagne dans quelques jours.

15
Fin juin
À bord du Seabed

Les jours se suivaient au large de Block Island et les équipes à bord s'activaient à révéler l'épave du *Princess Augusta*. L'Aquarius plongeait deux à trois fois par jour pour ce fastidieux travail de déblaiement. Les suceuses aspiraient les limons en continu et le brick se dévoilait peu à peu. Le vieux navire était en partie disloqué sur le fond. Près d'un tiers de la coque bâbord avait déjà été mis à jour. Point de trésor découvert sous la masse liquide hostile et les tonnes d'alluvions déplacés. Joshua avait pu cartographier la partie de l'épave désormais à jour. Ils semblaient avoir atteint le plateau continental et quid du reste de la coque. Tout semblait indiquer que la majeure partie du brick s'était disloquée en des milliers de morceaux, sous la violence du choc, qui devaient joncher le fond de l'océan tout autour du reste bâbord de la coque. Et la cargaison avait dû s'éparpiller alentour.

L'euphorie des premiers jours s'était peu à peu transformée en une certaine lassitude. La mission s'annonçait chaque jour plus ardue. La coque s'était en partie dévoilée, mais aucune trace de la cargaison et plus de la moitié du brick manquait, sûrement éparpillée telle un immense puzzle incomplet sur les fonds de l'atlantique.

Adrien Chevasson convoqua à la nuit tombée une réunion d'urgence avec Joshua, Barbra, Gina, la pilote de l'Aquarius, Elizabeth Kelligan et Phil Neuville le commandant du Seabed. Ils devaient décider d'une nouvelle stratégie pour les jours à venir. Ils s'étaient installés dans la salle à manger du commandant, une pièce aveugle aux murs plaqués d'acajou. Une table fixe trônait au milieu de la pièce d'une quinzaine de mètres carrés. Adrien prit la parole :

— Nous devons envisager toutes les possibilités qui se présentent maintenant que nous savons que la partie de la coque du *Princess Augusta* que nous avons mise à jour ne contient pas la cargaison. Joshua, en tant que directeur technique, quelle est votre analyse ? Un écran s'illumina au bout de la table.

— Comme vous pouvez le voir sur cette carte, les restes du *Princess Augusta* ont dérivé en coulant selon un courant ouest-est. Si l'on considère le point de naufrage, ici – il pointa la souris de l'ordinateur –, la profondeur et la localisation du morceau de coque, nous pouvons délimiter une zone vers l'est, en forme d'ellipse, de 500 m de long et de 200 m de large au maximum, dans laquelle il est probable que nous trouvions d'autres morceaux du brick et ce qu'il reste éventuellement de la cargaison.

— Les simulations faites depuis ce matin par ordinateur ont permis de délimiter la zone la plus probable, ajouta Barbra. Nous avons analysé toutes les données physiques du *Princess Augusta*, de sa cargaison, en modélisant plusieurs données météorologiques et océanographiques comparables à la description des conditions de la tempête dans le journal de bord. Nous avons retenu toute la zone dépassant les 25 % de probabilité de trouver un reste de plus de 500 grammes. Regardez la simulation avec les couleurs de plus en plus foncées à mesure que la probabilité augmente.

— Bon travail, félicita le commandant Neuville. Joshua et Adrien acquiescèrent d'un petit hochement de tête. Elizabeth prenait des notes sur sa tablette afin de relater au mieux l'expédition.

— Gina, interrogea le directeur technique, combien de temps sera-t-il nécessaire pour explorer cette zone avec l'Aquarius ?

— Si nous plongeons 9 heures par jour par sessions de 3 heures comme nous l'avons fait ces derniers jours, en considérant de balayer méthodiquement le fond marin, nous devrions avoir inspecté la zone en moins de 5 jours. Elle avait un petit accent chantant qui trahissait ses origines napolitaines. Cela lui donnait beaucoup de charme et de sensualité.

— Dès demain nous délaissons la coque pour se concentrer sur l'exploration des alentours de celle-ci. Chacun à son poste dès 7 heures pour cette nouvelle exploration, indiqua Joshua.

— Très bien, valida Adrien. Il est impératif que notre travail aboutisse dans les plus brefs délais. Le Seabed est en partance pour une mission au large des côtes africaines fin juillet. Les jours qu'ils nous restent sont comptés. M. Arbessault attend des résultats.

Le commandant Neuville acquiesça opinant du chef, il ajouta :

— Cette mission ne pourra se prolonger au-delà du 20 juillet. Nous devons effectuer une escale technique de contrôle à Bergen avant de rejoindre notre prochaine destination. Nous concentrerons toutes nos ressources à la localisation de la cargaison.

— Nous accueillerons le 6 juillet Mme Fran Blanc-Ponce, experte en conservation des vieux vins et M. Téo Garde, plongeur professionnel et expert en plongées extrêmes, qui renforcera et pilotera notre équipe subaquatique pour le travail à la remontée des objets trouvés. Nous recevrons le matériel de Mme Blan-Ponce et de M. Garde dans deux jours, conclut le directeur technique.

Elisabeth Kellygan s'éclipsa à la fin de la réunion, délaissant le pont principal et le repas collectif déjà servi à la salle à manger du commandant pour rejoindre sa cabine. Elle prétexta des maux de ventre et la nécessité de mettre en mots les dernières évolutions de la campagne de recherche. Son téléphone indiquait 9 appels en absence.

De l'autre côté de l'Atlantique, sur les bords de la Méditerranée, le jour pointait. 5 h 44, Téo décida de finalement se lever malgré l'heure. Cela faisait déjà un long moment que ses paupières ne tenaient plus en place et que son cerveau tournait à plein régime. Il ressentait une excitation inhabituelle. Aujourd'hui était un grand jour, il allait rencontrer pour la première fois, Camille et Quentin les autres enfants de sa mère, et Anthonin son mari. Il aimait le lever du jour, les premiers bruits de la nature, la quiétude et la fraîcheur de la fin de nuit en montagne. Descendu de son refuge la veille, il avait dormi chez un ami à Saint Étienne de Tinée. Il se prépara un café noir et des tartines grillées de pain de campagne, quelques fraises et framboises, et un grand jus d'oranges de Sicile fraîchement pressées. Il était attendu au Terrain pour le déjeuner.

16
Dimanche 29 juin 2014
Cassis, le Terrain

La journée s'annonçait radieuse, le soleil brillait, un léger vent du sud remuait les pins torturés, les lauriers roses et le bougainvillée grimpant sur la façade. La mer calme semblait alanguie, troublée par quelques pointus voguant vers les calanques pour un pique-nique amical et dominical. Et, une horde de kayaks glissant à l'assaut de la baie vers les hautes falaises d'En Vau. Les premiers flots de touristes entassés par les bateliers sur leurs bus à impériale flottants s'émerveillaient de la roche granitique et blanche plongeant dans la grande bleue.

Fran s'activait dans la cuisine, touillant la soupe au pistou, tranchant de beaux melons de Cavaillon ou pâtissant une superbe tarte aux framboises du jardin. En plus d'experte en vins, elle cuisinait comme un chef, qu'elle avait un temps envisagé d'être à l'adolescence. Cette journée en famille devait friser la perfection et, pour la sommelière, cela passait en particulier par la table ! Anthonin s'affairait dans le jardin à ramasser les framboises, nettoyer le salon de jardin, installer la table, ratisser les allées en petit gravier et préparer le studio où Téo allait passer la prochaine nuit. De son côté, Quentin, après un réveil tardif, passait de la cuisine au jardin pour donner la main à sa mère ou son père. Il avait hâte de faire la connaissance de Téo, lui qui avait toujours rêvé d'avoir un frère et qui plusieurs fois, avant ses dix ans, avait réclamé un petit frère à sa mère. L'idée d'un aîné le ravissait et l'excitait de curiosité en même temps. Qui était-il ? Lui ressemblait-il ? Pourraient-ils être de vrais amis ? Camille se terrait encore dans sa chambre et tardait à montrer son joli minois. Ce nouveau frère la dérangeait. Pourtant du haut de ses 24 ans elle savait prendre du recul, mais en l'occurrence la connaissance de l'existence de Téo l'avait tout de suite perturbée. Pensait-elle voir sa mère lui échapper ? Ou était-ce de la jalousie vis-à-vis de ce frère qui, de facto, lui volait sa place d'aîné ? Ou encore, en voulait-elle à sa mère de leur avoir caché toutes ces années cet autre enfant ? Ou réprimait-elle l'absence de recherches de sa mère pour retrouver Téo ? Le savait-elle elle-même ? En tout cas elle se montrait très distante et renfermée depuis cette nouvelle.

Fran leur avait annoncé l'existence de Téo, trois jours plus tôt, et avoué ses remords et regrets d'avoir dû obéir à leur grand-mère. Elle avait décrit sa souffrance et son chagrin à 15 ans, à la fois pour cet enfant arraché et que Louis, le père biologique et son premier amour, n'ait jamais su. L'enfouissement de cet épisode de sa vie au plus profond de son subconscient avait été plus difficile à faire comprendre. Elle avait d'ailleurs du mal à se l'expliquer. Peut-être un réflexe du cerveau pour adoucir la souffrance ! Puis, elle leur avait parlé de lui, un peu de sa vie et montré la photo prise à la Bastide des Magnans. Quentin posait mille questions, Camille avait quitté la table avant la fin de soirée. Les rapports longtemps complexes et parfois volcaniques de Fran avec sa mère devaient prendre leur source dans ce traumatisme adolescent, se dit-elle ce soir-là. Quelque part cela parut l'apaiser. Malgré sa vie professionnelle bien remplie, la reconnaissance de ses pairs, sa famille fabuleuse, son sommeil n'avait jamais été un long fleuve tranquille. Elle se coucha délestée d'un poids et passa la plus paisible des nuits depuis des années. Aucun réveil ou angoisse nocturne, ni insomnie.

La grande aiguille de la pendule provençale de la cuisine venait de chevaucher le 6 indiquant la demie de onze heures, le pistou infusait tranquillement dans la soupe bouillante, tout était prêt, lorsque les graviers crissèrent sous les pneus du Land Rover kaki et boueux de Téo. Anthonin et Quentin furent les premiers à l'accueillir. Fran, dont le cœur venait de brusquement s'emballer, arracha son tablier et fila dans le jardin à sa rencontre. Au premier, on apercevait une ombre derrière la fenêtre de la chambre de Camille donnant sur le parking.

Téo sauta du marchepied, enlacé dans la seconde par Quentin qui ne le lâcha qu'au bout d'un long moment. Le grand frère le laissa faire lui rendant son étreinte. Il salua le mari de Fran puis récupéra un superbe bouquet champêtre sur la banquette arrière de son 4x4, ainsi qu'une bouteille de Clos Saint Joseph, seul domaine des Côtes de Provence situé dans les Alpes-Maritimes dans l'arrière-pays niçois à Villars-sur-Var. Il tendit le bouquet à Fran et l'embrassa chaleureusement. Là, c'est lui qui prolongea l'étreinte.

— Je suis très heureuse que tu sois là, lui dit Fran.

— Merci de ton invitation, j'ai hâte de tous vous connaître. Sa réplique était spontanée et sincère. La route avait été un peu longue depuis Saint-Étienne avec un tel camion. Ce n'était pas ce qu'il y avait de mieux pour les longs trajets. Il était plus à son aise sur les chemins !

— Viens déposer tes affaires dans le studio et mets toi à l'aise. La piscine est à 24 °C, si tu veux faire un plongeon avant l'apéritif ? lui proposa Anthonin.

— Oh oui, je me baigne avec toi, ajouta Quentin dont les yeux brillaient d'admiration.

Téo suivit le mari de Fran jusqu'au cabanon réaménagé en studio douillet.

— Il a l'air trop cool maman, dit Quentin.

— Vous allez l'aimer, j'en suis sûr. Et va sortir ta sœur de sa tanière, elle doit être debout maintenant.

Son fils pénétra dans la maison et gravit les escaliers quatre à quatre. Il ne redescendit avec Camille qu'au bout d'une dizaine de minutes. Ses parents et Téo se délassaient dans la piscine face au Cap Canaille. Une bouteille de rosé de la Rose des Vents, du Pastis Bardouin, de la tapenade, des gressins, des tomates cerises du jardin et des olives cassées des Baux patientaient sur la table du salon extérieur pour l'apéritif. Quentin les rejoignit immédiatement, pas Camille qui s'installa dans la nacelle suspendue sur la plage en travertin, un panama sur les yeux. Elle consultait son portable, étrangère à l'harmonie ambiante. Dans l'eau, les quatre baigneurs échangeaient.

— La dernière fois que je suis venu à Cassis, c'était pour une plongée sous Cacaou avec des amis du club Dune de Marseille. Nous étions descendus dans la grotte des Trémies. C'était une belle plongée, des mérous dansaient autour de nous, des rascasses se cachaient dans les gorgones couleur corail ! La faune et la flore sous-marines s'illuminaient dans les rais de nos torches en un tableau digne des plus grands peintres du fauvisme. Nous avions ensuite déjeuné sur le port à la Girandole dans les petites rues.

— Très bonne adresse, acquiesça Fran. Et, si nous sortions pour un apéro sous les mûriers platanes ?

— Tout est dehors, il ne reste qu'à servir les verres, confirma son mari toujours prévenant.

— Je vais chercher des glaçons et de l'eau fraîche, annonça Quentin. Il bondit hors de la piscine, attrapa une serviette de bains et fila à la cuisine d'été.

— Tu nous rejoins chérie, ajouta Anthonin en s'adressant à Camille.

Ils se retrouvèrent à l'ombre des arbres formant un véritable parasol végétal, sous le chant des cigales. Téo se dévoilait peu à peu, se sentant à l'aise. Quentin le relançait en permanence sur son enfance, ses exploits à ski, ses cascades mémorables dans les James Bond ou ses plongées en grande profondeur. Camille écoutait distraitement, pianotant sur son téléphone à intervalles réguliers. Cela agaçait profondément sa mère, mais Fran se retint d'exprimer ses sentiments dans l'instant. Elle ne voulait pas mettre Téo mal à l'aise. Elle se promit de prendre le temps, plus tard, de discuter avec Camille de son comportement et ses états d'âme.

Le repas se déroula dans la même convivialité et bonnc humcur. La soupe au pistou était particulièrement réussie. Fran tenait cette recette de sa grand-mère. Il existe autant de cette spécialité provençale que de grand-mères lui répétait souvent la sienne. Elle mit plusieurs années et essais maladroits avant de maîtriser sa réalisation et notamment la touche finale, cruciale, l'incorporation de la pommade de pistou en toute fin de cuisson pour laisser infuser tranquillement celui-ci avant la dégustation. Désormais elle régalait chaque été famille et amis de sa soupe. Même si, la manger sous le cagnard de la mi-journée, procurait des gouttes sur le front aussi grosses qu'un gravier ! Très simple dans sa recette, elle ajoutait en parts égales des courgettes, des écheleurs, des cocos rouges, des cocos blancs, des pommes de terres, des tomates, une à deux cuillères d'huile d'olive, sel, poivre, mouillé à hauteur, et laissait cuire une première fois 45 à 50 minutes suivant la quantité. Pas de viande ou petit salé dans la soupe, sacrilège lui justifiait sa grand-mère. Le lendemain, jour de dégustation, elle portait de nouveau à ébullition la préparation, mixait l'ail frais, le basilic à petite feuille, une tomate et une à deux louches de soupe, pour réaliser sa pommade. Avant de l'ajouter et laisser reposer.

Camille resta tout l'après-midi à flâner au bord de la piscine, rejointe par sa team d'amis cassidains, avec qui elle avait prévu de sortir en soirée. Fran, Anthonin, Quentin et Téo rejoignirent, vers 16 heures, Port-Miou tout proche, pour une escapade en bateau dans la baie et les calanques. L'eau était agréablement chaude, flirtant avec les 22 °C, ce qui était assez inhabituel fin juin mais s'expliquait par la chaleur des derniers jours et l'absence de mistral depuis le début du mois. L'eau fraîche des sources sous-marines stagnait en profondeur, attendant le premier souffle pour se brasser avec les couches marines supérieures plus tempérées et saisir à vif le baigneur téméraire. Il arrivait souvent que ce phénomène abaissent les eaux bleus et cristallines à 17 °C en plein cœur de l'affluence estivale.

Ils profitèrent de la fin d'après-midi jusqu'au coucher du soleil, assistant même à un plongeon d'entrainement, en saut de l'ange, de Loulou, depuis les falaises d'En Vau à 30 m. Les embarcations de toute nature se pressaient pour ce spectacle unique et aérien. Téo fut très impressionné ! Il se remémora petit ses premières leçons de natation avec l'Abbé Simon, suivi d'initiations au plongeon vers ses 12 ans, lors de colonies de vacances à Ste Anne du Castellet et les sauts vertigineux de l'abbé volant pour entretenir son église. Ils s'étaient revus des années plus tard et Téo avait toujours gardé ses conseils de plongeon, notamment pour quelques cascades cinématographiques. Fran et Anthony lui présentèrent l'ange des falaises avant de retourner au port. Ils accrochèrent immédiatement et se promirent de partager une prochaine fois une session de haut vol dans les calanques.

La soirée se termina à la villa autour de grillades et de quelques bouteilles savamment choisies par la maîtresse de maison. Mère et fils se découvraient et s'appréciaient. Une certaine complicité évidente voyait le jour au fil des échanges. Au-delà d'une seconde mère, Téo avait retrouvé une famille chaleureuse. Cela lui manquait tant depuis des années. Il s'impatientait de vivre avec Fran cette mission sur les côtes américaines pour partager plus d'intimité et, recevoir au bout du compte plus d'amour de cette mère presqu'inespérée, lui l'orphelin.

Il traina sur la terrasse à profiter de la douceur de la nuit. La villa dormait depuis un long moment. Il observait l'étendue liquide juste éclairée par une pleine lune scintillant sur les flots et illuminant le cap Canaille. Tout était paisible. Il aurai voulu que cette nuit ne finisse jamais.

— Tu n'es pas couché ? Tu veux un rhum ? c'était Camille visiblement un peu éméchée qui rentrait de sa virée nocturne, pieds nus, cheveux en bataille, comme après une baignade, les escarpins dans une main, son sac dans l'autre.

— Avec plaisir, qu'est-ce que tu me proposcs ? sa surprise laissait place à l'intérêt de percer le mystère de cette sœur hostile. Elle semblait encline à faire la conversation, alors surtout ne pas la brusquer et la laisser ouvrir son cœur ou déverser sa rancœur.

Elle rappliqua avec une bouteille de Pacto Navio et deux shooters, qu'elle emplit à ras bord. Avant que Téo n'ait pu humer l'eau-de-vie, Camille avait englouti le digestif et se resservait.

— Hola Miss, doucement, on n'est pas à un concours et tu sembles avoir déjà beaucoup d'avance sur moi.

— Je ne t'aime pas et pourquoi tu es là d'ailleurs ? Romain a refusé de m'embrasser, ça fait 10 ans qu'il me bade et là, maintenant que j'en veux, il me repousse. Et pourquoi tu n'es pas couché comme les autres ? Ses propos s'embrouillaient, l'alcool sévissait gravement sur ses pensées. Son regard se perdait dans les profondeurs de la nuit. Elle se tut. Ses yeux brillaient de larmes contenues.

— Camille tu n'es pas obligée de m'aimer, je n'attends rien de votre famille. Ni de ta mère, ni de vous trois. J'ai perdu mes parents. Il fit une pause, but une gorgée de rhum. J'ai une fille, plus jeune que toi, elle a 13 ans. Depuis 5 ans, elle vit en Australie à Perth avec sa mère. Je ne la vois qu'une fois par an et encore. Mes contacts sont derrière un écran. Elle me manque énormément, j'aimerai temps la voir grandir chaque jour et devenir une belle jeune fille comme toi. Elle s'appelle Elodie. Elle veut devenir danseuse au Crazy Horse ou pédiatre. Il esquissa un sourire forcé en évoquant les rêves de sa chair. Tu vois, j'ai une famille, lointaine, mais je reçois de l'amour.

— Pourquoi avoir cherché ma mère ? marmonna-t-elle. Elle ne disait pas « notre », comme pour lui signifier que c'était la sienne et que cela ne changerait jamais.

— Je n'ai jamais eu cette quête. Les hasards de la vie ont fait se croiser nos chemins et je suis heureux de savoir que c'est elle. C'est une femme formidable. Je suis honoré qu'elle m'ait donné la vie et si aujourd'hui je peux lui donner un peu de mon amour, ainsi qu'à vous sa famille qu'elle a patiemment construite, j'en serai le plus heureux des hommes et des fils. finit il en baissant la voix.

À sa plus grande surprise, Camille déposa sa tête sur son épaule et laissa couler les larmes sur ses joues bronzées. Elle n'essaya pas de retenir sa tristesse. Téo l'enserra contre lui dans un geste fraternel et protecteur. Au bout des quelques instants, la petite sœur s'assoupit légèrement. Elle rouvrit timidement les yeux, au bout d'une vingtaine de minutes, après une vibration de son portable. Elle le consulta, ne répondit pas et décida d'aller retrouver son lit. Elle s'approcha du visage de Téo et lui déposa délicatement un baiser sur la joue. Ajoutant dans un soupir :

— Merci frérot, à bientôt ! Elle disparut dans la maison endormie et Téo regagna le cabanon.

Il fut réveillé par le bruissement des cigales et le soleil qui dardait ses rayons haut dans le ciel à travers les volets à l'italienne. Une douche plus tard, il retrouva Fran sur la terrasse. Anthony avait déjà rejoint son bureau. Les enfants dormaient encore à cette heure-ci. Il avala un café et deux œufs au plat avant de reprendre la route. Sa mère l'invita à venir pour la fermeture du « Bistrot de la Bonne-Mère » le 4 juillet et passer deux jours avec eux avant leur départ le 6 juillet pour les États-Unis. Il approuva la demande et se mit en chemin vers les montagnes de l'arrière-pays niçois à contre-cœur. Désormais une famille existait non loin de lui, sa nouvelle famille.

17
Au même moment au large de Block Island

La nuit avait été calme sur zone. Mer plate, lune étincelante, optimisme des troupes. Le second, de quart à l'aube naissante, observait l'écran du radar. Un navire, sûrement un chalutier, croisait à quelques miles, déjà affairé à remonter ses kilomètres de filets. D'ici quelques minutes le pont et les entrailles du Seabed grouilleraient comme une fourmilière des préparatifs techniques de cette nouvelle journée d'exploration. Le soleil affleurait à l'horizon dégagé. Mitchell, le second, remarqua un point rapide sur son radar, dont le cap depuis Block Island, pointait droit sur leur position. Il en informa le commandant Neuville par radio dans l'instant. Celui-ci apparut au poste de pilotage, un mug de café noir bouillant à la main, dans les minutes suivantes.

— Regardez Commandant, il progresse à 15 nœuds vers nous et sera sur zone d'ici moins de 10 minutes, indiqua Mitchell.

— Prenez contact avec eux par VHF, nous devons identifier ce navire.

Neuville attrapa les jumelles et sortit sur le pont. Un point venant de l'ouest grossissait à l'horizon.

— Commandant, j'ai établi le contact, il s'agit des gardes côtes. Ils viennent à bord.

Phil Neuville se renfrogna. Que venaient chercher les autorités à une heure si matinale ? Leur mission était-elle en péril ? Une vérification de routine n'aurait pas été aussi matinale. Le Commandant était circonspect. Leur mission était en règle, elle avait été dûment déclarée auprès de l'administration. Cela concernait-il un membre d'équipage dont les agissements à quai étaient répréhensibles : bagarre, ivresse, stupéfiants… ? Les questions se bousculaient sous sa casquette. Il avala une gorgée du liquide noir tonifiant. Il se brula légèrement et lâcha un juron entre ses dents.

Sur le pont, les équipes s'affairaient pour préparer la première plongée de la semaine de Boby, leur sous-marin d'exploration. Gina vérifiait, au poste de pilotage, les liaisons radio et vidéo. Elle contrôla également le bon fonctionnement des différentes commandes et les niveaux de carburant et d'oxygène. Depuis l'incident du 6 juin, lorsqu'ils avaient découverts les premiers vestiges du *Princess Augusta*, l'Aquarius n'avait plus souffert d'aucune panne intempestive. Plus d'une trentaine de plongées plus tard, il avait démontré toutes ses capacités. Les cinq jours à venir devaient permettre de débusquer enfin, sous l'étendue de l'océan les restes du brick et sa précieuse cargaison. Sans la moindre nouvelle découverte d'ici là, la mission s'arrêterait le week-end suivant et se solderait par un échec. La venue de Téo Garde et de Fran Blan-Ponce serait annulée. Les restes du *Princess Augusta* et ses trésors resteraient enfouis quelque part au large de Block Island pour des années encore, attendant une nouvelle campagne d'exploration.

Le navire FRC de 123 pieds se positionna à couple par tribord. Les matelots lui lancèrent des amarres pour assurer la manœuvre d'accostage. Une fois le bâtiment bien arrimé, un matelot positionna la passerelle entre les deux navires et prévint le commandant. Le lieutenant de vaisseau Grant se présenta à la coupée du Seabed, suivi du juge du district de la cour de Rhode Island, Helmut Finnegan. Le commandant Neuville, qui s'était avancé sur le pont les accueillit en les saluant.

— Mes respects Commandant, je vous présente le juge Finnegan.

— Bienvenue à bord. Suivez moi dans mes quartiers messieurs, afin de m'exposer les raisons de votre visite matinale. Phil Neuville s'interrogeait toujours sur l'objet de cette venue.

Ils pénétrèrent dans les entrailles du SeaBed et son dédale de couloirs pour accéder à la salle de réunion. Ils s'installèrent sur les fauteuils noirs disposés autour de la table en acajou. Phil Neuville leur proposa un café noir. Les deux visiteurs acceptèrent avec plaisir. À cette heure-ci, le juge Finnegan trônait plutôt dans sa cuisine pas encore rasé, devant des œufs brouillés, du bacon, une salade de fruits frais, un muesli et un grand bol de café. Il avait dû régler son réveil sur 4 h 30 du matin pour rejoindre à 6 heures le navire des gardes côtes dans le port de Rhode Island. La nuit avait été courte. Son café en partie avalé, le juge prit la parole.

— Commandant, la cour du district de Rhode Island vous convoque, en tant que Commandant de ce bâtiment et de ses activités, ce jeudi 2 juillet à 13 h 30 pour une demande introductive d'instance devant le Juge en Chef Mc Cormell, président de la cour du district de Rhode Island. Cette audience préliminaire porte sur l'objet de votre mission dans les eaux territoriales. Toute activité du SeaBed est suspendue à titre conservatoire sur le champ. Vous trouverez dans ce dossier les éléments de contestation objet de cette procédure. Vous pourrez bien sûr vous faire assister à cette audience par un conseil ou un avocat. Le commandant l'interrompit.

— Vous permettez que je fasse venir parmi nous M. Chevasson, représentant de M. Arbessault et responsable de cette mission ? Son visage était blême. Il empoigna son talkie-walkie dans l'attente de la réponse du juge.

— Faites Commandant, il est en effet tout à fait légitime que le représentant du commanditaire soit informé de cette action.

Le Commandant du SeaBed appela son second à la passerelle pour faire chercher Adrien et ordonna la suspension immédiate de toute activité à bord dans l'instant. Son interlocuteur marqua un blanc de stupeur avant de répondre.

— À vos ordres Commandant, j'envoie tout de suite Denoyer prier M. Chevasson de vous rejoindre et transmets vos ordres aux différentes équipes pour interrompre les travaux en cours.

— Je vous remercie Andrea, à tout à l'heure pour une réunion de crise. Phil Neuville serra les mâchoires et ne prononça plus un mot à ses deux visiteurs jusqu'à l'arrivée d'Adrien Chevasson.

Après un bref instant, on toqua à la porte de la salle.

— Entrez dit le commandant. Denoyer ouvrit la porte et laissa passer Adrien.

— Messieurs bonjour, Adrien Chevasson, représentant des intérêts de M. Gérart Arbessault et responsable de cette mission. Je vous remercie de m'exposer les raisons de votre présence sur le SeaBed. Le ton d'Adrien était sec. On ressentait son profond agacement.

Le juge Finnegan fit un bref et synthétique récapitulatif de la convocation en cours. Il indiqua que ce type de procédure initiale pouvait être très rapide car la décision de la cour de clore ou de poursuivre le dossier était immédiate et l'appel non suspensif, notamment en cas d'abandon. Ni Adrien Chevasson, ni le Commandant Neuville ne prirent la parole. Il conclut son discours.

— Messieurs, nous nous verrons jeudi à la cour du district en audience. Je vous souhaite une bonne journée, Commandant, allons-y, nous pouvons quitter ce navire.

Le Commandant Grant salua son confrère ainsi qu'Adrien Chevasson, en leur rappelant que toute activité de recherche, avant la décision de justice les exposaient à des poursuites ultérieures et la saisie éventuelle du navire. Il leur conseilla de rentrer au port. Phil Neuville leur tira la porte et s'adressa au jeune matelot.

— Denoyer, ramenez ces visiteurs à leur bord s'il vous plaît. Salutations messieurs.

Dans l'instant suivant, il convoqua une réunion de crise en présence de son directeur technique, de son second et de son ingénieur en communication. Tous rejoignirent la salle en un éclair. Adrien demanda une liaison immédiate avec son patron et ami, Gérart Arbessault. Arnold Xenakis s'affaira sur un ordinateur pour entrer en contact avec le siège social de GENES S.A. En quelques manipulations et minutes, le visage d'Aline Guerrucci, l'assistante personnelle du grand patron, apparut sur l'écran. Arnold alluma le vidéo projecteur et la sonorisation de la salle. Il était 13 h 28 à Paris.

— Bonjour Aline, attaqua Adrien, nous avons un gros problème. Gérart est-il au bureau aujourd'hui ? Entre eux, ils s'appelaient par leur prénom.

— Il a un déjeuner d'affaires mais devrait rentrer pour 15 heures. Il reçoit ensuite à 15 h 30 le directeur général de HBF une start-up de nouveaux matériaux et textiles techniques de pointe. Je peux le bloquer avant ce rendez-vous pour un meeting en visio.

— D'accord Aline, je te fais un résumé de la situation pour que tu convies à cette réunion nos juristes. C'est vital.

— Miguel est dans son bureau, je lui demande de me rejoindre.

Miguel Krauth entra dans le bureau d'Aline. Adrien reprit la parole.

— Bonjour Miguel, je vous la fais rapide et simple. Nos recherches sont stoppées jusqu'à nouvel ordre. Un cabinet d'avocats de Pennsylvanie, Pinkley-Marschall-Newell Associates, a déposé une demande d'interdiction de la campagne de recherches sous-marines sur le *Princess Augusta*. Ils contestent nos autorisations et arguent que leurs clients, en tant que descendants des familles présentes sur le brick, sont propriétaires de tout objet provenant du naufrage. Une audience préliminaire a été fixée ce mardi à 13 h 30 à la court du district de Rhode Island. Soit ils sont déboutés, l'affaire est classée et nous reprenons notre mission, soit le juge ordonne une procédure et Dieu seul sait combien de temps cela prendra. Cela sonnerait la fin de cette mission. Je vous fais scanner le dossier complet, vous l'aurez dans quelques minutes. Mettez vous au travail et contactez notre cabinet d'avocats à New York, demandez Axelle Cinanovic, nous avons déjà eu affaire à elle. Transmettez lui le dossier juridique et tous nos documents et contrats pour cette campagne. Elle connaît parfaitement GENES S.A. Si nous pouvons l'avoir avec nous tout à l'heure avec Gérart ce serait parfait. Qu'elle soit jeudi à Rhode Island à 10 h 00 au Renaissance Providence Hotel et réservez nous une salle de travail.

— Tout est noté, indiqua Aline. Je transmets à notre service juridique et contacte tout de suite Maître Cinanovic à New York qu'elle se mette en rapport avec eux. Rendez-vous à 14 h 45 dans moins d'une heure pour la visio avec Gérart, je viens de lui laisser un message, il avance son retour au siège. Miguel est déjà parti dans les bureaux du juridique.

— Merci Bella, il l'appelait toujours comme cela lorsqu'il était satisfait de sa réactivité et de son travail. À tout à l'heure.

La journée étant de toute façon perdue pour les recherches et celles-ci, dans le meilleur des cas ne pouvant reprendre que dans trois jours, le Commandant Neuville, suivant les recommandations des gardes côtes, ordonna de mettre le cap sur New London, leur port de relâche. Lorsqu'ils remontèrent à la timonerie, ils croisèrent Elisabeth. Elle interpella le Commandant.

— Que se passe-t-il Commandant, l'Aquarius est rangé sur le pont, un problème ?

— Nous rentrons au port, la mission est suspendue depuis ce matin.

— Les gardes côtes, accompagnés d'un juge, ont débarqué à l'aube. Nous sommes victimes d'une procédure juridique. Nous en saurons plus dans deux jours.

Adrien ne s'étendit pas trop sur les détails. Il n'avait pas trop d'empathie pour la journaliste et pour tous les journalistes en général. Ils étaient souvent source de problèmes à poser trop de questions. Même si Elisabeth Kellygan était membre de l'équipe et chargée d'un reportage sur la mission, il gardait toujours une certaines distance avec ces gens là. Il ne remarqua pas le léger rictus qu'elle afficha sur son visage un dixième de seconde.

Le soit-disant bâtiment de pêche repéré sur le radar avant le lever du soleil était désormais en vue. Il ne ressemblait en rien à un chalutier mais plutôt à un navire d'exploration, surmonté de nombreuses antennes. Le commandant et Adrien se demandèrent s'il y avait une quelconque coïncidence entre cette rencontre peut-être pas si inopinée et l'action en court.

18
14h45 à Paris
8h45 sur le SeaBed

Le SeaBed voguait à 10 noeuds de moyenne sur l'étendue maritime encore tranquille. Il arriverait en vue de New London dans plus de deux heures. Toutes les équipes s'activaient. L'écran de la salle de réunion prit vie. On pouvait reconnaître le PDG de GENES au centre, sa fidèle assistante Aline, Miguel son dévoué proche collaborateur, deux membres du service juridique et dans une fenêtre dans le coin gauche, une jeune femme brune aux traits fins, aux yeux vifs cerclés de lunettes en écailles, les cheveux détachés et l'allure impeccable dans son tailleur bleu canard sur un haut blanc qui tranchait avec les pans de la veste. La silhouette d'Axelle Cinanovic se détachait sur les vitres fumées surplombant l'Hudson. La journaliste n'avait pas été conviée à ce meeting.

Le magnat s'adressa à tous de manière très directe et synthétique. Il n'avait pas l'habitude de se perdre en conjectures et exigeait la même efficacité de ses collaborateurs.

— Mesdames, messieurs, nous avons peu de temps pour gérer cette situation, merci de, chacun votre tour, m'exposer brièvement les faits, nos services juridiques et cabinet d'avocats, prendront le relais à l'issue de cette réunion pour convaincre la justice américaine de la légalité de notre travail. M. Chevasson, à vous ! Lorsqu'il était en meeting il ne nommait plus ses proches collaborateurs et amis par leur prénom.

— La convocation concerne une plainte déposée par un cabinet de Philadelphie sur demande de monsieur Veldenz, magnat local ayant fait fortune dans l'exploitation minière notamment, au nom d'un collectif de familles se prétendant descendantes de naufragés du Princess-Augusta. La plainte concerne la légalité de cette mission et sa zone de recherches. Ils réclament également la propriété des éventuels objets récupérés.

— Qu'en est-il du dépôt auprès des autorités ?

— Nos demandes de fouilles sous-marines ont été validées par l'administration maritime pour une zone de recherche de 20 km^2 au large de Block Island. Le périmètre défini est respecté par nos équipes sur le SeaBed depuis le début de notre campagne, ajouta Adrien.

— Commandant Neuville, vous confirmez et pouvez prouver la réalité de notre zone de recherche ?

— Bonjour Monsieur, en effet nous enregistrons en permanence nos déplacements par suivi GPS. Chacune de nos plongées est identifiée et toutes les données sont stockées sur nos serveurs. Notre directeur technique, Joshua Brossard vous transmettra tous les relevés de recherche et le Commandant en second, nos déplacements.

— Faites envoyer cela après la réunion directement à notre service juridique qui le fera suivre à Maître Cinanovic. Messieurs Boitaud et Seinemaud, complétez le dossier de toutes les informations nécessaires au travail de Maître Cinanovic et répondez à toutes ces demandes.

— Très bien monsieur, acquiescèrent les deux juristes.

— Maître, qu'en est-il de la législation actuelle sur la propriété des trésors remontés des fonds marins ? Il connaissait parfaitement la réponse mais souhaitait que chacun entende ce que l'avocate allait annoncer.

— Monsieur, depuis 1987, tout « trésor » découvert dans une bande littorale de 5 km, ou 2,69 miles marins est la propriété de l'Etat américain. Au-delà de cette zone, dans la bande des eaux territoriales, soit jusqu'à 22 km, et au-delà, il n'existe pas de législation précise si ce n'est la convention sur la protection du patrimoine subaquatique de l'UNESCO de 1987, complétée en 2001 par une définition plus précise. Elle stipule que le patrimoine culturel subaquatique : doit être préservé ; ne doit pas être déplacé, sauf pour une raison scientifique ; ne doit pas être pillé ou dispersé. Pour autant, la Convention ne règlemente pas la propriété du patrimoine, pas plus qu'elle ne modifie les droits souverains des États. La Convention se concentre sur la protection du patrimoine et facilite la coopération des États. Les États-Unis n'ont pas ratifié cette convention. Chaque mission et chaque découverte d'épave est sujette du coup à négociation avec les administrations américaines, voire à des procès sur la propriété des « trésors ». Un juge de la cour fédérale déterminera le propriétaire du « trésor » et selon la jurisprudence, dans la majorité des cas, le découvreur d'un « trésor » disparu depuis plus de 100 ans, en reste le propriétaire. Ce qui est le cas du brick et de sa cargaison. Des descendants devraient être déboutés sur une demande de propriété. Un intérêt patrimonial ou scientifique, pour l'utilisation à des fins de recherche, peut suspendre un temps la propriété du découvreur ou l'en priver définitivement.

— Merci de votre exposé Maître. Cela semble se présenter sous de bons auspices. À quelle distance de la côte est immergé le *Princess Augusta* M. Brossard ?

— Bonjour Monsieur, l'épave est à un peu plus de 3 miles marins, soit environ 5,5 km de la côte par 207 pieds de profondeur. Précisa le directeur technique des recherches.

— Cette interruption devrait ne pas durer. Rassemblez tous les éléments du dossier et de preuve, vous n'avez plus d'autre priorité jusqu'à l'audience. Nous nous reverrons en meeting après celle-ci. Bonne journée à chacun et ne vous endormez pas, il en va de cette mission.

Comme toujours, Gérart Arbessault menait les réunions à la hussarde, maniant la concision et la célérité. Mais il savait motiver et soutenir ses troupes, et les récompenser. L'écran s'éteint de chaque côté de l'Atlantique. Tout se jouerait dans deux jours devant le juge du district de Rhode Island. Ces trois journées d'attente allaient être longues.

19
Au tribunal
2 juillet 2014

Le petit groupe de six personnes, Adrien Chevasson, le Commandant du SeaBed, le directeur technique en charge des opérations, l'avocate new-yorkaise et deux de ses collègues du cabinet, pénétrèrent dans le mini-van de l'hôtel. Leur réunion de travail avait permis de repasser en revue tous les éléments du dossier, ses points critiques et de mettre en place le rôle de chacun pour apporter les précisions idoines à la cour. Le trajet ne prit que quelques minutes depuis l'hôtel, malgré la circulation dense. Le Dodge très maniable se faufilait entre les voitures. Le bâtiment rectangulaire imposant, se dressa sur Exchange Street, massif malgré ses colonnes et ses hautes fenêtres. Il était semblable à nombre de tribunaux d'outre-atlantique. Adrien se dit que l'architecte et les mandataires avaient dû choisir ses lignes pour montrer à chaque citoyen que la justice et les lois étaient au-dessus d'eux, tels les monts de l'Olympe surplombant les mortels.

Le chauffeur les déposa devant le parvis de la cour. Quelques marches en granit les menèrent jusqu'aux stricts contrôles de sécurité. Pièce d'identité et convocations leur furent réclamées. Un badge d'accès et de circulation individuel, leur permettrait de rejoindre la salle d'audience. Celle-ci se trouvait au premier étage du bâtiment. Un agent les précéda et les installa dans la pièce. Pas de salle d'audience pouvant accueillir un large public, mais une salle carrée, couverte de bois patiné par les ans. Une tribune trônait au fond, face à la lourde porte d'entrée. Deux hautes fenêtres laissaient le jour éclairer la pièce. Sur les côtés de l'allée centrale, à droite et à gauche, deux mains courantes en diagonale et quelques fauteuils alignés, se faisaient face, orientés vers la tribune. La pièce pouvait accueillir tout au plus une quinzaine de personnes. L'agent fit prendre place à l'équipe d'Arbessault sur la droite. Des avocats de la partie adverse patientaient de l'autre côté. Ils se saluèrent respectueusement. Un greffier pénétra par une porte dérobée et s'installa à l'extrémité de la tribune. Il était 13 h 24. L'audience allait bientôt débuter.

La porte s'ouvrit. Le Juge en Chef, Mike Mc Cormell, suivi du juge Finnegan, apparut à la tribune. Les deux parties se levèrent. le greffier annonça solennellement :

— Mesdames, Messieurs, la Cour. Chacun fit un signe de salut de la tête en signe de déférence. Vous pouvez vous asseoir. Ordonna le dévoué greffier. Il invita ensuite chaque partie à se présenter à la cour.

Chacun déclina son identité, en commençant par les représentants des plaignants. Leurs clients n'étaient pas venus assister à cette audience, ils souhaitaient sûrement physiquement rester dans l'ombre. Puis ce fut au tour des avocats et aux représentants de Gérart Arbessault.

— Les débats sont ouverts annonça le Juge Mc Cormell.

Le juge Finnegan donna la parole en premier aux avocats des plaignants. Pas de débat contradictoire dans cette audience préliminaire, juste une présentation de chacune des parties. Ils exposèrent en détail l'objet du dépôt de plainte, l'invalidation de l'autorisation des fouilles marines, argumentant sur la jurisprudence en l'état et présentant force documents prouvant la filiation de leurs clients. Leur exposé dura une bonne quarantaine de minutes. Le juge en Chef impassible, toisait l'assistance. Son regard vif et pétillant tranchait avec son allure bonhomme de grand-père. Il dirigeait et présidait la court du district de Rhode Island depuis près de 12 ans, nommé en 2002 par Georges Bush.

Ce fut au tour des avocats d'Arbessault de s'exprimer. Ils produisirent toutes les autorisations administratives nécessaires à leur campagne, les accréditations du SeaBed et d'Ocean Infinity à l'exploration subaquatique, ainsi que le contrat de mission liant Gérart Arbessault et l'affréteur du navire. Puis ce fut Axelle Cinanovic qui se lança dans la présentation des preuves matérielles de la localisation du *Princess Augusta*, secondée par Joshua qu'elle interrogeait ponctuellement. Elle aborda ensuite la jurisprudence des découvreurs et la propriété des « trésors ». Pas d'effet de manches, juste une rhétorique ciselée à l'extrême par sa précision et sa pertinence. Elle acheva son monologue et se rassit à sa place, réajustant son tailleur et sa crinière brune. Un silence traversa la salle d'audience, puis le juge Mc Cormell se rapprocha de son micro.

— Mesdames, Messieurs, nous nous retrouverons à 18 h 00 pour l'énoncé de la décision de la cour du district de Rhode Island. Il referma le micro, se pencha vers Finnegan pour lui glisser quelques mots.

— La séance est levée, annonça le greffier.

Tous se levèrent pour se diriger vers la sortie du tribunal. Désormais, il ne restait qu'à attendre la décision du représentant de la justice. Les options se limitaient à deux issues : premièrement le juge décidait d'ouvrir une procédure débouchant sur un procès civil, deuxièmement le juge prononçait la clôture de la procédure. Dans ce cas, l'appel, toujours possible n'était pas suspensif et permettrait au SeaBed de reprendre sur le champ ses recherches. Le temps judiciaire était l'allié de Gérart Arbessault dans cette option. Dans moins de trois heures, ils sauraient.

La petite équipe fut happée par l'air chaud à l'extérieur du tribunal. Ils décidèrent de longer la Woonasquatucket River jusqu'à Memorial Park, dédié à la mémoire des victimes de toutes les guerres. Là, ils s'attablèrent sous les grands frênes, pour se désaltérer et patienter jusqu'à l'heure de la délivrance ou de la fin de l'histoire. Le renvoi devant une cour fédérale et la tenue d'un procès sonnerait le glas de l'expédition et engloutirait les moyens mis en œuvre pour découvrir le « trésor » du brick naufragé.

Ils n'évoquèrent pas leur journée, mais plutôt des sujets personnels. Adrien était en grande discussion avec l'avocate new-yorkaise à qui il racontait quelques anecdotes sur son ami et patron.

— Nous avions 22 ans, encore sur les bancs de polytechnique où nous nous sommes connus, et Gérart présidait la « Société du Mot Puissance X », club qui organise encore des concours d'éloquence avec comme devise « L'important n'est pas la vérité, mais d'avoir raison ! », nom inspiré de « L'art d'avoir raison » de Schopenhauer, du sophisme et de Socrate. Ce jour-là, l'un de nos camarades, Bruno Vandenberghe, souhaitait défier Gérart pour s'emparer de la présidence, puisque c'est par l'affrontement par les mots que l'on réglait la démocratie. Ils s'étaient donnés rendez-vous pour leur joute verbale dans l'amphi vert, entourés d'une cinquantaine de pipos, à la fois spectateurs et jurés.

— Nous faisions ce style de concours en droit à Havard en cours d'éloquence ! Quel était le sujet du jour ?

— Cette fois là, le sujet était plutôt léger, Bruno défiait Gérart sur « la longueur des jupes des filles, un obstacle à l'amitié ? ». Bruno avait préparé sa logorrhée et ouvrit les hostilités, mais Gérart, comme à son habitude ne s'en laissa pas compter. il démonta littéralement les unes après les autres toutes ces affirmations, repoussant l'imprudent pipo dans ses derniers retranchements et asséchant son argutie jusqu'au silence final de la défaite inévitable. L'amphi hystérique acclama, en signe de victoire, cette nouvelle démonstration du cerveau le plus brillant de notre promo « Aliette de Bodard ». Le vaincu s'éclipsa avec ses quelques fans ébaubis par la fessée verbale reçue par leur ami. Gérart fêta dignement cette victoire avec force boisson, comme il était de coutume de célébrer au sein de la « Société Mot Puissance X ».

— Il aurait dû être avocat et devant le juge tout à l'heure pour défendre notre dossier, dit-elle dans un sourire, en regardant les aiguilles de sa montre qui se rapprochaient inévitablement de l'heure fatidique de la décision du vieux Mc Cormell.

17 h 30 sonnèrent au loin. Adrien prononça la fin de la détente en hélant la serveuse pour régler les consommations. Ils regagnèrent, en longeant le fleuve, le tribunal. Passés les contrôles d'usage, un agent les introduit à l'heure prévue dans la salle d'audience. Le vénérable représentant de la loi réapparut sous les boiseries dans l'instant. Tous se levèrent en signe de respect à l'entrée du juge. Il leur fit un signe de la main vers le bas pour leur intimer de s'assoir.

— La juridiction de Rhode Island en sa séance du jeudi 2 juillet de l'an 2014, après avoir entendu les parties respectives sur la légalité des recherches du Seabed et sur la future propriété des objets en tout genre découverts lors de sa mission d'exploration subaquatique a pris les décisions suivantes :

1/ la campagne de recherches sous-marines effectuée par le Seabed sous contrat de mission de M. Gérart Arbessault en date du 28 mai 2014, au vu et su des autorisations et pièces produites devant ladite juridiction n'enfreint point les règles et lois des États-Unis d'Amérique ;

2/ la zone de recherches du Seabed, dûment déclarée aux autorités, est conforme à la législation et traités internationaux, elle est respectée par les activités de recherches subaquatiques et aucune activité hors de cette zone n'a pu être démontrée par la partie adverse ;

3/ attendu les usages, la règlementation et la jurisprudence, attendu la dation de l'épave déclarée, les objets trouvés lors de cette campagne hors intérêt patrimonial ou scientifique, pour l'utilisation à des fins de recherche, resteront la propriété du découvreur et ne pourront être revendiqués par les plaignants ;

4/ la totalité des objets trouvés et remontés à la surface feront l'objet d'une déclaration auprès des services de conservation du patrimoine dans un délai de 30 jours à compter de la date de fin de la campagne de recherche, déclarée auprès des autorités au 20 juillet de l'an 2014.

— Il en résulte que le plaignant est débouté de toutes ses demandes. les parties respectives ont 45 jours pour faire appel devant la juridiction fédérale. Cet appel n'est pas suspensif des décisions prises en la séance de ce 2 juillet de l'an 2014. La séance est levée, conclut le vénérable juge en abattant son marteau.

Le greffier invita les parties à évacuer la salle d'audience. Visages fermés, les avocats de Philadelphie tournèrent les talons sans mot dire. Les sourires contenus du petit groupe du Seabed en disaient long sur leur soulagement et leur satisfaction. Dès le soir même, le navire d'exploration mettrait le cap sur Block Island pour reprendre sa mission au petit matin du 3 juillet et rattraper son retard de 3 jours d'inactivité.

Au retour, dans le mini-van jusqu'à l'hôtel, tous exultèrent, se félicitant mutuellement et l'avocate pour sa précision. Une visio-conférence était prévue à 19 heures avec Gérart Arbessault pour la résultat de l'audience. Le champagne serait de sortie pour célébrer cette victoire indispensable à la poursuite de leur quête.

***

Le soir même, à bord, Adrien annonça au commandant et à ses équipes, que les recherches se dérouleraient désormais 7 jours sur 7. Une substantielle compensation financière fut promise à chacun et acceptée par tous. Le temps comptait.

Cette interruption involontaire avait permis aux équipes de charger le matériel de plongée exigé par Téo Garde, ainsi que tout le matériel d'analyse et de conservation pour le travail de Fran. Et, après plus d'un mois en mer, à chacun de recharger les batteries physiques pour s'impliquer à 200 % dans cette dernière phase de recherches.

Le grand capitaine d'industrie avait décidé également de rapatrier à bord, la sommelière et son fils, un jour plus tôt. Leur départ de l'aéroport du Castellet était fixé au 5 juillet à 17 heures et leur arrivée à New York prévue à 19 h 35 heure locale. Ils seraient à bord avant le coucher du soleil.

20
Samedi 4 juillet 2014
Bistrot de la Bonne-Mère

Les derniers préparatifs battaient leur plein. Fran virevoltait de la cuisine à la salle, répondant là à une question, vérifiant une énième fois la liste des réservations et l'attribution des tables, goutant un plat en cuisine ou le cocktail du jour au bar, s'enquérant de l'installation des musiciens, comptant de nouveau les chapeaux de cow-boy qu'elle avait fait réaliser spécialement pour la soirée et qu'elle distribuerait à leur arrivée aux convives. Téo l'observait depuis le comptoir du bar, feuilletant son dernier ouvrage « Vins et Mets de Méditerranée », sorti quatre ans plus tôt. Elle avait entrepris une nouvelle série sur les vins étrangers, avec les éditions du Corton, et le premier titre prévu pour les fêtes de fin d'année s'intitulerait « L'Italie dans le verre ». Il lui restait encore pas mal de travail pour le finaliser. Elle avait compté sur la fermeture estivale du restaurant pour mener à bien ce nouveau projet. L'heure tournait et le programme de la soirée n'avait toujours pas été livré par l'imprimeur. La patronne du restaurant s'impatientait. Elle tenta de joindre Philippe le gérant de l'imprimerie mais celui-ci était sur messagerie. Elle manda finalement Téo de se rendre avenue Fort-Notre-Dame, non loin du restaurant, pour éclaircir ce mystère.

À 18h30, son fils réapparut, un carton sous le bras. Enfin les menus ! il ne restait plus qu'à répartir ceux-ci sur les tables. Téo s'en chargea, les équipes du bistrot profitant d'une courte pause pour prendre leur repas et fumer une cigarette. Alors qu'il découvrait le carton représentant les États-Unis, il parcourut le menu concocté par les équipes de Fran en l'honneur de la fête nationale américaine.

Sweet potato toast with haddock mousse – Little corn dog – Jalapeño popper
Manhattan or Long Island Iced Tea

*****

New Caesar Salad with parmesan cheese sticks
Newton Vineyard – Unfiltered Chardonnay 2013 – Californie – Napa Valley

*****

Jambalay shrimps
Shafer Vineyards – Red Shoulder Ranch Chardonnay 2005 – Californie, Los Carneros

*****

Braised brisket, Peach-Bourbon glaze, onion rings and mashed potatoes with mushrooms
Verite – La Muse 2001 – Californie, Sonoma County

*****

Red velvet cherry cake
Tablas Creek Vineyard – Esprit de Tablas 2012 – Californie, Paso Robles

Cela présageait une belle soirée et une célébration digne de ce nom de l'indépendance américaine. Le lendemain, il s'envolerait avec sa mère pour le pays à la bannière étoilée. Fran arborait une jupe longue en jean, des santiags turquoises brodées de rouge, un chemisier rayé rouge et blanc, orné d'une étoile de shérif. Un Stetson légèrement relevé achevait sa tenue 100 % US. Elle anima le briefing de ce dernier service avant la fermeture estivale, dont elle laisserait pour la première fois la responsabilité à son fils, bien secondé par son chef, Stéphane et sa directrice de restaurant, Palmira.

— 5 minutes d'attention s'il vous plaît ! Jenny et Eulalie, vous êtes avec nous ? Merci. Donc ce soir, comme à chaque dernière avant les vacances, menu spécial avec accord mets et vins, spécial US. Nous sommes sur la base d'un verre par personne. Pour chaque plat vous récupèrerez les verres à l'office. Marc vous gérez l'envoi des vins avec Jenny. Vous prendrez les commandes des cocktails et servirez les amuses-bouche, mais le service ne commencera qu'après le discours du consul des États-Unis, M. Griffin, qui est à la table 7 avec son épouse et deux autres couples. Chef, pour la table du Consul vous avez bien prévu un gâteau pour 6 avec décoration personnalisée ?

— Oui Madame, nous enverrons sa table en premier comme convenu.

— Très bien Stéphane. Aucune question ? Alors tous à vos postes, les premiers clients arriveront vers 20 h 00. Vérifiez une dernière fois vos rangs. Cette soirée doit, encore plus que les autres, ne souffrir aucune fausse note. Messieurs les musiciens, à vous de jouer !

Les premières notes s'élevèrent dans le restaurant, suivies du ballet des chefs de rangs arborant un chapeau de cow-boy aux couleurs de l'Amérique. Palmira fit un tour de chaque rang, inspectant toutes les tables et traquant la moindre fourchette non alignée ou le verre présentant des empreintes digitales. Tout était parfaitement en place !

Peu à peu, les invités arrivèrent. Ils furent accueillis individuellement par la maîtresse des lieux qui les dirigea vers le bar installé pour l'occasion sur la terrasse extérieure, après les avoir affublés de leur chapeau. Téo était présent finalement, suite au changement de programme. Il dinerait à la table d'Anthonin et de leurs amis de Cassis.

Vers 20 h 20, un GMC Yukon XL, noir onyx, aux vitres sombres, s'immobilisa devant le « Bistrot de la Bonne Mère ». Le chauffeur descendit et ouvrit la portière au consul Griffin et son épouse. Ils ajustèrent leur Stetson et saluèrent chaleureusement Fran, qui les escorta jusqu'à la terrasse. À son signal, les musiciens entonnèrent « The Star-Spangled Banner » et tous, clients et personnels, ôtèrent leur couvre-chef et s'immobilisèrent aux notes de l'hymne. Puis, Fran attrapa le micro, présenta le couple Griffin, adressa un mot à quelques visages amis et passa la parole au consul pour l'ouverture de cette soirée exceptionnelle.

Il déclama un discours d'amitié entre les États-Unis, la France et Marseille, avouant son amour pour la douceur et l'art de vivre de la cité phocéenne, le Vieux-Port, le Panier, l'Estaque, les Goudes, les Calanques, le Frioul… et la Provence d'une manière générale. Il remercia Fran pour son invitation à cette soirée franco-américaine et souhaita à chacun un bon appétit et un très bon moment de partage.

Dès que les convives furent attablés, le ballet du service se mit en action. Les verres virevoltaient de la cave aux tables, les assiettes colorées, précises et semblables à des œuvres d'art picturales se succédaient devant les clients. À chaque plat, Fran présentait le vin servi et les accords avec les mets proposés. Les participants se léchaient les babines, les papilles en ébullition tant chaque bouchée et chaque gorgée était un ravissement pour les palais ! La soirée s'égrenait sans accroc, Téo se délectait de chacun des plats, passant un très agréable moment. Il découvrait un peu plus l'univers de sa mère et prenait conscience de son aura et son charisme. Il l'observait, passant de table en table, adressant un mot à l'un, donnant une consigne à un chef de rang, se mettant à la disposition de son équipe pour fluidifier le service et blaguant avec un autre convive. Il était fier d'elle.

« I walk the line » de Johnny Cash accompagna l'arrivée du gâteau pour la table de l'édile américain, pour le plus grand bonheur de Sylvester Griffin, originaire de Nashville et grand amateur de Country

Music. L'orchestre joua ensuite « Good time » d'Alan Jackson et une line dance s'improvisa autour de la femme du consul qui excellait sur le dance floor. La fête battait son plein et s'étira jusqu'à une heure du matin et les dernières tournées de Bourbon et Rhum du Bayou.

Lorsqu'elle s'affala enfin dans son lit, Fran savait que demain une nouvelle aventure l'attendait et que la journée serait longue. Elle avait déjà presque terminé ses valises. Son mari les accompagnerait jusqu'au Castellet en milieu d'après-midi. La nuit était chaude et la belle restauratrice s'endormit dans l'instant.

21
De l'autre côté de l'atlantique

Le sondage du plateau océanique avait repris de plus belle et les calculs de probabilité de Barbra s'avéraient exacts. Des débris de coque du *Princess Augusta* étaient éparpillés sur le fond à un demi kilomètre du point de découverte initial. L'équipe s'activait pour identifier chaque morceau sous les limons et reconstituer peu à peu l'épave. Quelques objets sans intérêt particulier, vaisselle, verrerie, pièces métalliques avaient rejoint le pont du Seabed et commençaient leur processus de nettoyage, conservation, identification et répertoriage.

Les équipes se relayaient, travaillant à la surface et sous l'eau sans discontinuer du lever au coucher du soleil. L'optimisme était général et chaque minute les rapprochait du trésor du brick englouti.

Le dimanche 5 juillet n'échappa pas à leur labeur et leur enthousiasme et, en milieu de journée, Gina, aux commandes de Boby, mit à jour une première pièce d'exception, un sextant à lunette optique en laiton, datant de 1733, un des premiers provenant de John Hadley son inventeur en 1731, gravé du nom du *Princess Augusta*. Son détecteur de métaux et ses bras articulés, en l'attente de l'équipe de plongée profonde sous la direction de Téo, montraient leur efficacité. Dans la même journée, furent remontés de la porcelaine de Saxe ainsi que des couverts en argent aux armoiries du Comte de Veldenz. Et, un lingot d'or de 1 kg, frappé d'un seau à moitié effacé, des numéros 013063 et 999,9, confirmant la teneur en or 24 carats. A part une légère déformation, son état était presque parfait. combien en remonteraient-ils dans les jours à venir ? Trouveraient-ils la croix Palatine ? Combien de bouteilles de Sauternes avaient résisté au naufrage, au temps, à l'immersion et la profondeur ? Ils attendaient avec impatience l'arrivée du plongeur de l'extrême le soir même.

L'hélicoptère se posa sur la plateforme du navire d'exploration à 20 h 42, peu après le coucher du soleil. La nuit sans lune, sombre, engloutissait le Seabed dans sa torpeur estivale en l'absence de souffle océanique. Fran posa en premier le pied sur le Seabed, suivie de près par son fils. Adrien l'accueillit chaleureusement ; Leur premier contact phocéen et tendu était bien loin ! Il les conduisit à leur cabine et leur indiqua que le dîner serait servi à 21 h 15 dans la salle à manger du commandant. Ils étaient passablement fatigués après ce long périple, sans perturbations, malgré le confort extrême du Falcon 7x de la compagnie et les attentions de Lilou, l'hôtesse privée. À moins que ce ne soient les restes de la soirée de fermeture du Bistrot ! En même temps leur horloge biologique afficherait bientôt 2 heures du matin. Les cabines étaient assez exiguës et sans fenêtre mais Fran constata que la literie était très confortable, elle hésita à la tester avant le repas de peur de sombrer dans le sommeil.

Le colonel Neuville fit les présentations aux nouveaux arrivants. Se tenaient autour de la grande table : Joshua Brossard le directeur technique des opérations, Gina l'ingérieure pilote de l'Aquarius, Adrien Chevasson, Clint le pilote privé du magnat, la petite équipe de tournage de Bay Vista Production, une société du groupe, Fran, Téo et deux amis plongeurs professionnels, Enzo, ancien de la COMEX et Jack, croisé sur une mission de recherche d'épave sous les ordres de Clive Cussler. Enfin, Elisabeth Kelligan complétait cette tablée. Elle se trouvait face à Téo, à l'opposé de la table.

Chacun se présenta succinctement. Adrien avait pris soin de transmettre aux participants un dossier avec le pedigree exhaustif des pièces maitresses de cette mission de recherche afin de gagner du temps dans les relations de travail et accessoirement humaines. Les discussions étaient multiples.

Les trois plongeurs avaient grand plaisir à raconter leurs exploits. Elisabeth absorbée par leur discussion, s'adressa à Téo. Elle n'avait jamais effectué de plongée, même lors de la mission à Chypre sur la découverte d'une épave romaine. Une réminiscence de l'enfance qui lui interdisait de mettre la tête sous l'eau, teintée d'un soupçon de claustrophobie. Lors de cette expédition en Méditerranée, un photographe plongeur sous-marin se chargeait des clichés subaquatiques du navire et de sa cargaison. Là, Boby était équipé de plusieurs caméras haute définition dotées d'objectifs ultraperformants et à l'air libre, elle excellait dans les mises en lumière des objets, sujets, paysages et les cadrages. L'avantage d'avoir appris sur des boitiers argentiques, avec un contrôle du résultat lors du développement, avant l'époque moderne du numérique, qui permet de prendre des milliers de clichés à l'heure, puis de retoucher, recadrer ou pire falsifier l'image sous Photoshop. L'instant magique de la révélation d'une photo lors du développement la fascinait et elle conservait toujours précieusement son vieux boîtier Canon EOS 300 que lui avait offert son parrain à ses 20 ans, alors qu'elle étudiait sur les bancs de l'université de Berkeley. Elle photographiait des sujets personnels, qu'elle révélait plus tard dans sa chambre noire, dans son pavillon de Woodmont, petite cité balnéaire du Connecticut, à 1 h 30 du cœur de Manhattan. Pour ses reportages professionnels, elle shootait au Canon EOS 6D, qu'elle avait acquis dès sa sortie fin 2012.

— D'où vous vient cette profession Téo ? lui demanda-t-elle.

— J'ai toujours été passionné par le monde du silence. Petit, je collectionnais tout ce qui venait de la mer, coquillages, coraux, gorgonnes, mâchoires de poissons… Je passais ma vie dans l'eau lors des vacances que nous passions en Corse chaque été près de Cargèse à Sagone. Un masque et un tuba suffisaient à mon bonheur. Et un jour, l'été de mes 12 ans, mon père, plongeur amateur, m'a offert un baptème. Nous partîmes en zodiac de Porto jusque dans la réserve de Scandola plus au nord. et pour la première fois je me retrouvais avec un équipement complet et des bouteilles pour respirer. Même si cette première fut assez courte et que nous ne descendîmes qu'à 6 mètres de profondeur, je ressentis une sensation de liberté, de légèreté et d'émerveillement, comme jamais je n'avais éprouvé ! Il revivait cette émotion enfantine, les yeux perdus dans les abysses. À mes 14 ans, j'ai fait des petits boulots tous les étés, pour passer mes niveaux du 1 au 4, puis un contrat de 3 ans comme plongeur-démineur dans la marine nationale, avant une formation à l'Institut National de Plongée Profonde à Marseille. C'est comme cela que j'ai postulé et connu Enzo à la COMEX, avec qui j'ai travaillé sur la maintenance de plateformes pétrolières en mer du Nord et au large de l'Angola et Jack lors d'une mission sur un vieux galion.

— Et vous plongez à quelle profondeur ? Elle trouva sa question un peu désuète, mais n'y connaissant rien et ayant une peur bleue de l'eau elle se dit après tout…

— Mon record est de moins 304 m, pour des soudures haute pression.

— Mais comment faîtes vous pour descendre à une telle profondeur ? Elle ne connaissait que des plongeurs « amateurs » qui descendaient à 30 à 40 m tout au plus.

— Ce sont des plongées de maintenance sur des installations pétrolières ou gazières. Nous utilisons du Nitrox et des scaphandres rigides pour résister à la pression. Mais il est possible d'aller beaucoup plus profond.

— Ah bon, mais jusqu'où ?

— Un collègue de la COMEX, Théo Mavrostomos, a effectué une sortie sous l'eau à – 675 m en 1992, et – 701 m en plongée simulée en caisson.

— Tous les plongeurs pros s'appellent Théo, vous avez des numéros pour vous repérer ? Il ne releva pas sa boutade mais sourit. C'est hallucinant et il est resté combien de temps là-dessous ? Rien que d'imaginer une telle quantité d'eau au-dessus de moi j'en ai des frissons ! De toute façon je suis incapable de mettre la tête sous l'eau même dans ma baignoire.

— Il y est resté 3 heures avant d'être remonté. Son record n'a toujours pas été battu. Et ça vient d'où votre phobie de l'eau ?

— De la petite enfance, j'avais 6 ou 7 ans et je commençais à peine à nager. Mon frère, 4 ans plus âgé que moi, a eu la délicieuse idée de me pousser dans la piscine. Je suis tombée effectivement mais je me suis cassée la cheville, j'ai paniqué de douleur et ai failli me noyer ne sachant plus où était la surface. Heureusement, mon oncle m'a secourue. De ce jour, je ne nage que là où j'ai pied, de préférence en piscine. Et la mer, ne pas savoir ce qu'il y a en dessous, me tétanise.

— Pourtant, il y tant à voir la dessous.

— Je n'en doute pas mais je préfère regarder ça à la TV ! Et, pas dans le noir, sinon j'ai l'impression d'y être et cela m'angoisse.

— Je vous ferai plonger avec des bouteilles, la sensation est très différente de pouvoir respirer normalement ! Vous aimerez.

— Même pas en rêve, rétorqua-t-elle du tac au tac. Elle s'adressa alors à Fran, assise à sa gauche, qui avait écouté intéressée leurs échanges, découvrant un peu plus son fils. Et vous Fran, comment vous êtes vous passionnée pour les vins ?

— C'est durant mes études que je suis tombée amoureuse des vins grâce à notre professeur de sommellerie, Michel Balanche, un ami aujourd'hui ! Mais vous permettez, je vais vous quitter pour aller me reposer, la journée a été très longue et je suis épuisée.

Il était bientôt onze heures et elle était levée depuis 18 heures déjà. Son corps et son esprit disaient STOP. Elle salua l'ensemble des convives et s'éclipsa vers sa cabine.

Le petit groupe se dispersa à son tour. Il était tard et les journées de travail débutaient à 7 heures du matin. De bonnes nuits étaient indispensables à la bonne réalisation de leur mission. Tous voulaient la mener à bien.

Adrien s'attarda quelques minutes avec Clint, présent sur le Seabed, il le chargea d'une mission de renseignement sur le bâtiment qui avait croisé un peu trop près d'eux les jours précédents. Depuis la procédure devant le tribunal, il soupçonnait la présence d'un informateur sur leur navire. Le pilote avait de nombreuses connaissances sur New York et devrait arriver à obtenir des informations sur le cabinet d'avocats, ses commanditaires et l'éventuelle connexion avec le faux navire de pêche. McIntire s'envolait dans 3 jours pour aller récupérer Miguel au Panama, cela lui laissait un peu de temps pour faire marcher ses réseaux.

22
Au petit matin du 6 juillet 2014, à bord

Les trois plongeurs s'étaient levés à l'aube, ils déballaient et inspectaient le matériel spécifique livré à bord: combinaisons, casques, gants, outils, bouteilles, gaz Trimix... Tout était présent et leur garantissait une plongée rapide. Ils avaient convenu de descendre à deux, le troisième assurant depuis la surface. Trois plongées de deux heures au fond chacune étaient planifiées par jour. Etant donné la profondeur du plancher océanique, situé à -72 m sur la zone délimitée, cela leur permettait cette organisation et augmentait leur temps de sécurité. Téo et Jack descendraient les premiers. Ils prévoyaient trois heures entre deux plongées. Suivraient Jack et Enzo et enfin Enzo et Téo pour la dernière. Le temps de s'équiper était venu. La première descente était fixée pour 8h45. L'Aquarius plongerait simultanément pour filmer leur travail et aider au déblayage des limons.

Miss Kellygan s'affairait sur le pont, profitant de la lumière du début de journée pour emmagasiner dans son reflex des scènes pittoresques. Elle avait déjà plus de 5000 clichés en partie triés. Son regard croisa à plusieurs reprises celui du plongeur français, mais celui-ci, tout à sa concentration ne la remarqua pas. Ce grand gaillard aux cheveux bouclés et désordonnés la troublait. Il rayonnait d'une aura certaine. Elle se concentra sur son travail, notant les heures et les tâches dans un carnet jaune. De temps en temps, elle interrogeait l'un des membres de l'expédition. Elle pouvait avoir accès à tout, sans restriction. L'heure de la descente était imminente. En premier fut hissée la cage permettant de récolter et remonter les divers objets.

Puis ce fut au tour de celle des plongeurs. Dernières vérifications et immersion. Boby, les attendait au fond, œuvrant déjà à pomper les sédiments.

Lentement, Téo et Jack atteignirent le fond de l'Atlantique. Ils indiquèrent au second pilote de l'Aquarius que tout était en ordre. Celui-ci en informa la surface, mit en route les caméras et resta en observation. Il avait dégagé une zone de 25 m carrés. Les deux plongeurs installèrent sur le sol des repères quadrillant l'espace et s'attelèrent à explorer chaque carré de 1x1 m. Le travail était minutieux et précis. Chaque aire ainsi délimitée faisait l'objet de coordonnées et de photos tout au long de leur progression. Ils communiquaient par système radio. Leurs gestes appliqués de fouille se répétaient méthodiquement. Téo mit la main sur un premier objet, un verre à pied, suivi de plusieurs autres. Chaque pièce était disposée dans la cage dans des bacs.

***

À la surface, Fran avait pris possession de la salle de détente de l'équipage, qu'elle transformait en laboratoire pour analyser les premières bouteilles qui seraient remontées et surtout les conditionner pour une conservation optimale pour le transport. Elle calibrait son appareil d'analyse quand Elisabeth poussa la porte.

— Bonjour Fran, je peux rester un moment avec vous, cela nous permettra de faire connaissance ?

— Bonjour Elisabeth, volontiers, entrez.

Elles échangèrent un long moment sur leur carrière respective, la reporter la fixant à intervalles réguliers dans la mémoire de son appareil photo.

— Et, connaissiez vous Téo avant de venir sur cette mission ?

— Non, nous nous sommes rencontrés peu avant de venir. C'est Gérart Arbessault qui nous a mis en contact. Elle ne souhaitait pas dévoiler le lien biologique et affectif qui les liait. C'était leur histoire privée et ils avaient convenu de ne pas la dévoiler aux autres membres de l'expédition. Seul Adrien, Clint et Miguel, connaissaient leur vrai relation.

— J'ai discuté avec lui hier soir, j'ai beaucoup apprécié, c'est un charmant garçon et un grand professionnel ! Sa voix trahissait un certain trouble et de l'admiration en parlant de son fils. Vous vous rendez compte qu'il a aussi été cascadeur, il a même doublé des cascades sur un James Bond.

La sommelière s'affairait à son installation, n'écoutant que de loin Elisabeth. Son monologue sirupeux sur sa progéniture la touchait peu. Elle savait depuis plusieurs semaines quelle merveilleuse et sensible personne il était. Son côté midinette était touchant, elle qui avait rencontré quantité de gens passionnants, elle semblait sous son charme, se dit-elle. Elle continua à organiser son espace de travail. Elle déballa ses caisses de matériel. Elle adorait l'ordre et ne supportait pas, dans sa vie professionnelle, d'avoir à chercher ce dont elle avait besoin dans l'instant. Elle avait cette exigence au restaurant et dans son laboratoire avec son personnel et ses étudiants. Tout devait avoir une place et rien ne devait traîner. Elle n'entendit point la porte se refermer lorsque Elisabeth s'en alla.

***

Une première cage venait de remonter et émergeait de l'eau. Elle se balançait au bout du filin métallique comme un pendule d'horloge. William, le conducteur de l'engin de levage pilotait avec doigté et précision.

— On dégage le pont, John et Mike à vos postes pour récupération. Ses ordres résonnèrent dans les enceintes crépitant dans le léger vent du sud.

Les deux techniciens assurèrent le chargement qui vint se poser en douceur sur le pont.

— Décrochez la grue, demanda le pilote.

— Filin libre, lui répondit le plus grands des deux gars, en charge de cette tâche, dès qu'il eut terminé.

La cage reposait désormais sur le pont arrière. Adrien s'approcha pour inspecter cette nouvelle récolte. Miss Kelligan aux premières loges ne ratait rien. Un chariot élévateur approcha et se positionna près de la cage, portant sur un plateau plusieurs bacs de décontamination et rinçage.

Mike déverrouilla la porte grillagée pour libérer le butin. L'inventaire commença. Chaque pièce était photographié par la reporter avant de subir les premiers traitements.

Cette première plongée de la journée n'était pas très fructueuse. De nouveau, de la vaisselle de Saxe, une louche et quelques couverts, des verres en cristal de Bohème et deux nouveaux lingots. En tout moins d'une vingtaine de pièces. Mais ni croix, ni bouteille.

Les deux plongeurs refirent surface et regagnèrent le bord.

— Bon travail les gars, félicita le bras droit d'Arbessault. Ça se présente comment là-dessous ?

— Les conditions sont plutôt bonnes, le plancher présente peu de relief à l'exception d'une déclivité franche du plateau océanique vers l'est, dans le sens du courant. Nous devrions inspecter cette zone d'ici deux à trois jours une fois la première délimitation ratissée. Téo finit de retirer sa combinaison. Le soleil frappait son corps bronzé d'athlète.

Cette première plongée depuis plus de trois ans et le terrible accident de son ami Gianluca, qui avait perdu la vie, victime d'une hyperoxie ayant entraîné un œdème aigu du poumon fatal, ravivait ce triste souvenir. Mais il était paradoxalement heureux de retrouver l'air de la mer, les abîmes, le silence de la profondeur. L'océan pénétrait dans toutes ses cellules et lui procurait un bien-être incomparable. Bien avant la visite de Fran dans le Mercantour, il avait commencé à ressentir ce manque à la fois physique et mental. Elle n'avait été que le catalyseur de ce processus. Il avait fini son double deuil, familial et amical. Il relevait la tête et l'apparition de Fran et de cette nouvelle famille dans sa vie avait permis de franchir le dernier seuil.

Jack, le plongeur californien, avait rangé son matériel et filé dans sa cabine dans l'attente de la deuxième descente fixée à 14 h 15. Sur le chemin, il échangea avec Enzo. Les deux plongeurs se connaissaient depuis plus de 15 ans et se croisaient régulièrement. Jack était arrivé à bord la veille au soir, juste avant Téo et Fran et, à part à table, les deux amis n'avaient pas discuté de leur vie.

— Alors comment va la famille Enzo ? demanda Jack.

— Va bene, Monica travaille toujours à Monaco chez un joaillier. Giada, la plus âgée de nos filles vient de se marier, elle habite désormais à San Francisco. Elle a 26 ans maintenant. Quant à Anamaria, elle continue à passer des castings après ses trois ans d'école de danse professionnelle. Elle vient de décrocher un contrat avec une compagnie Suisse, jusqu'à la fin de l'année pour une tournée. Là, elle est à Genève pour l'été, pour les répétitions. Le plongeur italien avait gardé son fort accent napolitain. Et chez toi, tu en es où avec ton épouse ? La dernière fois qu'ils avaient travaillé ensemble, la situation de son couple était passablement tendue. L'usure du temps sans doute.

— Oh tu sais, nous avons fini par nous séparer avec Audrey. Tout était trop compliqué. Elle ne supportait plus mes longues absences répétées pour le travail et elle me reprochait toujours de ne pas avoir eu d'enfants et mon refus d'adopter. Je lui ai laissé la villa à Venice Beach et j'habite désormais dans un appartement à Hermosa Beach. Il faudra que tu t'arrêtes si vous allez voir Giada avec ton épouse. Ça me ferait plaisir de vous avoir.

Leur métier de plongeur professionnel impliquait de longues périodes loin des siens. Tous ne le supportaient pas de la même façon. Malgré les rémunérations conséquentes, de nombreux plongeurs peinaient à avoir une famille et un couple stable. Enzo, s'était plutôt bien débrouillé de ce côté là. Il avait su s'accorder des périodes d'inactivité à partager la vie familiale. Son tempérament italien y était pour beaucoup, lui qui avait grandi dans une famille ou tous, grands-parents, parents et enfants, vivaient en communauté. Il avait su préserver cela et d'ailleurs, il avait décidé d'arrêter de plonger en fin d'année. Il avait bien mené sa carrière et à 50 ans, n'avait plus besoin de partir pour des missions lointaines. celle-ci était son avant-dernière, avant une ultime pour la COMEX en octobre. Il pensait reprendre le club de plongée de Saint-Jean-Cap-Ferrat qu'un ami allait céder.

— J'en suis désolé pour toi, vous formiez un beu couple tous les deux.

— C'est la vie et c'est mieux comme ça ! Cela devenait invivable. Nous nous sommes quittés bons amis et je lui souhaite le meilleur. La vie est encore longue. À tout à l'heure mon ami, on plonge ensemble, je vais manger un morceau et me reposer.

***

La deuxième plongée du jour et celle de fin d'après-midi n'apportèrent pas plus de surprises. Toujours ni croix Palatine, ni de caisses de Sauternes. Ils avaient remontés 11 lingots, ce qui en soit était déjà un beau trésor, mais ne représentait pas grand chose au regard de la fortune de Gérart Arbessault. Le vrai trésor n'était pas là ! Dans l'esprit du magnat, seuls comptaient la croix et surtout les flacons du plus grand vin liquoreux presque tricentenaire. Adrien, Joshua et Téo, rejoignirent Barbra devant ses ordinateurs. Elle avait modélisé le fond de l'océan et cartographié les restes du brick ainsi que tous les objets remontés. Cela donnait une idée plus précise du déroulement du naufrage. En coulant le *Princess Augusta* s'était brisé en deux au niveau du pied du mat principal. La poupe avait dérivé près de 500 m avant de s'écraser sur le plateau à la limite d'un léger sillon. La cargaison s'était répandue autour du chapiteau arrière et formait une trainée sur le sol océanique en direction de l'arrière des restes du navire.

— Il semble évident que nous devrions nous concentrer sur la zone qui s'incline vers l'est jusqu'à une côte de – 287 pieds, lança l'ingénieure.

— Vos calculs semblent le prouver, qu'en pensez vous Téo? demanda le directeur technique.

— Nous devons d'abord finir d'explorer la zone située à la droite des restes du navire, l'orientation de l'épave laisse à penser qu'une partie du chargement pourrait s'y trouver. L'expérience m'a montré que les modélisations, même si elle permettent de prendre en compte de nombreux paramètres, s'avèrent parfois inexactes. Demain, nous terminerons cette partie avant de descendre vers le sillon.

— Je vous fais confiance, il faut être méthodique et ne rien négliger, confirma Adrien. Nous vous avons engagé pour ça, conclut-il.

— Le reste de la cargaison est là tout proche, je n'en doute pas. Si des caisses ont survécu sans se briser, elle doivent être ensevelies sous une épaisse couche de sédiments. Nous devons nous concentrer sur chaque léger relief et le considérer comme anormal. Boby nous aidera à dégager la couche supérieure la plus épaisse, ajouta Téo.

— Il faudrait envoyer les HUGIN 600, nous ne l'avons pas fait sur cette partie du plateau. Ils détecteront une composition étrangère. L'Aquarius ne dispose pas de ces fonctionnalités.

— Vous avez raison Barbra. Pourquoi ne l'avons nous fait avant? L'euphorie de la découverte de la partie arrière du brick et la présence des plongeurs, nous ont rendus un peu moins rigoureux. À la première heure nous effectuerons ces analyses.

— Décalons la première plongée à 10h00, cela sera-t-il suffisant pour balayer la zone? demanda le plongeur.

— Ça ira, nous aurons le temps avec Anders et Marcus, d'analyser toutes les données et de cartographier la zone. Vous passerez me voir dans 30 minutes, je vous indiquerai ce que nous aurons découvert.

23
Le soir même
sur le pont

En plus de ne pas aimer l'avion, ses décollages et atterrissages, Fran avait le mal des transports. Heureusement, cette fois-ci elle avait suivi les conseils de son pharmacien et ami Jérôme qui lui avait conseillé un bracelet et des cachets au gingembre pour lutter contre ce fléau dans sa vie. Il lui arrivait, en conduisant, d'avoir mal au cœur sur une route sinueuse, la Gineste par exemple, en descendant travailler. Là, elle allait bien, ne ressentant aucune gêne et ce pour la première fois sur un bateau. Elle en avait même oublié ses nausées passées. L'air était chaud, charriant des effluves iodées. La voûte céleste brillait de milliers d'étoiles. Elle s'assit sur le pont près de son fils.

— J'adore les nuits d'été au clair de lune, pas toi ?

— Cela me rappelle l'été en Corse avec mes parents. Nous restions tard le soir à scruter l'infini pour apercevoir des étoiles filantes. Je faisais des vœux. Savais-tu que ce sont des particules pas plus grosses que des grains de riz qui se consument en rentrant dans l'atmosphère ?

— Nous adorions faire ça avec Camille et Quentin les soirs d'été aussi. Nous nous allongions sur la terrasse, le regard vers le Sud et restions là jusque vers minuit à admirer la voûte stellaire, c'était à qui en comptait le plus. Et tu faisais des vœux ?

— Toujours le même : avoir une grande famille quand je serais un homme ! Quand je vois ce qu'il en reste : mes parents sont décédés dans le vol Rio-Paris, ma femme est partie avec ma fille de l'autre côté de la planète. J'ai l'impression d'avoir tout foiré. Heureusement que vous êtes entrés dans ma vie. Je me sens beaucoup moins seul, même si ma princesse Elodie me manque à chaque instant.

— Depuis quand ne l'as tu vue ?

— Elle est venue passer trois semaines aux fêtes de Noël l'an dernier. Et je l'ai régulièrement en Facetime deux à trois fois par mois. C'est trop peu.

— Elle est belle ! dit Fran en regardant la photo que lui tendait Téo sur son téléphone. Elle avait de beaux cheveux bruns bouclés comme lui, un visage encore poupin de sortie d'adolescence, des yeux verts pétillants et un grand sourire.

— Elle a tellement changé. Elle se fait jeune fille et bientôt femme. Ce n'est plus ma petite fille. Elle m'a avoué avoir un petit copain. Sa voix avait changé de ton à cette évocation.

— Anthonin avait été très perturbé lorsqu'il avait su que Camille avait un petit ami peu avant ses 15 ans. Il refusait qu'elle aille à des soirées de peur qu'elle franchisse le pas charnel de l'amour. Il était un peu jaloux de perdre un peu sa fifille. Il faut bien grandir pourtant et franchir les étapes de la vie. Tous les pères sont pareils finalement.

— J'aimerai tellement pouvoir être là le jour où elle aura son cœur brisé pour la première fois, pour la réconforter, la câliner et sécher ses pleurs.

— Mon père était assez dur et la première fois où il a appris que j'avais embrassé un garçon, qui n'était d'ailleurs pas le premier, j'ai été punie de sortie pendant un mois.

— Il n'était pas tendre, dis moi.

— C'était sa manière à lui de me protéger et de me dire je t'aime ! Pas très agréable sur le moment. J'ai dû lui en vouloir longtemps. Et puis avec l'âge on comprend mieux. Il a toujours été là pour me ramasser lors de mes ruptures.

— C'était un bon père finalement.

— Tu n'es pas à côté d'elle au quotidien mais le plus important est tout l'amour que tu lui envoies. Il faudrait qu'elle vienne au Terrain un été ?

— C'est compliqué, car là bas c'est l'hiver et elle n'a pas de grandes vacances, les siennes sont en décembre-janvier.

Ils entendirent des pas se rapprocher. C'était Elisabeth qui prenait l'air sur le pont. Fran embrassa maternellement Téo avant qu'elle ne les voit et partit de son côté. Elle croisa de l'autre côté du pont Adrien et Clint en grande discussion. Elle les salua de la main.

La journaliste s'approcha du plongeur.
— Vous fumez Téo, je vous offre une cigarette ?
— Merci c'est gentil, mais j'ai arrêté il y a quelques années.
Elle sortit un briquet en nacre et alluma une blonde.
— C'est la première fois que vous travaillez pour Gérart ? Elle le connaissait depuis plus de 10 ans et l'appelait toujours par son prénom. Ils avaient eu une amourette lorsque celui-ci vendait des glaces Ben & Jerry's à Los Angeles, avant de succéder à son père à la tête du groupe GENES. Cela n'avait pas duré mais ils en avaient gardé une franche amitié. Et depuis sa prise de fonction, ils collaboraient régulièrement.
— Oui et je ne l'ai pas encore rencontré.
— Vous verrez c'est un homme érudit et passionnant ! glissa-t-elle.
— Parlez moi de vous Elisabeth. On vous appelle Elisabeth ou vous avez un petit nom ?
— Mes amis m'appellent Beth et mes parents m'avaient surnommée litbee, raccourci de little bee.
— C'est mignon, mais pourquoi ?
— J'adorais Maya l'abeille le dessin animé. Il m'arrivait de rester tout l'après-midi à remettre la même cassette vidéo. Et vous, vous avez un surnom, Téo ?
— Mes amis plongeurs m'ont baptisé du nom de Nemo ! Pas très original, mais bon je m'y suis habitué à force.
— Et quand vous étiez enfant, vos parents avaient bien une façon de vous appeler ?

— J'ai toujours été Téo et « mon fils » lorsqu'ils me grondaient ! À l'évocation de ses parents, son regard s'évanouit dans la mélancolie. Leur disparition était encore proche et il n'en discutait avec personne. Son travail avec une psy venait de s'achever peu avant qu'il ne découvre sa vraie histoire. Et le sujet était toujours sensible, même s'il avait accepté leur absence.

— J'ai été Miss Berkeley pendant mes études de journalisme ! lança-t-elle sur un ton enjoué. Elle avait perçu la gêne de Téo à l'évocation de son enfance.

— C'était l'an dernier ? interrogea-t-il. Beth était une femme superbe à la veille de ses quarante ans. Elle ne le laissait pas indifférent et ressentait une certaine attirance physique.

— Vous êtes gentil Téo, mais du temps a passé depuis. Je ne serais même plus la reine de mon quartier aujourd'hui, ajouta-t-elle avec une certaine auto-dérision. La diversion avait fonctionné, son visage s'était déridé. Vous n'avez jamais participé à des concours de beauté, vous auriez pu gagner.

— Vous me flattez Beth, dit-il modestement. Il connaissait son charme et lui adressa un clin d'œil complice.

***

— J'ai eu la confirmation des mandataires de l'action en justice.

— Et alors, qui sont nos ennemis ? questionna Adrien.

— C'est une confrérie religieuse de Bethlehem en Pennsylvanie, dirigée par un certain Ronald-Louis Veldenz, lointain descendant du Comte présent sur le *Princess Augusta*, ayant fait fortune dans les mines notamment. Ils cherchent à récupérer le trésor du Comte et surtout la Croix Palatine, objet mythique sacré de leur communauté. Ils ont déjà tenté à trois reprises de retrouver le *Princess Augusta* mais toujours en vain.

— Et présentent-ils un danger ?

— Aucun fait condamnable avéré à ce jour, mais la présence de leur bâtiment dans les parages invite à rester sur nos gardes.

— Comment ont-ils eu l'information de notre découverte ?

— Des données venant d'un numéro à bord, ont été transférées vers le portable de Ronald-Louis Veldenz.

— Savons nous à qui appartient ce numéro ?

— Malheureusement non, il ne figure pas dans les téléphones déclarés par chaque membre des équipes.

— Et tu as enquêté sur tous à bord, Clint ?

— J'attends encore quelques infos et l'identification du numéro de portable, mais pour le moment personne n'a de lien avec cette confrérie.

— Nous devons absolument démasquer cet individu. Il en va du succès de notre mission. Et restons sur nos gardes. Miguel sera vite là pour sécuriser le navire et j'espère confondre cet informateur. J'en informerai Gérart demain. Continue à chercher discrètement.

Ils regagnèrent leur cabine, le pont était désert à présent.

24
9 juillet 2014
Enfin ça sourit !

Les sondes HUGIN 600 avaient parfaitement rempli leur mission et des reliefs anormaux, présentant des caractéristiques métalliques sous les sédiments étaient identifiés. Les trois analystes pouvaient proposer une cartographie précise des zones critiques. Il avait été décidé que Téo, Enzo et Jack plongeraient tous les trois de concert, deux fois dans la journée.

Au fond de l'océan, ils progressèrent très vite et avant la mi-journée, ils avaient mis à jour une première caisse à moitié brisée sur le côté d'un rocher. Des tessons de bouteilles jonchaient le fond marin. Ils les avaient remontés à la surface pour que Fran puisse les analyser.

Elle réceptionna les vestiges de la caisse et des bouteilles qui venaient de passer dans les différents bains de nettoyage. Elle arborait une combinaison blanche, des gants en latex, une coiffe, des lunettes et un masque. On la croyait sortie d'une centrale nucléaire ou d'une salle de chirurgie ! Elle commença son travail.

Le bois de la caisse était en grande partie détériorée par l'action des tarets, ces petits vers marins qui se nourrissent de bois en le forant. La caisse avait explosé sous le choc et son couvercle avait lâché. L'intérieur en cuivre avait libéré les bouteilles qui se brisèrent sur le fond rocheux à cet endroit, malgré leurs protections. Aucune n'avait résisté. Elle cherchait à déterminer quel millésime se trouvait dedans. A l'aide d'une loupe, elle inspectait chaque recoin du couvercle en cuivre et chaque tesson de bouteille, manipulant les morceaux de verre avec des pinces.

Le chargement de Sauternes, d'après les documents de la cargaison, dont elle avait des copies, se répartissait en onze caisses de 36 bouteilles : trois caisses de 1733, trois de 1734, trois de 1735, une de 1736 et une caisse regroupant 12 bouteilles de chacun des trois plus anciens millésimes. Elle se demanda combien d'entres elles avaient traversé les siècles dans ce cimetière marin et combien reverraient le jour.

Malgré ses efforts, elle ne parvint pas à dater le millésime que contenait les bouteilles brisées. Aucun marquage de l'année sur les bouteilles, ni sur la caisse. Si ceux-ci avaient sans doute existé sous forme d'étiquettes, l'océan les avait englouties ainsi que le précieux nectar, dilué dans les flots.

Le cage suivante, remontée lors de la deuxième plongée, dévoila une caisse à l'aspect presque intact et de nouveau des lingots d'or. Après rinçage, la caisse fut acheminée sur un chariot à l'analyste-sommelière. Le charme était pétrifié par son séjour au fond de la mer, réaction du bois à l'ensevelissement sous les sédiments. L'ouverture de la caisse s'avérait ardue. Fran utilisa une scie vibrante et après plus de 45 minutes d'effort, elle libéra le couvercle. Elisabeth Kelligan était au premier rang pour immortaliser cet instant. Adrien, Joshua et Clint, se tenaient à proximité, tous équipés de la tête aux pieds. L'équipe de captation vidéo tournait pour la postérité.

L'atmosphère dans la salle était au recueillement. Qu'allait dévoiler cette première caisse ? Un amas de verre brisé ? Des bouteilles du multi centenaire Ryque-Roaillan ?

La sommelière marseillaise souleva lentement le capot de bois et cuivre. Pas d'eau à l'intérieur de la caisse. tous les espoirs étaient permis. Elle écarta délicatement les restes de laine et de paille et révéla une première bouteille. Les bouteilles sombres portaient la signature gravée des deux R. Le bouchon était intact. Il avait résisté aux siècles. Une explosion de joie résonna dans la pièce sans fenêtre.

Les autres bouteilles étaient toutes en parfait état. L'examen visuel de chacune d'elles était concluant, mais toujours pas d'indication sur le millésime. C'est Beth qui remarqua une petite plaque de cuivre au fond de la caisse sous la laine. On y déchiffrait Ryque-Roaillan 1734 ! Ils avaient devant eux les plus vieux Sauternes, en attendant les autres caisses. 36 bouteilles de l'un des premiers liquoreux du château.

— Je vais communiquer tout de suite la bonne nouvelle à M. Arbessault, s'emporta Adrien. Cette fois-ci, nous y sommes ! Son enthousiasme était communicatif.

Tous se congratulaient. Mais il restait encore neuf caisses à localiser et dégager. Premièrement, il fallait sécuriser les précieuses bouteilles, les inventorier et assurer leur conservation. Le travail de Fran débutait.

— Chers amis, c'est une découverte historique, mais pour qu'elle le reste je vais avoir plusieurs opérations qui demandent les plus grandes précautions et attentions. Je vous remercie de libérer le laboratoire pour me laisser procéder.

Ils évacuèrent l'espace dans l'euphorie générale. Elle se remit à la tâche.

Elle inspecta chacun des précieux flacons, puis testa les bouchons à l'aide d'une lumière optique. Préleva quelques petits morceaux pour, avec l'aide du labo à bord de Marcel Brachier, les passer à l'imagerie à rayons X. Elle soutira à l'aide d'une sonde 1 cl du vin liquoreux sur 3 bouteilles différentes. Le vin d'une couleur acajou-cuivre était sirupeux. Elle avait fait livrer un spectromètre à fluorescence atomique permettant une chromatographie en phase liquide. Elle procéda à l'analyse des vins. Elle avait mis au point cette technique dans son laboratoire de Luminy et était la seule à l'utiliser. Les résultats étaient identiques sur les trois bouteilles, même composition chimique et même teneur en alcool. De tous les vins qu'elle avait eu entre les mains, ceux-ci étaient mythiques et allaient bouleverser le monde des collectionneurs. Qu'en ferait le président de GENES ? Allait-il les conserver ? En offrir quelques bouteilles au Château Ryque-Roaillan, pour la postérité et à la Cité du Vin de Bordeaux, dont il était mécène ? Organiser une vente aux enchères pour tous les passionnés de vieilles bouteilles ? Ils seraient nombreux à convoiter de tels trésors. les plus vieux vins en bouteille au Monde du plus renommé des vins liquoreux. Elle se rappela que la plus vieille bouteille du célèbre château avait été adjugée en 2011, un millésime 1811, au prix de 79 700 €. Elle trônait désormais à Bali, dans le restaurant de Christian Vanneque, ce confrère ex-sommelier de la Tour d'Argent. Quant à la bouteille naufragée la plus chère, un Champagne Heidsieck & Co Monopole « Diamant bleu » 1907, elle avait atteint le record de 224 000 € lors d'une vente à Moscou. 2 000 bouteilles de ce Champagne avaient été remontées en 1998 d'un navire coulé pendant la seconde guerre mondiale par un sous-marin allemand. Quel record établirait cette cargaison ?

L'ingénieur dendrologue pénétra dans le laboratoire improvisé, la tirant de ces réflexions. Adrien les rejoignit.

— Bonjour Fran, je vous confirme que nous avons bien à faire à des bouchons de chêne-liège vieux de près de 300 ans.

— Ils ont résisté aussi au vin, ordinairement ils demandent à être changés tous les 25 à 30 ans maximum. C'est étonnant qu'ils aient traversé les siècles ? s'interrogea Adrien.

— Leur état est remarquable et s'explique par l'étanchéité exceptionnelle des caisses, la présence de très peu d'oxygène dans celles-ci et le recouvrement par les sédiments. En fait, le peu d'oxygène ainsi que la pression d'1,6 bars et la température basse, ont permis ce miracle. Fran acquiesça d'un sourire.

De nombreuses expériences de vieillissement des vins sous l'eau voyaient le jour depuis quelques années en mers, lacs et rivières, notamment en Corse, dans le lac Léman, au large de Saint-Malo et même dans le gouffre de Padirac, pour les plus récentes.

Elle acheva toutes ses opérations d'emballage pour le transport et une conservation optimale des 36 bouteilles vers 18 h 00 et sortit s'oxygéner au grand air marin, après cette première journée à sauver ce trésor liquide. Sur le pont, une nouvelle cage attendait son déchargement. Elle contenait une deuxième caisse, identique à la précédente, mais légèrement déformée. Elle s'en occuperait en soirée, après le repas.

Les trois plongeurs de l'extrême lézardaient sous le soleil encore haut dans l'azur immaculé, se remettant de cette deuxième session de la journée dans les profondeurs. Soudain, Enzo remarqua des remous à la surface de l'océan, au nord-est du Seabed. Il attrapa des jumelles et scruta la mer.

— Regarde Téo, on dirait des baleines ! lui tendant les optiques.

— Tu as raison, j'ai aperçu plusieurs souffles. Prenons le zodiac et allons les observer avant qu'elles n'aient passé leur chemin.

Malgré la fatigue, approcher des baleines était toujours un spectacle unique. Ils devaient partager cela avec les autres membres de l'expédition. En deux temps trois mouvements, deux zodiacs, sur lesquels avaient pris position Fran, Barbra, Joshua, Adrien, le vidéaste et son droniste, ainsi qu'Elisabeth, voguaient loin du navire. Tous avaient revêtu une combinaison shorty. Des masques et tubas, complétaient les équipements. Les embarcations filèrent vers le groupe de baleines.

— Ce sont des baleines noires, annonça Téo.

— Je n'en avais jamais vu de près, dit sa mère.

— C'est un spectacle magnifique, ajouta Beth, alors qu'elle déclenchait son reflex.

— Nous devons nous mettre à l'eau avec elles. Elles ne s'enfuient pas et restent près des bateaux. Profitons en.

— Je vais rester là, répondit la reporter, sentant monter une angoisse et son cœur s'accélérer.

Téo lui attrapa le visage à deux mains, dans un geste très tendre.

— Beth, tu ne peux pas rater ce moment. Tu vas me donner la main et te glisser doucement dans l'eau. Je vais rester toujours à tes côtés. Tu ne risques rien. Il la tutoyait pour la première fois.

Ses tempes tambourinaient. Le regard de Téo la rassurait pourtant. Mais la peur l'envahissait. Elle lui prit la main.

— Je ne peux pas faire ça, c'est au-dessus de mes forces. Il lui enfila des palmes.

— Regarde moi et respire lentement. Il l'attira vers lui. Elle se laissa faire et soudain sentit l'eau autour d'elle. Il la prit dans ses bras remuant doucement ses longues palmes pour les maintenir à flot. Il lui ajusta son masque sur le visage.

— Doucement, comme ça, voilà. Des gestes tranquilles, tu flottes, tu vois. Elle ne le quittait pas des yeux. Maintenant, je te tiens et nous allons baisser la tête dans l'eau. Elle s'exécuta sans résistance. Il ne la lâchait pas.

— Nous allons nager vers les baleines. Les autres y sont déjà. Ils avancèrent paisiblement.

Elisabeth semblait dans un état second, progressant aux côtés de Téo. Son cerveau ne réfléchissait plus mais s'abandonnait à l'instant présent. Elle se voyait nager dans l'immensité de l'atlantique comme si son esprit était dans le drone qui les survolait et son corps dans les flots. Progressivement, elle prit confiance et se détendit.

Ils atteignirent le groupe de cétacés, douze baleines noires qui dansaient sous les flots. Elles effectuaient leur ballet aquatique sous le regard fasciné des plongeurs du navire d'exploration. Les femelles se frottaient les unes aux autres dans une caresse délicate. Leur peau noire et lisse tranchait le bleu de l'océan rayé par le soleil. Un grand mâle, de presque vingt mètres, tournoyait autour des belles dans un solo romantique de séduction. À proximité, sept jeunes baleineaux jouaient sous la surveillance bienveillante des adultes. Les baleines interprétaient leur spectacle chorégraphique devant les yeux émerveillés de ces quelques minuscules humains, spectateurs d'un jour.

Les baleines noires remontaient l'atlantique à l'été pour se reproduire dans la baie de Fundy en Nouvelle-Ecosse. Mais cette espèce, avec tout juste 300 spécimens se retrouvait en voie de disparition.

Au bout d'environ une heure de représentation, les baleines s'éloignèrent, reprenant leur voyage, laissant derrière elles des images uniques dans les yeux de la petite troupe. Ce moment imprévu leur avait procuré des sensations intenses. Ils s'étaient sentis si petits et fragiles face à ces mammifères marins immenses, puissants et si gracieux. Elisabeth, la tête perdue dans l'infini océanique, et sur l'épaule de Téo, était submergée par toutes ses émotions. D'avoir suivi Téo, d'avoir plongé, d'avoir fait face à ces créatures ! Elle ne savait plus où elle en était. Des larmes coulaient sur ses joues salées.

Fran avait des étoiles dans les yeux, comme tous ses collègues. Au dîner, ils ne parlèrent que de ce moment. Les trésors remontés dans la journée n'étaient plus leur sujet de préoccupation immédiat. Adrien les ramena à la réalité de la mission.

— S'il vous plaît. Il attira l'attention de tous. Notre présence à bord du Seabed touche bientôt à sa fin. Il nous reste moins de deux semaines pour localiser et récupérer les autres caisses d'Yquem. A ce stade, nous avons déjà réalisé une belle moisson sur l'épave du *Princess Augusta*. Mais le travail à effectuer est encore long. Parmi tous les objets présents sur le brick, il en est un auquel M. Arbessault porte un intérêt tout particulier. La croix Palatine. Cette croix d'une grande valeur symbolique pour le monde protestant, provient de l'empire de Charlemagne et fut conservée dans une chapelle à Aix-la-Chapelle jusqu'à son vol en 996 à la mort du comte Hermann Ier de Lotharingie. Elle réapparut à Heidelberg après la guerre de trente ans vers 1623. Elle s'évapora de nouveau à la fin du XVIIe siècle, pour se retrouver sur le *Princess Augusta*, aux mains du Comte palatin Georges-Louis de Veldenz Wittelsbach, comme attesté dans les documents se trouvant dans le journal de bord du navire. Messieurs, s'adressant à Téo, Enzo et Jack, nous comptons sur vos compétences pour explorer les restes du navire englouti, notamment le chapiteau arrière du brick, où le comte devait avoir une cabine privative, d'après les plans du brick, eu égard à son rang parmi les passagers.

— Nous la remonterons, assura le plongeur français. Nous avons désormais localisé six autres caisses, qui seront toutes à bord d'ici 3 à 4 jours. La croix ne dormira plus dans ce cimetière marin avant notre départ. Sa conviction était totale.

— M. Arbessault ne nous rejoindra pas finalement, trop pris par ses activités, il est dans l'impossibilité de se libérer, mais vous adresse tout son soutien et son énergie pour parvenir à nos fins, clôtura Adrien.

Ce soir là, la cabine de Téo resta vide. Celle d'Elisabeth ne s'éteint que fort tard. Fran travailla jusque vers 1 heure du matin. Cette deuxième caisse était du millésime 1736. Quatorze bouteilles sur les 36 s'étaient brisées et vidées de leur contenu dans le naufrage.

25
Derniers jours en mer

Miguel Krauth, l'autre bras droit de l'héritier de GENES, prit ses quartiers à bord du Seabed le jour suivant, accompagné officiellement d'un groupe « d'agents de sécurité ». Leur armement, révélait qu'ils étaient en fait des mercenaires à la solde du grand patron. Les investigations de Clint, même si elles n'avaient pas permis de démasquer l'informateur à bord, avaient confirmé l'hostilité de la confrérie. Leur bâtiment croisait régulièrement aux abords de leur zone de recherche.

Chaque plongée ramenait son lot de bouteilles. Au bout de ces trois nouvelles journées en mer, le décompte s'élevait à :

- 103 bouteilles du millésime 1733
- 71 bouteilles du millésime 1734
- 87 bouteilles du millésime 1735
- 22 bouteilles du millésime 1736

Et des lingots d'or ! 142 furent mis à jour tout au long des recherches. Au cours d'environ 40 000 $ le lingot, cela représentait près de 5,7 millions de dollars. De quoi couvrir le coût de cette mission.

Deux caisses, en plus de celle brisée, sur les onze initiales n'avaient pu être découvertes. Peut être gisaient elles sous le chapiteau arrière qui les aurait écrasées et détruites dans le naufrage ? Ils ne sauraient jamais.

Tous les efforts des trois plongeurs se concentrèrent désormais sur l'objet sacré. Aidés par Bob, l'Aquarius, ils ratissaient le moindre recoin des restes de l'épave du brick pour localiser la croix. Après l'épisode des baleines et grâce à la présence rassurante de Téo à ses côtés, la photographe avait accepté de descendre sur zone dans le mini-sous-marin pour photographier elle-même l'épave du *Princess Augusta.* Ne pas être directement au contact de l'eau à l'intérieur de l'Aquarius, mais dans un vaisseau, libre de bouger normalement lui permettait d'appréhender le milieu sous-marin en toute confiance. D'autant qu'elle pouvait voir évoluer son plongeur aimé de l'autre côté de la bulle du sous-marin.

Elle photographiait à tout va. Gina la guidait sur les différentes zones de découverte, lui faisant apprécier par ses commentaires éclairés l'étendue sous-marine, sa faune et sa flore.

C'est Jack qui en fit la découverte chanceuse. En inspectant l'étambot et les restes du gouvernail, le plongeur américain avait décelé un objet métallique, une châsse reliquaire en cuivre émaillé, sorte de coffret avec chapiteau, très travaillée. Les émaux, sur lesquels on devinait des figures liturgiques étaient effacés mais quelques pierres d'ornement subsistaient. Des lapis lazuli, une fois nettoyés, allant d'un bleu azur à un bleu outremer, symbole de puissance divine et de force de vie. Cette pierre bleue connue des égyptiens était signe d'immortalité et d'infini depuis la nuit des temps. Elle était le bleu du plafond de la chapelle sixtine.

Les phares de l'Aquarius cessèrent brutalement de l'éclairer, il se retrouva dans le noir des profondeurs, uniquement guidé par le faisceau de sa lampe torche. Jack se retourna pointant, en même temps que Téo, sa torche en direction de Bob. À la surface l'effervescence était à son comble, de nouveau le bathyscaphe ne répondait plus ! Derrière la bulle, éclairée par les deux plongeurs, Gina et Kelly faisaient de grands signes. Elles étaient coupées de la surface, plus aucun moyen de communication, ni possibilités de contrôler l'Aquarius. Celui-ci s'était posé sur le fond sablonneux tel un gros coquillage. N'ayant plus de contact audio avec le sous-marin, Téo attrapa son ardoise et inscrivit : que se passe-t-il ?

— Gina fit de même : plus aucune communication, ni commande. Bob out !

— Quel temps d'oxygène ?

— 15 minutes max de réserves.

— Pas de panique ! Nous allons vous sortir de là.

L'instant était très grave. À environ 70 mètres de profondeur, chaque seconde était vitale ou fatale. Il fallait faire les gestes justes.

À bord du Seabed, passée la surprise et la consternation d'un nouvel incident sur l'Aquarius, était venu le temps des décisions et de l'action. Joshua ordonna de descendre le câble de récupération du mini sous-marin. Enzo s'équipa en urgence pour rejoindre ses deux compères plongeurs.

Au fond de l'océan, Téo évaluait la situation. Extraire les deux jeunes femmes de Bob et tenter une remontée sans équipement ni palier de décompression, les condamnerait inévitablement. Attendre du secours de la surface était incertain et risqué. La solution était entre leurs mains. Il décida d'inspecter scrupuleusement l'Aquarius, espérant diagnostiquer l'origine de la panne. Les minutes s'envolaient inexorablement. Déjà 6 minutes d'écoulées depuis l'incident. Gina et Kelly tentaient de garder leur calme. La pilote priait à mi-voie, implorant Ste Marie de ne pas les abandonner.

Le plongeur français ne constatait aucun impact sur la carrosserie, ni partie endommagée. La panne ne provenait pas d'un choc quelconque, mais plutôt d'un problème électronique ou numérique. Le sauvetage se compliquait.

Miraculeusement, Jack aperçut un rai de lumière venant du haut des flots, il répondit à celui-ci avec sa torche pour guider son collègue. En dépit des règles de sécurité, Enzo était descendu tel un apnéiste, le long du câble, lesté pour permettre, comme avec une gueuse, une plongée expresse. Il rejoignit ses deux collègues et Bob. Le temps pressait. Ils amarrèrent le sous-marin à la grue. Et, donnèrent l'ordre de remonter le bathyscaphe. Celui-ci se souleva péniblement du fond marin. Les trois plongeurs le suivaient sur les premiers mètres de son ascension. Derrière la bulle, la journaliste, le visage déformé par la panique fixait désespérément Téo.

La grue enroulait le câble d'acier à la vitesse maximale. Tous, sur le pont, guettaient l'apparition imminente du sous-marin jaune. Un zodiac avec deux plongeurs tournoyait autour du filin. Bob émergea enfin. La grue finit de l'arracher à l'océan et le déposa sur le pont. Joshua, ainsi que le médecin à bord se précipitèrent pour libérer les deux femmes. Elles étaient inconscientes dans l'habitacle. Les presque vingt minutes passées depuis l'accident avaient épuisé les réserves d'oxygène. Mais leur pouls, bien que faible, était toujours perceptible. Elles furent transportées immédiatement dans l'espace médical du navire et placées sous oxygène.

Par son geste insensé, Enzo avait permis de sauver les deux femmes. Mais lui n'était pas sorti d'affaires. Il avait pris de gros risques au mépris des règles de sécurité. Deux jours en caisson de décompression seraient nécessaires pour le ramener à l'air libre.

En fin d'après-midi, les deux confrères effectuèrent une nouvelle plongée pour remonter le coffret découvert avant l'accident. Tout se déroula normalement et en moins de temps qu'il n'en faut le dernier trésor du *Princess Augusta* retrouvait l'air et la lumière.

Adrien eut le privilège et l'honneur d'ouvrir le précieux coffret. À l'intérieur reposait la croix tant convoitée.

— Quelle merveille, s'exclama le quadragénaire rondouillard et chauve.

Il souleva délicatement de ses mains gantées l'objet sacré et le déposa sur la table. De taille moyenne, la croix aux bouchons d'embouts liliformes, était en or massif. Sur chaque branche, représentant la sainte trinité, une cornaline rouge sang pour la vie, une émeraude pour le règne de Dieu et un diamant pour l'éternité. Une fois nettoyée et lustrée, la croix brillait de mille feux. Au dos, on devinait l'inscription latine Lesvs Nazarenvs, Rex Ivdæorvm.

La campagne de fouilles sous-marines touchait à sa fin avec cette ultime découverte. Le Seabed quitterait sa position aux premières heures le lendemain pour rallier le port de New London. Là, le butin serait entreposé dans un hangar, loué par Adrien et sécurisé par Miguel. C'est lui, qui d'ici quelques jours prendrait en charge le rapatriement de la cargaison en France, par un avion spécialement affrété et aménagé pour l'occasion. Clint décollerait d'ici deux jours pour ramener, Fran, Téo et Adrien près des leurs.

L'analyse de Bob révélerait une attaque informatique par des hackers ayant introduit un virus neutralisant toutes les commandes et communication en atteignant les profondeurs de l'océan. Ils avaient frôlé le drame.

Cette dernière soirée était très détendue. On but de la bière, du Champagne et quelques vins. Les conversations allaient bon train. Tous se félicitant de cette campagne victorieuse et se remémorant les instants partagés, les galères et les succès.

Miguel et Adrien quittèrent le petit groupe et rejoignirent Elisabeth qui se reposait dans sa cabine, après les frayeurs de la matinée. Elle somnolait, reprenant force.

Ils toquèrent à la porte. Une voix faible, les invita à entrer. La journaliste pensait voir son chéri dans l'embrasure de la porte, en aucune façon les deux bras droits de Gérart.

C'est Miguel, avec son accent sud-américain qui prit la parole.

— Elisabeth, tout d'abord nous espérons que vous vous remettez de vos émotions.

— J'ai eu très peur, mais je suis saine et sauve. C'est gentil de s'inquiéter de mon état.

— C'est normal. Mais nous ne sommes pas là que pour ça. Nous avons intercepté une communication téléphonique venant de votre cabine, il y une heure, vers le numéro de Veldenz. Il va falloir tout nous expliquer très rapidement, asséna-t-il d'un ton très menaçant.

— Je ne sais pas de quoi vous parlez, je n'ai rien à voir avec ça.

— Allons Elisabeth, ne soyez pas stupide, cela sera plus simple. Il ne plaisantait pas et elle le savait. Elle s'effondra en larmes, épuisée par cette journée.

— Je ne voulais pas, j'ai trop d'amitié pour Gérart, ils m'ont obligée… commença-t-elle, la voix pleine de trémolos entre deux sanglots.

— Qui ça « ils » Elisabeth ?

— Un mois avant de rejoindre le Seabed, j'ai reçu un appel étrange d'un dénommé Himin. Il m'invitait à une fête en Pennsylvanie. Je ne comprenais rien à ce qu'il me disait.

— C'est-à-dire, de quoi parlait-il ? questionna Adrien.

— Il évoquait la croix sacrée, leur croyance, la communauté. J'ai décliné et raccroché. Mais le soir même, mon père m'a appelée. Cela faisait trois ans qu'il n'avait donné signe de vie. Il m'a dit qu'il fallait absolument que je me rende à cette « invitation ». Comment savait-il ? Et là, dans le haut-parleur, j'ai entendu la voix de l'autre appel, disant « Mme Kelligan, il en va de la vie de votre père. » J'étais terrorisée, pourquoi détenait-il mon père ? Et que pouvais-je faire pour lui ? La voix ajouta, soyez présente à l'Ephrata Cloister le jeudi 22 mai à 17h30 dans la crypte. Puis la communication s'interrompit.

— Et, vous êtes allée là-bas ?

— Que pouvais-je faire d'autre ?

— Vous en avez parlé à quelqu'un, à la police ?

— Non, ils m'avaient mise en garde. Si je contactais qui que ce soit, ce serait très mauvais pour mon père.

— Et que s'est-il passé là-bas ?

— Le jour dit, je me suis retrouvée dans une pièce obscure avec 13 individus habillés de manière étrange. J'avais l'impression d'être à une autre époque, au Moyen-âge ! Leur chef, du nom de Wotan, m'indiqua que mon père avait une très grosse dette de jeu, contractée au Wind Creek Casino de Bethlehem. Or, il n'était pas en mesure de l'honorer. Je pouvais l'aider en participant à cette mission sur le Seabed.

— Mais comment savaient-ils la nature de la mission et que vous en seriez ? interrogea Miguel.

— Ça je n'en ai aucune idée, mais ils semblaient très bien informés. Ils m'ont donc mis un marché en mains. Je les informais sur l'évolution des recherches à bord du Seabed et des trésors exhumés. Et mon père serait sauf. Ils m'ont donné un portable pour les joindre.

— Et c'est ce que vous avez fait ?

— Oui, je n'avais pas le choix !

— On a toujours le choix, vous auriez pu nous en parler ou à Gérart ?

— Et je n'aurais plus jamais vu mon père. Non, ils me tenaient. Ça n'a pas toujours été facile avec mon père mais cela reste mon père.

— Que leur avez vous dit tout à l'heure ? l'interrompit Miguel.

— Que nous avions achevé nos recherches et retrouvé la Croix Palatine. Et que, demain nous faisions route pour New London.

— Vous ont-ils dévoilé leurs plans ?

— Non, ils m'ont juste dit que mon père serait libre très vite et que c'étaient à eux d'agir maintenant. Que ma mission était terminée.

Elle s'affala sur son lit, vidée et en même temps soulagée de ne plus porter ce secret.

— Elisabeth, retournez avec les autres et faîtes comme si cette conversation n'avait pas eu lieu. Trouvez quelque chose à raconter ! Et avant, allez vous passer la tête sous l'eau, votre maquillage a coulé.

— Nous allons gérer et on verra plus tard pour vous avec Gérart, conclut Miguel.

Ils sortirent de la cabine, la laissant effondrée dans sa trahison. Ils avaient récupéré le téléphone pour qu'elle ne puisse plus communiquer avec eux. Ils s'enfermèrent dans le poste radio et contactèrent Gérart Arbessault. Ils lui racontèrent les révélations d'Elisabeth. Le capitaine d'industrie leur demanda de prendre toutes les mesures nécessaires pour assurer le bâtiment, tout le personnel et la cargaison. Et, il leur intima de rester dans la légalité la plus stricte. Les hommes de mains de Miguel, quelques soient les circonstances ne devaient pas sortir de la loi.

26
Nuit noire en mer

À quatre heures du matin précises, presque tout le monde dormait à bord, à l'exception du second, de quart au poste de pilotage et des hommes de Miguel en faction sur le pont. Deux zodiacs noirs, chacun avec quatre hommes à bord, accostèrent le Seabed par tribord. Six gars en treillis et cagoulés escaladèrent le bastingage. Le chef du commando leur fit signe de se déployer sur le pont en direction de la passerelle. Ils progressaient dans la nuit. Le bateau semblait endormi, plongé dans la torpeur et la profondeur de la nuit sans lune. Leur plan semblait se dérouler sans accroc. Le premier assaillant déboula en haut de l'échelle. Toujours aucune opposition. Il fit signe au reste de la troupe de le rejoindre. Trois de ses acolytes montèrent. Ils se déplaçaient légèrement comme des danseurs malgré leur lourd équipement. Les deux autres restèrent sur le pont principal pour sécuriser leur retraite. Un cliquetis furtif les arrêta dans leur progression. L'un d'eux braqua une torche en direction de la proue du navire. Il aperçut le reflet d'une arme. Surpris par la présence des « mercenaires », ils ouvrirent immédiatement le feu. Ceux-ci répliquèrent dans l'instant, s'appliquant à ne pas les blesser mais les faire reculer vers la poupe du navire. Les échanges étaient fournis, mais de leur poste, chacun des cinq tireurs était en sécurité. Les « pirates » tentaient de se mettre à l'abri, mais leur position à découvert les exposait au tir nourri des hommes de main. Leur chef ordonna le repli à la passerelle inférieure, en lançant deux grenades vers les défenseurs du Seabed. Deux explosions sourdes ébranlèrent le bâtiment.

A l'intérieur du navire, les tôles des parois amplifièrent le bruit des détonations. Tous les membres de l'expédition apeurés par les coups de feu s'étaient réveillés. Ils entendirent l'annonce du Commandant Phil Neuville dans les haut-parleurs situés dans les coursives : « Ici votre commandant Phil Neuville, nous sommes victimes d'une tentative d'arraisonnement et de piratage. Nous vous demandons de ne pas quitter vos cabines jusqu'à nouvel ordre. Dès que la situation sera revenue à la normale, je m'adresserai à vous. Merci de votre écoute. »

Sur le pont, les échanges de coups de feu redoublaient. Les mercenaires, canardaient l'arrière du navire, s'appliquant à viser au dessus du commando. La mission s'avérait plus ardue que prévue. Ils allaient devoir déloger les mercenaires pour s'emparer du bateau et de la précieuse cargaison. Rien ne se passait comme planifié. Le chef fit signe à deux de ses hommes de tenter de prendre à revers les hommes armés par l'avant du Seabed.

Ils se faufilèrent le long du bastingage.

Le grondement de deux hélicoptères fendit la nuit. De surpuissants projecteurs illuminèrent la plage arrière du Seabed et les « pirates » de mer, en un éclair. Un haut-parleur venant de l'un des HH-65 Dolphin cracha ses ordres dans la nuit :

— Déposez vos armes, Gardes-Côtes des États-Unis d'Amérique, vous êtes en état d'arrestation. Allongez vous sur le pont et ne bougez plus.

Tout était allé très vite. Mais l'un des pirates, à l'avant, n'obtempéra pas et visa l'hélico en stationnaire au dessus du navire, alors que les deux zodiacs s'échappaient dans l'obscurité, abandonnant les six agresseurs. Le coup déchira l'air, atteignant le forcené en pleine tête. Il s'écroula sur le pont, le sang coulait de sa tempe. Ses compères jetèrent leurs armes, se couchèrent sur le ventre et mirent leurs mains sur la tête. Hélitreuillés, huit gardes sautèrent sur le navire d'exploration et maîtrisèrent les pirates. Miguel et le commandant de bord, sortirent à leur rencontre. Ce dernier s'adressa au capitaine du groupe :

— Messieurs, je vous remercie de votre intervention si rapide et efficace.

— Commandant, vous avez été avisé de nous prévenir hier soir. Nous sommes restés en alerte dans l'attente de l'appel de M. Krauth. Vous aviez bien intuité les desseins de cette confrérie, s'adressant à Miguel. En mer, vous étiez une cible vulnérable et facile. Deux navires, venant de Block Island vont intercepter l'autre bâtiment dans les minutes, quant aux deux zodiacs ils ne pourront aller très loin, ni se cacher. Nous surveillons la côte de Block Island et les attraperons également.

***

Au même moment dans la petite ville de Bethlehem, une vaste opération du FBI se déroulait. Les treize dirigeants de la Sword Society furent interpellés à leur domicile, ainsi que neuf disciples de cette société secrète. Jim Huntchinson, le père d'Elisabeth Kelligan fut libéré de sa cellule située dans les bas fonds de l'Ephrata Cloister. La confrérie était surveillée depuis plusieurs mois pour blanchiment de fonds via son casino. Cet événement imprévu avait accéléré l'intervention du bureau d'investigation. Outre le chef d'accusation de blanchiment, ses membres étaient de fait accusés d'association de malfaiteurs, tentative de piratage, usage d'armes à feu, enlèvement et séquestration.

***

Les haut-parleurs crépitèrent : « ici votre Commandant, l'assaut est terminé, les pirates sont maîtrisés. Restez dans vos cabines, l'évacuation des prisonniers est en cours. Votre présence sur le pont pourrait gêner la fin de l'intervention des gardes-côtes. Je donne rendez-vous à l'équipe technique à 6 h 30 sur le pont, pour une inspection de nos installations. Pour les autres, bonne fin de nuit, enfin, si c'est possible ! ».

Elisabeth encore déboussolée par les derniers événements se blottissait dans les bras protecteurs de Téo. Fran essayait de joindre Anthonin pour entendre une voix familière. Elle avait remonté son drap sur la tête, comme petite quand le tonnerre grondait. Au bout de plusieurs tentatives et sonneries, il répondit enfin.

27
Dix jours plus tard sous le soleil des calanques

Le petit-déjeuner était disposé sur la table en bois, sous le grand pin. Il était presque 10 heures. Le couple de cassidains rentrait de sa baignade matinale avant que la plage du Bestouan, à quelques dizaines de mètres à pied du Terrain, ne soit saturée de serviettes et de baigneurs. L'eau était cristalline à cette heure-ci, bien qu'assez fraîche, le mistral ayant considérablement refroidi la mer en faisant remonter l'eau des sources marines à 14 °C qui affluaient dans la baie. Le bain était revigorant. Téo venait de se lever. Après leur retour en France, il avait accepté de séjourner quelques jours chez eux à Cassis. La maison étant désertée de leurs enfants, elle offrait de nombreuses chambres et Fran avait besoin de sa présence pour partager leurs aventures avec son mari. Beth apparut alors qu'ils étaient attablés et que les volutes de café chaud emplissaient l'air, se mêlant aux effluves de lauriers roses et romarin. Les cigales jouaient leur concerto quotidien ajoutant à la douceur matinale méditerranéenne.

Après une brève escale en Camargue, au hara de Gérart Arbessault, ils avaient rejoint la Provence. Le milliardaire lui avait pardonné sa trahison. Il lui renvoyait l'ascenseur de leur amitié en quelque sorte, elle qui l'avait sorti d'un très mauvais pas bien avant qu'il n'ait endossé son costume de grand patron. Jeune et fougueux aventurier, ils s'étaient revus en Colombie, elle, reporter en herbe, lui découvreur de trésors. Beth participait comme photographe-reporter à une mission d'études du site préhistorique d'El Abra, dans la vallée du même nom à l'est de la ville de Zipaquirá sur l'Altiplano. Lui, poursuivait son périple en Amérique du sud, après des séjours en Argentine et au Chili où il avait gagné sa vie et la suite de son voyage de petits boulots, là serveur, ailleurs vendangeurs ! Son père ne le finançait pas pour ses expéditions qu'il réprouvait. Il avait eu le malheur de s'aventurer dans le département du Cundinamarca proche, détenu par les FARC et n'avait dû son salut qu'à l'intervention de Beth, avec qui il avait échangé une bière deux jours plus tôt. En mauvaise posture, il avait certifié appartenir à l'expédition sur le site d'El Abra. Des cerbères l'avaient reconduit jusqu'à la vallée, prenant grand soin de vérifier son « alibi » auprès de l'expédition. C'est Elisabeth qui avait attesté de ses dires et il s'en était tiré avec une grosse frayeur rétrospective et quelques ecchymoses du rude traitement que lui avaient infligé les molosses narco-trafiquants. Ces gens là n'étant pas des tendres et n'aimant pas les étrangers fouineurs. Il lui en gardait une reconnaissance éternelle et amicale. Et, il la sollicitait comme reporter dès qu'il montait une expédition. Ils étaient désormais quittes, mais toujours amis.

Ils se prélassèrent au bord de la piscine une grande partie de la journée, narrant dans le détail tous les événements de la mission. Beth montrait à Anthonin les centaines de photos sur son ordinateur. Elle profitait de ces quelques jours au calme pour trier son travail, relire ses notes et commencer à mettre en forme ce qui deviendrait bientôt un ouvrage sur une plongée miraculeuse. En milieu d'après-midi, elle décida d'aller acheter, à la presse de la Viguerie, « The New-Yorker », journal pour lequel elle écrivait régulièrement dans la rubrique « Art et Culture ». Revenue à la propriété, elle le feuilleta, allongée sur un transat. En page 5, un titre sur trois colonnes attira plus particulièrement son attention.

« The French Group GENES is in the storm ! »

Elle parcourut l'article rapidement et interpella Téo qui effectuait des longueurs dans la piscine. Fran et Anthonin étaient partis les ravitailler pour les jours à venir. Anthonin, seul à la villa ces derniers temps, n'avait pas réapprovisionné les placards et le réfrigérateur.

— Ecoute, dit-elle ! Il était tout ouï, encore dans l'eau, les bras sur la margelle. Elle lui résuma l'article. Avant hier le FBI, sous mandat du département du Trésor, a arrêté les directeurs généraux de la filiale américaine de GENES S.A. Tous les avoirs de la société sont gelés en attendant l'issue de la procédure. Des saisies d'ordinateurs, disques durs et serveurs ont été réalisées au siège de la société sur la 15e avenue. Le magnat français fait l'objet d'une demande d'extradition de la part des autorités américaines. Et, un entrepôt à New London a été mis sous scellé, il renferme l'ensemble des objets remontés de l'épave du *Princess Augusta* au large de Block Island courant juillet. Il est reproché à la filiale américaine de la holding des malversations financières pour se soustraire à une partie des impôts. La procédure risque d'être longue et de porter un coup fatal au groupe français en plein développement sur le sol américain dans les énergies renouvelables.

— Bon Dieu, ce n'est pas possible ! s'exclama Téo. Tout ce que nous avons fait n'aura servi à rien ? s'interrogea-t-il. Je comprends mieux pourquoi Gérart Arbessault ne nous a pas rejoint sur la mission. Il devait savoir qu'il risquait une interpellation.

Ils entendirent les pneus de la deuche blanche crisser sur les petits graviers blancs de l'allée. Téo sortit de la piscine, encore sous le choc, attrapa une serviette et alla aider le couple à décharger les courses. Il leur annonça la stupéfiante nouvelle. Ils ne parlèrent que de ça toute la soirée et les jours suivants jusqu'au départ de Beth et Téo.

28
Trois ans plus tard, à la fin de l'automne

Les saisons avaient passé depuis cette formidable expédition au large de Block Island et la découverte des plus vieux Château Ryque-Roaillan. Fran poursuivait sa vie à mille à l'heure, entre son mari, ses enfants tous deux volant de leurs propres ailes désormais, la fac, son restaurant, ses expertises aux quatre coins de la planète et l'écriture d'articles ou d'ouvrages. Cet été 2014 lui avait amené un second fils, le premier, Téo et réparé un traumatisme de l'adolescence. Elle était heureuse. Ils se revoyaient régulièrement. Elisabeth et Téo étaient toujours ensemble, ils avaient prévu de se marier l'été suivant à Cassis, comme un symbole d'une vie de famille retrouvée. Beth, veuve de son premier mariage, était folle amoureuse de Téo depuis le premier jour. C'est elle qui l'avait demandé en mariage à sa mère. Ces relations avec Gérart Arbessault s'étaient un peu distendues, malgré leur amitié. Il était toujours empêtré dans la procédure devant les tribunaux américains.

Elodie la fille de Téo, viendrait passer les fêtes de fin d'année à Cassis, après son stage terminal de 3 mois à Londres à la City. Fran allait faire la connaissance de sa petite-fille. Elle trouvait ça bizarre comme situation, avoir hérité, en plus d'un fils, d'une petite-fille. Elle était grand-mère. Et Camille et Quentin avaient désormais une nièce, tout juste plus jeune qu'eux.

Cette fin d'année et les perspectives pour la suivante s'annonçaient sous les meilleurs auspices.

Un vendredi midi, au « Bistrot de la Bonne-Mère », alors qu'elle vérifiait les réservations du déjeuner, elle lut sur l'écran de l'ordinateur le nom de Chevasson pour 3 personnes à 13 heures. Était-ce juste un homonyme ou s'agissait-il d'Adrien de passage à Marseille ? Une curiosité non feinte la titillait. Tout le début du service, elle s'impatienta jetant des regards furtifs et réguliers à sa montre et à la porte d'entrée. À 13 h 04 celle-ci s'ouvrit. Adrien dans un costume bleu nuit rayé impeccable et un trench-coat, Clint, décontracté en jean, chemise blanche et bombers bleu nuit, précédaient Gérart Arbessault, toujours aussi séduisant, vêtu d'un dockers tabac, d'un pull à col roulé marron chiné et d'un blouson en cuir patiné Chevignon façon Pilote, avec fourrure au col et aux poignets. Le regard était haut et fier. Comme à son habitude, son irruption dans une assemblée faisait se tourner les regards. Fran vint les accueillir et les installer à leur table. Elle leur proposa une coupe de Champagne.

— Vous vous joignez à nous, Fran, invita le magnat. Nous avons à discuter et vous demander votre collaboration, une nouvelle fois.

— Je n'y manquerai pas cher Gérart, mais à la fin du service, si cela ne vous dérange pas.

Il acquiesça d'un signe de tête.

— Je vous envoie notre Maître d'Hôtel, alors que les coupes arrivaient. Je vous dis à tout à l'heure et vous souhaite une bonne dégustation.

Elle rejoignit la caisse pour traiter les bons en facturation, se demandant l'objet de leur venue ici, chez elle à Marseille.

***

— Votre déjeuner, s'est bien déroulé messieurs ? les questionna-t-elle en tirant un fauteuil pour s'assoir à leur table.

— C'était parfait Fran, et le dessert était sublime. Cet épicurien invétéré ne savait dissimuler son plaisir gourmet. Vous féliciterez vos équipes pour cet exquis repas où tout était parfait. Et votre sommelière pour les accords proposés, un délice.

— Je n'y manquerai pas, assura Fran. Mais que me vaut le plaisir de votre venue, ce n'est pas que l'envie de découvrir notre table marseillaise ?

Gérart fit un signe de tête à son fidèle ami pour qu'il lui réponde.

— Chère amie, en effet, nous ne sommes pas venus chez vous que pour tester vos talents de restauratrice, votre réputation n'est plus à faire ! Beaucoup d'événements se sont produits depuis ces trois ans et la fin de notre expédition. Vous avez suivi les évolutions de nos déboires avec notre filiale aux États-Unis j'imagine. La semaine dernière, nous avons passé un accord avec l'administration américaine qui clôt les procédures en cours. Et, conséquemment, nous allons pouvoir rapatrier toute la cargaison du *Princess Augusta*. Elle devrait arriver sur le sol français aux alentours du 15 décembre. Mais je laisse la parole à Gérart.

— Merci Adrien. Vous avez fait un travail superbe à bord du *Princess Augusta*. Ce que j'attends de vous cette fois-ci est premièrement de venir à Paris pour contrôler le bon état des bouteilles après trois ans en entrepôt. Normalement les conditions de stockage étaient idéales, mais j'aimerais que vous vous chargiez de cette vérification. Deuxièmement, je souhaite que vous organisiez une dégustation professionnelle avec quelques-uns de vos amis parmi les meilleurs sommeliers pour dans un troisième temps organiser une vente aux enchères d'une partie des 287 bouteilles des quatre millésimes. Vous collaborez régulièrement avec Sotheby's n'est ce pas ? Monaco serait une belle vitrine pour cette vente. Qu'en pensez vous ?

— C'est un beau programme, j'imagine que vous voulez donner le plus de retentissement au retour de ce trésor ? Le monde du vin va être en ébullition à ces annonces.

— Vous avez tout compris ma chère, acceptez vous de prendre en charge ces missions ? Vous ne serez pas déçue de ma reconnaissance.

Elle repensa aux stratagèmes abjects qu'il avait utilisés la première fois. En même temps cela lui avait permis de retrouver son fils Téo. Et pour cela, elle lui en était reconnaissant malgré ces agissements. Et, financièrement, il avait été très généreux, ne lésinant ni sur sa rémunération, ni sur les moyens mis à disposition.

— Et j'ai encore une demande avant votre engagement.

— C'est-à-dire ?

— J'aimerais que vous organisiez à Marseille une soirée en l'honneur de cette expédition et de son succès le 14 juillet prochain. Je vous laisse carte blanche pour le choix du lieu, le repas et les vins dégustés. Seule contrainte, nous servirons bien sûr les quatre millésimes lors de cette soirée et je souhaite que vous associiez un ami chef de cuisine, Dimitri Droisneau.

— Vous avez de bons amis je vois ! J'ai fait sa connaissance depuis qu'il a repris avec son épouse la Villa Madie à Cassis.

— Je l'ai connu à la Réserve de Beaulieu, à quelques encablures de Monaco, lorsqu'il était Chef.

— Et combien de personnes participeront à cette soirée ?

— Environ 60. Il y aura une partie de l'équipe du *Princess Augusta*, quelques connaissances et des amis. Votre famille et vous évidemment ! Une amie qui possède une agence événementielle dans la région vous assistera pour toutes les formalités. Elle s'appelle Christine Cani. Vous vous entendrez très bien avec elle.

— Je ne vous ai pas encore dit oui, suggéra-t-elle avec un petit sourire. Cet homme savait se faire entendre, pas étonnant qu'il soit un grand capitaine d'industrie.

— Je ne doute pas que vous serez à mes côtés, dit-il très sûr de lui. Ma collaboratrice Aline, vous l'aviez rencontrée dans mes bureaux, vous vous souvenez, vous transmettra une proposition dans les prochains jours.

Ils trinquèrent à cette nouvelle collaboration. Elle était fière de sa confiance et de sa haute estime.

Il allait falloir pousser les murs pour ajouter cela à son agenda embouteillé. D'autant qu'elle avait promis à Beth et Téo de les accompagner dans l'organisation de leur mariage. Ils avaient fixé la cérémonie au 28 juillet 2018, soit seulement deux semaines après la soirée d'Arbessault. L'été sera chaud, se dit-elle. Et ses vacances en août avec son époux sur les bords du lac d'Annecy vraisemblablement très utiles et réparatrices.

29
Aachen
Rhénanie-du-Nord-Westphalie
dimanche 1er avril 2018

Le ciel était bas et la température fraîche ne dépassait pas les 7 °C, quelques gouttes de pluie tombaient par intermittence, zébrant le pare-brise du taxi en route vers la cathédrale d'Aix-la-Chapelle. La circulation était dense en cette journée pascale. Les fidèles se pressaient vers la cité impériale, ville la plus occidentale de l'Allemagne, venant aussi de Belgique et des Pays-Bas tous proches, pour célébrer le jour le plus important du christianisme, celui de la résurrection du Christ. De toutes les rues de la vieille ville, la foule se dirigeait vers la cathédrale Notre-Dame, érigée à la fin du VIIe siècle, pour Charlemagne et premier monument allemand à être classé au patrimoine mondial par l'UNESCO. Cette transhumance multicolore annuelle faisait le bonheur des commerçants et marquait le début de la saison touristique. Ils remontèrent la Harmannstrasse venant du sud et tournèrent à gauche vers l'édifice religieux. L'accès au parvis de la cathédrale était bloqué. Le taxi s'immobilisa sur la Münsterplatz. Gérart paya la course et Thomass, le garde du corps qui l'accompagnait depuis son arrivée la veille, récupéra la valise à roulettes dans le coffre. Ils entrèrent dans Notre-Dame, par une porte dérobée à l'arrière du bâtiment. Un diacre les conduisit à travers la chapelle Sainte Anne jusqu'à la chapelle palatine, où l'évêque de la ville, Heinrich Mussinghoff se préparait à la célébration pascale proche. Le prélat les escorta au centre de la cathédrale, un octogone majestueux sur deux étages, surmontés d'une coupole culminant à 32 m, d'où pendait le majestueux lustre de Barberousse, illuminé de

48 bougies pour les occasions spéciales, comme en ce jour de Pâques. Gérart était émerveillé par le richesse architecturale et ornementale de l'ensemble. Des arches byzantines soutenues par des colonnes de granite d'Odenberg aux chapiteaux antiques, délimitaient les galeries supérieures. La coupole en mosaïque dorée, représentait le Christ triomphant, entouré des symboles des quatre évangélistes ainsi que des vingt-quatre Vivants de l'Apocalypse offrant leur couronne au Christ. Dans la nef, imposant, le trône de Charlemagne. Ils le contournèrent et accédèrent par une porte dérobée à une petite salle obscure. L'évêque alluma. Point de décoration ostentatoire dans ce réduit mais des murs peints à la chaux et une table en chêne massif, ainsi qu'un meuble sur lequel reposait un tabernacle et une lampe du sanctuaire.

— Mon fils, nous serons mieux ici pour que vous montriez votre offrande à notre cathédrale. Le prélat parlait à voix basse, comme s'il pouvait être entendu.

— Monseigneur, dit Gérart en ouvrant la valise qu'il avait posée sur la table, veuillez recevoir ce présent qui appartient à cette noble demeure. Il sortit le châsse reliquaire et le déposa à côté de la valise. L'objet religieux était imposant.

L'évêque ouvrit délicatement le coffre. La Croix Palatine était là devant ses yeux. Il connaissait son existence passée, mais jamais il n'aurait pu imaginer au cours de son mandat à Notre-Dame avoir le privilège de récupérer cet objet sacré. Il l'inspecta soigneusement, notant les détails de l'ouvrage.

— Mon fils, elle est magnifique, dit-il, en relevant la tête. Vous faîtes œuvre de piété et d'une grande générosité en ramenant ce symbole de la chrétienté dans notre cathédrale. Elle va rejoindre les cinq autres objets précieux de Notre-Dame, le trône et le châsse de Charlemagne, le Pala de oro, le reliquaire de la Vierge ainsi que le lustre de Barberousse, et les trésors de la cathédrale, le buste de Charlemagne, la croix de Lothaire et le reliquaire des trois tours, pour les plus remarquables.

— Sa place est ici Monseigneur et non dans la vitrine d'un richissime collectionneur. Elle n'aurait jamais dû la quitter.

— Nous la présenterons tout à l'heure à nos fidèles à la fin de l'office pascal. Au nom du Monde Chrétien et de notre Seigneur Dieu Tout-Puissant, nous vous bénissons mon fils.

Il n'était pas très disert. Il fit un signe au diacre dissimulé dans l'obscurité d'un pilier que Gérart n'avait pas remarqué. Le prélat lui glissa quelques mots à l'oreille. Le dévoué récupéra le châsse et sortit le déposer à l'arrière du maître-autel orné du Pala de Pro, composé de dix-sept panneaux en or sculptés avec en son centre dans une auréole le Christ sur un trône avec à ses côtés la Vierge et l'Archange Gabriel. Les autres sculptures représentaient des scènes de la vie du fils de Dieu.

— Nous nous reverrons après la messe mon fils, indiqua le prêtre à Gérart, puis il le raccompagna jusque dans la nef. Il s'éclipsa pour aller enfiler ses apparats de célébration de la messe de Pâques.

L'office débutait dans peu de temps et de nombreux croyants étaient déjà installés sur les bancs, devant les prie-dieu. Gérart, bien que baptisé, n'était pas pratiquant et n'appréciait pas le culte religieux. Il allait devoir se prendre de patience et endurer son exaspération devant tant de dévotion. Pour lui la foi ne nécessitait pas toute cette mise en scène. Il ne croyait pas en un Dieu Suprême et supérieur, mais plutôt en un message d'humanité et d'amour, que l'on retrouvait d'ailleurs dans toutes les religions monothéistes. Tout le reste n'était que des textes, règles, lois des hommes pour éviter de tomber dans le vide de l'infini en apportant des réponses à priori rationnelles aux angoisses des gens sur Terre. Il se garderait bien d'exposer sa pensée en ces lieux.

Il en profita pour admirer les vitraux monumentaux qui ornaient sur 25 mètres de haut et environ 1 000 m² les côtés de la nef, laissant filtrer la lumière qui révélait les couleurs éclatantes de chacune des scènes. Son regard était happé par les représentations liturgiques. L'évêque fit son apparition, suivi de sa curée. Tout était en place pour la cérémonie. Il regarda sa montre qui affichait 10h32. Il devait décoller pour Paris vers 16 heures depuis l'aérodrome privé d'Aachen-Merzbrück. Clint l'y attendrait, prêt à décoller. Lors de l'annonce de sa venue, l'évêque l'avait convié à partager son déjeuner pascal à l'issue de la cérémonie, invitation qu'il avait spontanément acceptée.

La présentation de la Croix Palatine à l'assemblée donnerait lieu à une cérémonie spéciale dans quelques semaines, le temps de mettre en place une communication adaptée. Une agence de com avait déjà été mandatée pour organiser cet événement. Là aussi, la « guerre » de la com battait son plein. Les croyants auraient la possibilité alors de venir admirer ce nouveau trésor de la cathédrale Notre-Dame dans l'espace dédié au trésor ecclésiastique le plus important au nord des Alpes.

Le diacre s'approcha de Gérart et l'invita à le suivre pour rejoindre la salle à manger du pontife. Ils empruntèrent des dédales de couloirs sombres et humides. Le magnat, à deux pas derrière le fidèle serviteur de l'archevêque, l'apostropha en allemand :

— Vous êtes sûr que ce labyrinthe mène à la salle manger ?

— Ne vous inquiétez pas, nous sommes presque arrivés, le rassura l'homme de foi.

— Je connais depuis l'enfance la solution à tous les labyrinthes, vous ne me perdrez pas. Il suffit de mettre une main sur le mur et de…

Il n'eut pas le temps de finir sa phrase, un chandelier s'abattit sur l'arrière de son crâne.

Il se réveilla quelques heures plus tard dans une pièce sans fenêtre, ligoté sur une chaise d'église. Une lourde porte fermait sa cellule de prisonnier. Il n'avait aucune idée de l'heure, sa montre lui avait été ôtée, ainsi que son téléphone. Était-il encore dans la cathédrale ? Son garde du corps avait-il prévenu Clint de sa disparition ? Son crâne douloureux le lançait. Il sentait du sang séché dans son cou.

La lourde porte s'entrouvrit et des lumières puissantes l'aveuglèrent. Il ne distinguait plus rien, ébloui par les spots surpuissants. Une voix inconnue monta dans la cellule. Celle d'un homme s'exprimant dans un américain teinté d'intonations saxonnes et gutturales.

— Monsieur Arbessault, je pense que vous savez pourquoi vous êtes là ? Gérart ne pouvait répondre, un bâillon lui obstruant la bouche. Il secoua la tête de droite à gauche, négativement.

— Vous avez fait don de la croix palatine à la cathédrale et pensez avoir bien agi pour le monde chrétien. Mais elle appartient à la German Seventh Day Baptists. Ce sont nos ancêtres qui l'ont forgée, qui ont donné leur or et leurs bijoux pour la fabriquer, mais aussi leur vie pour notre communauté et notre croyance. Il écoutait l'individu lui asséner son monologue, tentant de le repérer. Ses yeux s'habituaient progressivement à la lumière excessive. Il parvint à deviner une silhouette sur sa gauche.

— Notre Grand Maître Wotan, ainsi que plusieurs de nos disciples, sont derrière les barreaux depuis maintenant presque quatre longues années. Vous en êtes responsables. Vous avez pillé notre trésor et vous allez devoir payer pour ces péchés. Nous serons toujours derrière vous jusqu'à l'expiation de votre faute.

Il se demandait ce qui allait lui arriver désormais et ce que Clint faisait pour le retrouver si leur heure de rendez-vous à l'aéroport était dépassée. Et l'archevêque qui l'avait invité à sa table. Ou était-il complice de cet enlèvement ? Il essayait de garder les idées claires mais son crâne le faisait souffrir, le sang tambourinait sous ses tempes. Manifestement l'individu n'attendait aucune réponse de sa part. Il ne lui posait aucune question, se contentant de lui faire face dans la source de lumière.

Gérart sentit des mains l'agripper aux épaules. Puis lui arracher sa chemise. Il perçut une source de chaleur à côté de son épaule. La douleur fut instantanée et violente. Une puissante odeur de cramoisi le fit suffoquer alors que le fer chauffé à blanc lui brûlait les chairs de l'omoplate. Avant de s'évanouir de douleur, il discerna quelques mots.

— Abandonnez-le dans la forêt de… Et, il perdit connaissance.

30
19 heures plus tard
lundi 2 avril 2018

Tous les efforts de Clint depuis la disparition de son patron qui ne l'avait jamais rejoint à l'aéroport, s'étaient avérés vains. Il avait rencontré l'archevêque qui lui avait indiqué que le garde du corps de M. Arbessault était venu l'informer que celui-ci avait un contretemps et ne pourrait honorer son invitation et s'en excusait. Le diacre s'était évaporé. Il n'avait rejoint la cathédrale que quelques mois auparavant. Les ecclésiastiques avaient aussi du mal à recruter des bénévoles pour assurer les offices et devenaient moins regardants sur les profils des candidats. Celui-ci, du nom de Gerd Thommen avait tout de suite montré une grande dévotion et disponibilité aux côtés du prélat. Il avait su se montrer efficace et était rapidement devenu proche de celui-ci, l'assistant très régulièrement lors des célébrations.

Le pilote avait alerté la police allemande, ainsi que Miguel et Adrien, qui avaient débarqué par le premier avion en provenance de Paris. Ce dernier avait immédiatement contacté l'ambassadrice de France à Bonn, une relation de la promotion Saint Exupéry de l'ENA, qui avait dépêché une équipe de la Direction de Coopération Internationale de Sécurité pour les assister et coordonner les recherches avec la Polizei. Miguel Krauth de son côté s'occuperait avec Clint des recherches moins officielles pour tenter d'obtenir des informations sur le diacre, le garde du corps et toute personne ayant rencontré le magnat notamment à l'hôtel.

***

Herman et Greta, accompagnés d'un petit groupe de zadistes s'arrêtèrent à l'entrée de la plus vieille forêt d'Allemagne, datant de 12 000 ans. Ils rejoignaient les militants écologistes déjà sur place dans des cabanes pour manifester contre l'agrandissement de la mine de charbon toute proche. La sortie allemande du nucléaire avait relancé l'exploitation extensive des mines de charbon et la plus grande mine à ciel ouvert d'Europe, menaçait de plus en plus la forêt séculaire.

— Regarde Herman, on dirait qu'il y a un corps près de l'arbre là-bas, indiqua Greta en tendant son bras.
— Allons voir de plus près. Tu crois que c'est un cadavre ? Ils s'approchèrent.

L'homme gisait face contre terre, un manteau grossièrement jeté sur ses épaules. Il semblait torse nu. Greta approcha sa main du visage. Elle perçut un léger souffle.
— Il respire, il est vivant, appelez une ambulance, cria-t-elle au reste du groupe.

Ils retournèrent le corps. L'individu d'une quarantaine d'années, le visage marqué par la souffrance, entrouvrit les yeux. Il essaya d'articuler quelques mots.
— Il a soif, il veut de l'eau. Comprit Herman qui avait étudié le français au lycée. Il lui restait quelques mots simples en mémoire.

Un zadiste tendit une gourde en métal et Greta aida l'homme à terre à boire, en lui soulevant légèrement la tête. Gérart se redressa doucement contre l'arbre. Il but lentement par petites gorgées l'eau. Une à une les cellules de son cerveau et tout son corps semblèrent se réhydrater. La vie reprenait place après ses heures sombres et inconscientes. Il tenta de se relever. Son manteau glissa de ses épaules et laissa apparaître son omoplate boursouflée par la brûlure.

On y distinguait le nombre 666 au-dessus d'une croix à l'envers. Les signes du diable. Le petit groupe eut un réflexe de recul devant la vision de son dos meurtri encore sanguinolent. Greta l'enveloppa de son manteau. Gérart arriva à articuler, quelques mots intelligibles en allemand.

— Quel jour sommes-nous ? qu'est-ce que je fais ici ?

— Monsieur, comment vous appelez-vous ?

— Gérart. Gérart. Gérart.

— Vous vous souvenez de ce qui vous est arrivé ?

— J'ai mal à la tête, où sommes-nous ?

— Nous avons appelé les secours Monsieur Gérart, ils arriveront d'une minute à l'autre. Greta essayait de le rassurer.

— Nous sommes dans la forêt de Hambach à quelques kilomètres d'Aix-la-Chapelle, c'est lundi 2 avril, il est 14h30, lui expliqua Herman.

— Où est Clint, il faut prévenir Clint, je vais rater mon avion, où est Clint. Gérart s'agitait.

— Restez tranquille Monsieur Gérart, les secours sont là.

Une ambulance des services de secours d'urgence venait de s'immobiliser sur le chemin. Un médecin s'approcha et les zadistes s'écartèrent pour le laisser intervenir.

— Bonjour Monsieur, je suis le docteur Grussenmeyer, je vais m'occuper de vous, vous ne risquez plus rien. Comment vous appelez-vous ? Il inspecta ses yeux avec une petite lampe.

— Gérart, Gérart, Gérart.

— D'accord Gérart, vous avez été drogué. Où avez-vous mal ? Il testait en même temps chacun de ses membres pour diagnostiquer d'éventuelles fractures.

— Où est Clint, prévenez Clint, répéta-t-il. J'ai mal à la tête.

— Monsieur Gérart, vous avez été frappé sur l'arrière du crâne et drogué. Nous allons vous donner un sédatif et vous transporter à l'hôpital. Vous n'avez aucune blessure aux jambes, appuyez-vous sur Ditmar et Jorg, ils vont vous aider à vous relever et vous installer sur le brancard. Les deux infirmiers le hissèrent debout et l'aidèrent à s'allonger.

Dès son arrivée dans le véhicule de secours, le docteur lui retira le manteau pour le mettre sous une couverture de survie en aluminium. Il constata les horribles brûlures à l'épaule, le choc sur l'arrière de la tête, mais aucune autre blessure sur le tronc. Il lui administra un sédatif léger, couplé à un anti-douleur et entreprit de nettoyer ses brûlures.

En moins de quinze minutes, l'ambulance se présenta aux urgences du CHU de Cologne. Il fut pris en charge immédiatement et conduit dans une salle de soins. Aucun papier dans les poches de son manteau ou de son pantalon. Vu les circonstances de sa découverte, et l'absence d'identité, l'hôpital se devait de signaler à la police l'individu.

Pendant ce temps, Miguel, Adrien et Clint chacun de leur côté remuait la ville et les autorités pour retrouver leur patron et ami, sans succès. Leur inquiétude augmentait à mesure que les minutes et heures passaient. Clint se chargeait des hôpitaux et de la morgue d'Aix-la-Chapelle. Chaque fois le pilote se heurtait à la même réponse : aucun homme du nom de Gérart Arbessault ou présentant les mêmes caractéristiques physiques n'avait été admis dans les services d'urgence. La nuit recouvrait peu à peu la ville et les trois hommes se retrouvèrent au Park Hotel Quellenhof Aachen et se donnèrent rendez-vous, après un passage par leur chambre, à la brasserie pour faire un point sur la situation critique.

31
Mardi 3 avril 2018
BundesPolizei de Cologne

La cour cernée des austères bâtiments style Bauhaus, de la caserne de police, grouillait des entrées et sorties des BMW Série 3 et 5 ! Le commissaire Baumgartner observait depuis sa fenêtre en s'interrogeant sur le mystère de l'homme de la forêt de Hambach. D'autant que depuis le week-end, une gigantesque panne informatique paralysait les communications téléphoniques et l'internet de la ville de Cologne, isolée du reste du monde. Il finit d'avaler son cappuccino, attrapa son pardessus et rejoignit dans la cour son adjoint, le capitaine Atem Hamilodzic, direction l'hôpital de la ville, pour interroger l'inconnu.

Les feux tricolores étaient tous éteints et une gigantesque pagaille régnait dans la cité rhénane. Aidés de leur gyrophare et de leur sirène, ils parvinrent à se frayer un chemin parmi le dédale de véhicules et à rejoindre l'unité hospitalière vers 10 heures. Ils se présentèrent à l'accueil et furent dirigés au deuxième étage du bâtiment. Les longs couloirs verts et blancs se succédaient sous leur lumière blafarde. L'interne les arrêta devant la chambre 247.

— C'est ici, indiqua-t-il. L'homme est conscient mais ses propos sont encore désordonnés. Il a besoin de repos.

— Merci docteur, nous tâcherons d'être rapides, rétorqua le commissaire.

— Bonjour Monsieur, lança en français Baumgartner. Il parlait un français tout à fait correct, qu'il avait pratiqué durant deux ans de ses études, lors d'un échange Erasmus à l'université de Bordeaux. Vous permettez, désignant une chaise.

Les deux policiers s'assirent près du lit. Atem sortit un calepin pour prendre des notes.

— Nous allons vous poser quelques questions. Comment vous appelez-vous Monsieur ?

— Gérart, je suis Gérart, Gérart.

— Vous vous rappelez de votre nom de famille ?

— Non, je suis Gérart.

— Très bien Monsieur, vous rappelez-vous pourquoi vous êtes en Allemagne.

— J'étais à l'hôtel et je suis sorti.

— Dans quel hôtel ? il est à Cologne ?

— Je ne sais pas, ma chambre est là 523 au dernier étage.

— D'accord, et le nom de l'hôtel.

— C'est une suite, la vue sur la ville était magnifique.

— Vous étiez à Cologne pour des affaires ? Les informations qu'il avait pu recueillir sur lui, notamment le fait d'avoir des chaussures sur mesure et un costume provenant du meilleur tailleur de Paris, indiquaient que l'homme était d'une classe sociale privilégiée.

— On voyait le Ludwig Forum de la baie vitrée.

— Tu peux me trouver dans quelle ville se trouve ce bâtiment Atem ? Il ne connaissait aucun lieu portant ce nom à Cologne.

— Sans internet, je vais descendre questionner à l'accueil. Avec un peu de chance ! répondit le capitaine. Il sortit de la chambre.

— Monsieur, vous rappelez-vous d'autre chose ? Qui vous a abandonné dans la forêt ?

— J'ai reçu un choc sur la tête. Je vois une lumière très vive, je ressens une violente douleur dans l'épaule et ensuite j'ai froid. Plusieurs personnes m'entourent et me posent des questions en allemand.

Au rez-de-chaussée, le capitaine interpella les personnes présentes. Personne ne connaissait ce Ludwig Forum. C'est une vieille dame qui lui révéla que le Ludwig Forum était un musée d'art moderne à Aix-la-Chapelle. Pas étonnant qu'il ne connaisse pas, il préférait largement les ambiances footeuses du RheinEnergieStadion où évoluait le FC Cologne, son club fétiche, au silence des salles d'exposition. Il se précipita au deuxième étage.

— Commissaire, Monsieur Gérart n'est pas venu à Cologne, il était à Aix-la-Chapelle. C'est là que se trouve le Ludwig Forum, dit-il en pénétrant dans la chambre.

— Merci Atem. Et, la panne informatique nous a empêché d'avoir les informations d'avis de recherche de nos collègues d'Aix. Je comprends mieux pourquoi nous n'avançons pas pour identifier ce monsieur. Et, s'adressant à Gérart, Monsieur, vous êtes venus à Aix-la-Chapelle, savez-vous quand ?

— Je ne sais plus, mes souvenirs sont confus. Je revois juste l'intérieur de la cathédrale.

— Merci monsieur, reposez-vous. Nous reviendrons vous voir demain au plus tard. Nous allons maintenant pouvoir élucider cette affaire. Allons-y capitaine, ne perdons plus de temps. Nous en avons assez gaspillé comme ça ! Toujours pas de réseau ?

— Non, commissaire. Que faisons-nous, nous partons à Aix-la-Chapelle ?

— Évidemment Atem, il n'y a pas d'autre solution. Cette panne n'est toujours pas résolue. Travaillons à l'ancienne.

Après l'avoir pris en pris en photo et relevé ses empreintes, ils le saluèrent et quittèrent l'hôpital en toute hâte. Jamais un tel incident numérique n'avait autant paralysé une ville allemande.

À la sortie de Cologne, ils empruntèrent l'A4 et firent chauffer le turbo de la BM. En moins d'une heure ils atteignirent l'entrée d'Aix-la-Chapelle. Le commissaire Matthaüs les reçut dans son bureau et brossa le tableau. Un certain Gérart Arbessault, magnat français, PDG de GENES S.A. avait disparu depuis le dimanche 1er avril. La dernière personne ayant discuté avec lui était l'évêque Heinrich Mussinghoff. Ils s'étaient rencontrés pour la remise d'une croix sacrée retrouvée au cours de fouilles sous-marines au trésor de la cathédrale d'Aix-la-Chapelle, dont elle était issue. Il l'avait laissé dans la cathédrale pendant l'office et devait l'avoir à sa table pascale, mais celui-ci était parti précipitamment aux dires de son garde du corps. Le prélat ne connaissait pas l'identité de l'homme de sécurité. Arrivé de Paris la veille en jet privé et prévoyant de repartir le jour même, son pilote avait donné l'alerte vers 16 heures devant l'absence de son patron. Depuis, le pilote et deux de ses collaborateurs, aidés du consul de France, ratissaient la ville pour localiser l'homme d'affaires. Aucune piste n'avait abouti jusqu'à maintenant.

À son tour, Baumgartner livra les informations dont il disposait : l'homme avait été retrouvé par des zadistes dans la forêt de Hambach, à moitié mort, l'épaule brûlée au fer rouge d'une croix retournée et du nombre 666. Les secours, alertés par les défenseurs de la nature, avaient rapatrié le rescapé au CHU de Cologne. Il avait été victime vraisemblablement d'un enlèvement et de sévices corporels avant d'être abandonné dans les bois le lundi 2 avril.

La photo prise par le commissaire correspondait en tous points avec celles dont disposait la police aixoise.

Les pièces du puzzle s'imbriquaient les unes aux autres, mais pas de suspect à ce stade, ni de mobile. De nombreuses zones d'ombre subsistaient sur le déroulement de ces dernières heures. Matthaüs décrocha son téléphone pour informer Adrien Chevasson, et le convoquer ainsi que ses collègues à venir immédiatement au commissariat.

Le soir même, les trois collègues avaient récupéré leur patron et ami. Ils quitteraient l'Allemagne aux premières heures de la matinée. Gérart, encore choqué, aurait besoin de quelques semaines de repos et de soins pour retrouver son intégrité physique et psychique, mais il allait s'en remettre pleinement d'après l'équipe médicale du CHU de Cologne. Ils restaient tous à la disposition de la police locale qui allait désormais pousser plus loin ses investigations pour résoudre cet enlèvement en suivant les maigres pistes dont ils disposaient, notamment le vol à la cathédrale de la croix palatine durant la célébration de la messe pascale. Ni le milliardaire français, ni ses amis, n'avait évoqué la Sword Society dans leurs dépositions.

Gérart, après un check-up complet à l'hôpital américain de Neuilly, irait se reposer dans le sud de la France à l'Hôtel du Cap d'Antibes, une de ses adresses favorites sur la Côte d'Azur. Ces dernières heures l'avaient profondément atteint. Au-delà de la souffrance charnelle, jamais, même lors de son arrestation en Colombie, il ne s'était senti aussi vulnérable. Le temps panserait ses plaies. Il savait batailler dans le monde impitoyable des affaires, quitte à utiliser des moyens non légaux. Mais s'opposer à une organisation secrète dépassait ses compétences malgré ses moyens quasi illimités.

32
Salle des Étoiles
Monaco, une semaine avant le grand prix de Formule 1

La Mercedes Limousine Classe S s'immobilisa devant l'entrée du Sporting de Monte-Carlo. Fran était arrivée l'avant-veille dans la principauté pour régler les derniers détails avant la vente aux enchères des Châteaux Ryque-Roaillan du *Princess Augusta*. Il restait 2 heures avant l'ouverture des portes de la salle des Étoiles aux acheteurs.

La dégustation des quatre millésimes du célèbre château du sauternais avait été un succès médiatique sans précédent. Plus de 200 articles et 78 reportages TV sur les médias du monde entier, près de 250 millions de vues sur Youtube, garantissaient la réussite de la vente de ce soir. Les quatre vins s'étaient révélés, chacun avec leur personnalité, d'une fraîcheur tout à fait remarquable. Étonnamment jeunes, ils ne faisaient pas leurs 280 ans, comme si le fond de l'océan avait ralenti leur vieillissement. Ils affichaient des robes allant de l'acajou au cuivre, des nez incroyables sur des fruits compotés, des notes de cire, d'épices, des bouches encore consistantes et une longueur exceptionnelle. Elle avait mené la dégustation de ces merveilles, en collaboration avec nombre de ses pairs et amis, sommeliers, chefs de cuisine ou critiques gastronomiques. Deux bouteilles de chaque année avaient été ouvertes et dégustées à cette occasion dans le salon Louis XV du Ritz, place Vendôme.

Les demandes d'accréditation pour assister et participer à la vente Sotheby's provenaient de toute la planète. 492 acheteurs potentiels seraient présents, et une centaine de lignes téléphoniques permettraient des enchères à distance. C'était la plus incroyable vente aux enchères de vieux vins jamais proposée. Ce sont 80 bouteilles de Ryque-Roaillan, le célèbre grand cru, des différents millésimes qui allaient être dispersées chez les plus grands collectionneurs ou spéculateurs, répartis en 18 lots. Soit trente et une bouteilles du millésime 1733, dix-neuf de 1734, vingt-cinq de 1735 et cinq de 1736. 40 autres lots de vieux vins de 40 à 100 ans des vignobles européens et du nouveau monde ouvriraient la séance. Gérart Arbessault avait offert au Château Ryque-Roaillan six bouteilles pour chacun des millésimes 1733, 1734 et 1735. et trois bouteilles du millésime 1736, plus rare. Il conservait le reste pour son plaisir ou des ventes futures.

Tugdual de Romecourt, commissaire-priseur de la soirée, lui ouvrit la porte et l'accueillit sur le parvis du Sporting. Son nom la ramenait à des séries sur les chevaliers que son fils affectait. Il dirigerait la prestigieuse vente à partir de 18 h 30. Sotheby's avait fait les choses en grand pour cet événement : tapis rouge, nombreuses hôtesses d'accueil pour installer les participants, *afternoon-tea* avec Champagne dans le hall d'accueil. Déjà, les deux jours précédents d'exposition des précieux flacons s'étaient déroulés avec un faste certain. Il faut dire que cette vente exceptionnelle devait atteindre les 10 à 15 millions d'euros selon les estimations des experts, hors frais, ce qui laissait espérer un gain de 3 millions d'euros environ pour la célèbre maison.

Ils traversèrent le hall et la salle pour se diriger vers l'arrière-scène où était stockée la totalité des bouteilles. La salle était décorée de photos grand format des précieux flacons, ainsi que des domaines présents au catalogue et ses larges baies vitrées s'ouvraient sur la Méditerranée. Les différents lots des Ryque-Roaillan consistaient soit en des bouteilles uniques comme les 1736 au nombre de cinq seulement, soit des groupes de plusieurs millésimes. Ils espéraient raisonnablement battre le record de 224 000 € pour une bouteille de vin. L'animateur de la vente, fort de sa longue expérience et des avis de ses experts, dont Fran, à double titre impliquée dans la vente, avait positionné les différents lots dans un ordre stratégique pour garantir les plus belles enchères. Les prix de réserve pour chacune des bouteilles de Sauternes étaient compris dans une fourchette de 65 000 à 90 000 €, suivant les millésimes et leur vente en groupe ou à l'unité. Elle inspecta scrupuleusement une énième fois chaque lot. Elle avait fait réaliser des caisses bois spéciales pour l'occasion, frappées du double R, en collaboration avec le domaine, dans lesquels se trouvaient aussi les certificats d'authenticité de chaque flacon.

Les portes du Sporting ouvrirent à 17 heures. Le défilé des limousines, vans et voitures de luxe était ininterrompu. On se serait cru à un salon de la voiture de plus de 300 000 €. Les voituriers s'activaient à les garer soigneusement sur le parking privé, positionnant les plus luxueuses sur le parvis. Las badauds nombreux pouvaient ainsi admirer des Ferrari, McLaren, Rolls, Bentley, Aston Martin ou Lamborghini plus impressionnantes les unes que les autres. Fran se promena dans le hall et salua entre autres connaissances Yanina Pavlenko, Michel-Jack Chasseuil et Mike Brook qui discutaient une coupe à la main. Elle croisa aussi plusieurs anciens collectionneurs pour qui elle avait réalisé des évaluations. Et aperçut Adrien et Miguel, qui représentaient Gérart dont l'état encore faible lui interdisait d'assister à de tels événements. Il serait en ligne avec Fran pour suivre la vente, depuis sa chambre dominant la Méditerranée. Celle-ci était retransmise d'ailleurs sur la chaîne YouTube de la vénérable institution londonienne. Il savait qu'il n'en avait pas fini avec les palatins qui ne passaient pas une semaine sans se rappeler à son bon souvenir. Ils lui avaient laissé un mois pour réparer le préjudice du « pillage » du *Princess Augusta* et de leur « héritage ». Leur démonstration de force à Aix-la-Chapelle attestait de leur détermination et de leur capacité à l'atteindre. Il savait comment les contenter définitivement.

L'heure approchait et les acheteurs rejoignaient peu à peu leur place, le catalogue sous le bras et leur plaque d'acheteur dans la main. Un brouhaha de chuchotements très multilingue donnait la sensation d'une ruche en ébullition. La grande horloge numérique afficha 17 h 30 et Tugdual fit son entrée triomphante. La salle se tut et on ressentit une tension palpable.

— Mesdames, Messieurs, bienvenue ici au Sporting à Monaco pour cette vente exceptionnelle de vieux vins. Il saluait en même temps d'un hochement de tête les visages familiers. Vous allez pouvoir acquérir ce soir des bouteilles mythiques dont la plus jeune est un millésime 1980 et la plus ancienne date de 1733 ! Nous allons ouvrir ces enchères avec le premier lot, une caisse bois de six bouteilles de Château Cheval-Blanc, Saint-Émilion 1er Grand Cru Classé A de 1970, niveau correct, étiquettes légèrement abîmées.

Le lot s'afficha sur l'écran géant situé au-dessus de son pupitre.

— Mise à prix 5 000 €, le pas est défini à 250 €. Il répétait tout en anglais. 5 250 à ma droite, 5 500 au fond madame, 5750, 6 000 ici devant, 6250, 6500, 6750, 7000, des mouvements de tête discrets suffisaient à surenchérir. Les novices dans les ventes avaient plutôt tendance à lever leur plaquette. 7250, Monsieur au deuxième rang, 7 500 par là, 8 000 ici, Monsieur sur le côté, 8 250 ! 8 250 une fois, au fond peut être mieux, non ? 8 250 deux fois, ah 9 000 à ma gauche, dernière offre, embrassant du regard la salle, 9 000 €, une fois, deux fois, trois fois, adjugé, abaissant son marteau.

Les premiers lots étaient généralement convoités par des collectionneurs-amateurs, ravis de mettre la main sur de belles bouteilles et de voir les requins se déchirer les bouteilles les plus précieuses à des prix astronomiques.

Les lots se succédaient à un rythme soutenu. Les enchères grimpaient et certaines bouteilles avaient déjà franchi allègrement les 10 000 €. Le lot suivant, numéro 34 était composé de 3 bouteilles d'Opus One 1980, le deuxième millésime vinifié par Lucien Sonneau et Tim Mondavi.

— Mise à prix du lot 34, 12 000 €, pas fixé à 1 000 €. Les enchères étaient animées et en quelques minutes le compteur avait déjà franchi les 45 000 €.

Un émissaire au téléphone semblait très accroché sur ce lot, il annonça 50 000 €, le nombre d'enchérisseurs baissa subitement, mais ils étaient encore cinq à se disputer les trois bouteilles californiennes. Le prix s'envolait toujours. Une élégante quinquagénaire entra dans la danse à 65 000 €. Elle mit tout le monde d'accord en moins d'une minute, arrachant l'enchère à 95 000 € !

— Et bien, la température devient torride, il me semble. Bravo Madame, félicitations ! passons au lot suivant.

On approchait du 41e lot, les premiers Châteaux Ryque-Roaillan vieux de plus de 280 ans. Le feu d'artifice approchait. Seuls 5 lots n'avaient pas dépassé leur prix de réserve et donc avaient été retirés de la vente. Fran était en ligne avec Arbessault. La tension monta encore lorsque Tugdual de Romecourt présenta le lot 41.

— Et maintenant, le lot 41, six bouteilles de Château Ryque-Roaillan, Sauternes, 1733, naufragés, bouteille verre sombre gravé sans étiquette, mise à prix 180 000 €, le pas est fixé à 10 000 €. C'était le millésime le plus ancien, mais aussi celui ayant le plus de bouteilles à la vente.

Une première enchère au téléphone à 190 000 € lança les hostilités.

— 200 à droite, 210 derrière, 220, 230, 240, 250, 260, 270, 280, 290, 300, 310, 320, 330, 350, 400. Le rythme s'accélérait et le commissaire-priseur peinait à reprendre son souffle. Allez 400, là-bas au téléphone 410, encore ? une fois, deux fois, trois fois, adjugé à 410 000 €.

Pour un premier lot c'était déjà remarquable. Les groupes des trois millésimes atteignirent des sommets, avec un prix au flacon de 130 à 160 000 € ! Après une demi-heure de frénésie, il ne restait que les millésimes 1736, cinq bouteilles vendues chacune à l'unité. Le clou de la vente ! Les enchères débutèrent avec le lot 54, première bouteille du millésime 1736. La bataille fut acharnée et c'est la directrice du Domaine Massandra qui l'emporta avec une offre record à 255 000 € ! Le précédent record pour une bouteille de vin, était effacé de 30 000 €. Époustouflant. Les quatre autres bouteilles furent attribuées à 240 000, 255 000 de nouveau, 220 000 € pour Michel-Jack Chasseuil chanceux et la dernière qui établit un record historique à 280 000 €, achetée au téléphone par les avocats d'un certain Jeffrey Jorgensen.

— Mesdames, Messieurs, nous vous remercions de votre participation. Il ajouta, M. Arbessault a décidé de faire don des fruits de la vente de ses lots à l'Ephrata Cloister en Pennsylvanie, communauté regroupant les descendants des naufragés du *Princess Augusta.* Nous vous donnons rendez-vous pour notre prochaine vente, intitulée « Peintres des années trente – du futurisme au totalitarisme », au printemps 2018. Tugdual baissait le rideau.

La séance était terminée. Chacun se levait pour quitter la salle et commentait les folles joutes des dernières enchères et cette annonce inattendue. Dans quelques minutes la planète Vin sur internet analyserait cette vente record, au montant jamais égalé pour le nombre de lots, de plus de 16 millions d'euros. Les journaux télévisés et papiers en feraient leurs choux gras dès le soir même. Gérart Arbessault était le grand bénéficiaire avec un montant total de 11 129 000 € soit un prix moyen de plus de 110 000 € la bouteille de Ryque-Roaillan !!! Jamais personne n'avait réalisé de tels scores. Son geste apparemment de générosité, renforçait l'image du capitaine d'industrie atypique dans le monde des affaires. Sur le parvis du Sporting, Mike Brook arborait un large sourire. Il n'avait pourtant acheté aucune bouteille, mais l'annonce surprise, pas pour lui, du commissaire-priseur, validait sa présence. Son rôle d'émissaire auprès du magnat et l'épisode allemand qu'il avait si bien organisé, s'étaient révélés déterminants. Lui, le descendant lointain de l'un des survivants du *Princess Augusta*, George, un des enfants de Nicolas Ore, des *Seven Families* du vaisseau naufragé, gagnait ses galons dans la société secrète. Huit mille kilomètres à l'ouest, dans une cellule d'un centre pénitentiaire de Pennsylvanie, le Grand Maître Wotan, éteignit l'ordinateur de la bibliothèque où il avait suivi la vente, un rictus de satisfaction sur le visage.

Sotheby's était l'autre gagnant, en empochant en frais sur les ventes 4 millions d'euros nets.

Avant de raccrocher Fran, qui connaissait l'issue de la vente, demanda à Gérart qui était ce Jorgensen dont elle n'avait jamais entendu parler.

— Voyons, c'est la plus grande fortune mondiale, vous le connaissez évidemment mais sous le nom de Jeff Bezos !

— C'est lui ? le fondateur d'Amazon ? qui veut nous amener faire du tourisme spatial, enfin peut-être vous un jour, pour moi, ce n'est pas encore dans mes moyens !

— Et oui ma chère c'est bien ce milliardaire, je vous félicite pour votre travail. Je vous souhaite un bon retour vers Marseille. Je dois vous laisser, je vais me reposer. Bien le bonjour chez vous.

Il était devenu beaucoup plus naturel et presque familier depuis l'épisode germanique du week-end de Pâques. Les épreuves de la vie vous changent parfois. Elle ne le savait pas mais elle trouverait en rentrant dans sa suite à l'hôtel de Paris, une caisse contenant les trois millésimes 1733, 1734 et 1735. Une autre facette de sa personnalité, plus agréable celle-là, sa générosité !

Adrien lui confierait ce soir, durant leur dîner chez Mauro Colagreco à Menton, que l'accord avec les autorités américaines s'était conclu à 37 millions de dollars. Ces sommes extravagantes pour elle, comme le produit de la vente de ce jour, Gérart les maniait au jour le jour, comme certains jouent avec des petits pains ! Lorsque l'on possède une richesse estimée à plusieurs milliards, quelques dizaines de millions de plus ou de moins n'étaient que des aléas quotidiens.

33
De retour au Terrain, en famille

Elle prit la route vers dix heures trente pour Cassis. Le dîner de la veille chez le chef italo-argentin au Mirazur s'était achevé tardivement. Il avait tenu à venir les saluer à la fin du service. Ils avaient longuement échangé autour d'une grappa, cette eau-de-vie de marc italienne, un Monte Sabotino Gran Riserva 30 Ans.

La circulation était fluide sur l'A8, en ce dimanche de printemps. Les nuages jouaient avec le soleil, poussés par le vent d'est, annonçant un début de semaine pluvieux. Pour une fois, depuis des semaines, toute sa petite famille serait présente au Terrain à son arrivée pour un repas dominical convivial, Anthonin, leurs enfants Camille et Quentin, ainsi que Beth et Téo, de passage pour finaliser les derniers détails de leur mariage proche. Elle se dit que leur choix du restaurant la Presqu'île face au Cap Canaille était très approprié. Certains soirs, lorsque le mistral souffle, la falaise se teinte d'orange, rouille et rose, tranchant avec la mer bleu noir et le ciel dégagé. Et l'endroit au bout de la presqu'île, juste avant la villa de l'architecte du MUCEM, Rudy Riciotti, garantissait la possibilité de danser jusqu'au bout de la nuit sur des rythmes endiablés, sans nuisance pour les riverains. Son esprit vagabondait entre les deux soirées, le mariage de son fils et celle d'Arbessault à la Casa Delauze. Ils auraient pu aussi l'organiser dans ce nouveau lieu de réception atypique, inconnu de tous. Elle repensa à cet été 2014. La révélation de son fils oublié, l'expédition sur le Seabed, la découverte des Sauternes, l'abordage du navire, et la saisie par le FBI. Tout se terminait pour le mieux après plusieurs années. Mais surtout, elle aimait Téo, cet enfant qu'elle avait failli ne jamais connaître. Tous l'appréciaient et son proche mariage serait l'occasion de fêter cette famille reconstituée. Ses recherches pour mettre la main sur Louis, le père biologique, avaient échoué. Malgré des heures passées devant son ordinateur à le traquer sur les réseaux, aucune trace de lui. Elle s'était même rendue à Hossegor où ses parents avaient déménagé l'année de la naissance de leur bébé, mais plus personne ne se souvenait d'eux. Un contact au ministère des Armées, lui avait bien indiqué que son père était parti au Mali pour une mission dans les années 90, mais sa trace et celle de sa famille, s'évanouissait à la fin de ce contrat et son départ à la retraite. Téo ne rencontrerait jamais son géniteur. Elle avala le trajet en un peu plus de deux heures trente, juste ralentie avant Aix par un accident sur la bretelle vers Aubagne. Heureusement que de la tôle froissée. La pluie venait de commencer à tomber, rendant la chaussée grasse et glissante. Les nuages noirs s'accumulaient coiffant la Sainte Beaume d'un sombre couvre-chef. L'orage grondait au loin, des éclairs déchirant vers l'est le ciel de plus en plus menaçant. Elle s'impatientait d'arriver à Cassis. Plus que quelques kilomètres de bitume.

La voiture s'immobilisa devant le portail en fer forgé. Elle actionna la télécommande et grimpa le petit chemin en graviers jusqu'au parking. Les massifs de petite pervenche, millepertuis, campanule, de thym et de marguerite rose, explosaient de couleur, de chaque côté de l'allée. Anthonin était là sur le perron avec un large parapluie. Il s'approcha de la Mini Countryman turquoise. Elle ouvrit la portière pour sortir et se pendit à son cou en l'embrassant vigoureusement. Il lui manquait toujours autant à chacune de ses absences.

— C'est tellement bon d'être dans tes bras, chéri.
— Je t'attends avec envie chaque fois que tu t'éloignes de moi, tu le sais !

— Rentrons vite, le déluge est proche. Je n'ai pas arrêté de penser à nous ces deux derniers jours à Monaco.

— Moi aussi, il faut absolument que nous prenions un peu plus de temps pour nous. Maintenant que les enfants sont grands, nous pouvons lc faire.

— Je sais mon amour, on va s'organiser. Se blottissant contre lui sous le parapluie.

— Déjà, pensons à nos vacances de cet été sur le bord du lac d'Annecy. Ce sera vite là !

— Et si nous partions en Corse le week-end prochain, c'est Pentecôte, lundi le restaurant sera fermé, nous avons trois jours ?

— Très bonne idée, cela fait très longtemps que nous n'y sommes allés. On va s'occuper de s'organiser ça ce soir quand la maison sera plus tranquille. Ils croisèrent leur regard amoureux et brillant. J'ai pris une grande décision à Monaco. Elle sentit la surprise de son mari.

— Dis-moi, je suis impatient !

— J'ai décidé de me consacrer pleinement au laboratoire et à mes recherches et analyses sur les vins et les cépages. Il est tant que je m'occupe de ma passion et de nous. Quentin prendra la tête du Bistrot, il en rêve et possède toutes les compétences pour ça. Je dois le laisser prendre son envol d'autant que l'équipe est solide, et je serais toujours là pour l'accompagner. Le Bistrot continuera sans moi. Cet été sera le bon moment pour faire la transition. Cela laisse le temps de l'installer d'ici la fermeture début juillet.

— Tu es sûre qu'il est prêt ?

— Complètement, il est posé comme toi et saura prendre les bonnes décisions. Moi, je vais me concentrer sur mes étudiants et le labo et conserver mes émissions. Le nouveau partenariat mis en place avec GENES S.A., qui triple sa contribution aux travaux du laboratoire, va me permettre d'engager quatre nouveaux chercheurs dès septembre et de doubler nos matériels d'analyse. Nous aurons plus de temps pour nous. Toutcs ccs dernières années depuis cette aventure pour les Ryque-Roaillan, le choc de retrouver mon premier enfant Téo, être grand-mère, la connaissance d'Arbessault, m'ont changées. C'est le bon moment.

— Et tu comptes lui annoncer cela quand ?

— Aujourd'hui au déjeuner, nous sommes tous réunis.

Elle récupéra sa valise et lui la caisse des précieux Sauternes. Elle aimait rentrer chez eux à Cassis. Elle s'y sentait tellement heureuse entourée des siens. La table était prête et tous l'attendaient. Téo et Elisabeth, dans le canapé bleu canard du salon, discutaient avec Camille, sur la décoration des tables et la répartition des invités. Quentin se pressait dans la cuisine pour les derniers préparatifs. C'est lui qui avait pris en charge le déjeuner. Charles l'aidait. Il avait débarqué le matin même, de retour de chez sa fille à Toulouse. Il venait d'être grand-père et voulait partager ça avec son amie de toujours. Ils avaient tant à se raconter. La pluie s'intensifiait dehors. Un dimanche banal en famille, mais un dimanche parfait !

Tous mes remerciements à

L'équipe du Comptoir Cyrano à La Bourboule où j'ai écrit la quasi totalité de cet ouvrage, à Hélène, Stéphanie, Frédérique et Cyril, pour leurs idées et leur relecture précieuses du texte, aux équipes des Éditions Vérone.
À mon épouse Savéria, mes enfants Manon, Téo et Elodie.

À
Monique et Pierre Barnier,
The Real « Panda » Chauvin et Fée Nguyen,
Christelle Coisne,
Isabelle et Patrick Germann,
Frédéric Giugliano,
Frédérique et Gérard Grimaldi,
Sandra Grussenmeyer,
Richard Lepage,
Richard Leprêtre,
Bertrand Levier,
Ilke et Jean-Raoul Montiès,
Hervé Pasquet,
Isabelle et Arnaud Raillat,
Christine et Charles Séméria,
Hélène Siméoni,
et Nicolas Vandenberghe.
Et, aux autres contributeurs sur Ulule,
sans qui ce projet serait resté dans les cartons !

Imprimé en France
ISBN 979-10-284-2620-0
Dépôt légal : 2e trimestre 2023